候 鸟

张文龙 著

文汇出版社

图书在版编目（CIP）数据

候鸟 / 张文龙著. -- 上海：文汇出版社, 2025.
7. -- ISBN 978-7-5496-4538-1

Ⅰ. I246.7

中国国家版本馆CIP数据核字第2025F5K809号

候鸟

著　　者	张文龙
责任编辑	徐曙蕾
出版策划	唐根华
装帧设计	邓小林

出版发行　　文汇出版社
　　　　　　上海市威海路755号
　　　　　　（邮政编码200041）

经　　销	全国新华书店
排　　版	上海雯学文化传媒有限公司
印刷装订	三河市中晟雅豪有限公司
版　　次	2025年7月第1版
印　　次	2025年7月第1次印刷
开　　本	710×1000　1/16
字　　数	235千
印　　张	16

ISBN 978-7-5496-4538-1
定　　价　68.00元

版权所有 侵权必究

如有印装质量问题，请与承印厂联系调换：13121110935

向往温暖和光明

——张文龙中短篇小说集《候鸟》之序

徐大隆

我认识文龙兄,已经有二十多年了。他的工作单位上海电视台(SMG),距离我们上海市作家协会很近。我们一直有不少往来和工作联系,结下了深厚的友谊。此次,文龙告诉我,文汇出版社即将出版他创作的第16本书——中短篇小说集《候鸟》,对此,我表示祝贺!文龙还希望我为此书作序,我欣然接受。

我知道,文龙兄十分热爱自己的本职工作,曾经获得过四五十项电视界国家级大奖。虽然退休前,他也出过几部书,创作并公演过近十部大戏,但一直专注于大型综艺晚会和各类戏剧节目的导演工作。加入上海市作协和中国作协,还是他在退休以后发生的事情。这跟其他文人的轨迹很不一样。只能说明,他具有心无旁骛、"老骥伏枥,志在千里"的品性。

这一次,尽管文龙兄并没有告诉我这本书的书名为什么要叫《候鸟》,但我相信,这个名字里面一定蕴含着某种深意。于是,我便冒昧地揣测了一下。大家知道,"候鸟",是因环境变动而自然产生长途迁徙的多种群的鸟类。每到深秋,大部分鸟类感受到气温在下降会影响自己的生存,于是开始集体往南方迁徙。据说最远的要飞到南非的好望角。到了春天,它们又从南方飞回北国。候鸟,无非是喜欢温暖,喜欢光明。人类中的绝大多数,虽然不可能像候鸟这样走南闯北,但是喜欢温暖和阳光的诉求却跟候鸟是一致的。这样,我似乎找到了评析文龙兄这部书的切入点。

茅盾作为我国现代文学评论开创者之一，指出新文学初期题材狭小、表现肤浅等问题，呼吁"文学是为表现人生而作的"，这种理念贯穿在他的小说创作中，也体现了他对文学创作应反映人生这一视角的重视，强调了文学与现实人生的紧密联系。纵观张文龙的小说，我感受到它们首先都有这样的特点：体现不同的人生，非常接地气。这些小说取材于当下一些老百姓十分关注的话题，比如，大龄青年不婚不育的问题；少数独生子女由于没有兄弟姐妹而养成的古怪脾气、一切以自我为中心的问题；老年人的婚姻及如何养老的问题；等等。由于我以前很长时间担任《上海文学》的小说编辑，一直关注着当下的各类小说作品。实事求是讲，不少小说似乎在写现实生活，但实际情况是，让人感觉到这些作品所写的内容，所涉及的人生，似乎发生在云里雾里，与人间的社会生活毫不相干。因此阅后，让人无感和一头雾水。

其次，我觉得文龙兄七篇小说的视点都很独特，或许这也是他作品的魅力之所在。前些年，国内的选秀类节目曾经风靡荧屏，一般观众哪里会知道，那些选秀类节目的幕后，往往包藏着许许多多惊心动魄的博弈？但是，以此为题材的小说，我还从未见到过。可见创作此类小说的难度之高。据我所知，本世纪初东方电视台的一档特别受到全国电视观众欢迎和青睐的选秀类节目，叫"加油！好男儿"，它的模式的重新创意设计、总导演之一就是文龙兄。估计《脸面》这部中篇小说的故事情节，多多少少有这档大型选秀类活动的影子。当然，这部小说讲述的故事并不完全是"加油！好男儿"的复制品，然而，可以从这个作品当中，看到国内外选秀类活动背后的激烈内卷和它的波诡云谲。而文龙恰恰是东方电视台的首席导演，导演过这类活动，因此他能驾驭这种高难度的题材。难能可贵的是，他甚至将祖传中医疗法与选秀类活动的叙事巧妙地交织在一起，使得整个故事跌宕起伏，高潮迭起，令人拍案叫绝。

再比如《候鸟》讲述了一对老人因为对于女儿及其婚姻极其失望，终于抛弃与子女缠绕的所谓"天伦"生活，毅然花了不菲的价钱，买下一辆房车去闯荡祖国的大好河山，从而在游览名山大川时，忘却无限的烦恼和悲伤……这样的题材也是极其罕见的。

《邂逅》的题材，应该说也是非常奇特的，我在一些文学刊物的浏览中没有见到过此类小说。它讲述了2008年北京奥运会期间，来自海峡两岸的留学生，本来还有许多分歧，而当在电视直播中看到奥运圣火在欧洲某国传递过程当中，遭到了疯狂的干扰和破坏，他们开始同仇敌忾，一起商量如何制止败类的破坏行径，护送圣火安全传递。海峡两岸的华人青年为了维护奥运的纯洁和祖国的尊严，与国际上的一些敌对势力进行了坚决的斗争……在这一神圣的过程中，也播下了爱情的种子。这篇小说的爱国主义情怀，令人动容。

记得卓别林曾经说过，"人生近看是悲剧，远看是喜剧"。卓别林的一生充满坎坷，从贫穷的底层崛起成为著名电影艺术家，经历了无数困难磨难，但他用乐观和幽默的态度面对，用喜剧的手法演绎人生。张文龙也是这样，以喜剧的笔法来描摹这一特殊事件，读来让人回味无穷。

读《候鸟》，我还有一个感受，也是值得提倡的，那就是文龙的小说讲述的故事都是比较完整的，通俗易懂。记得上世纪九十年代，假气功和玄学一度沉渣泛起，后来经过社会整治，这类现象基本沉寂。此次文龙创作的小说《拜师》，虽然以冷峻的口吻，讲述一个玄乎、诡异的故事，但故事也是非常完整的，给人的感觉毫不晦涩和故弄玄虚。不像现在有的小说，由于脉络交代得不清楚，故事讲得断断续续，读后让人丈二和尚摸不着头脑。

十八世纪法国著名的博物学家、作家布封（Georges Louis Leclercde Buffon, 1707—1788）提出"风格即人"，认为一个作家的风格完全反映了他个人的性格、价值观和思维方式，强调了创作者自身特质在文学创作风格上的投射，即作品风格是作者人格与思想的外在体现。

我想说，文龙的小说有其独特的风格，那就是七篇小说都包含着文龙对于社会生活的哲学思考，每一篇小说的哲学意味都比较强，这非常难能可贵。大家可以边读小说，边品鉴一下，我的这个看法是否正确？

　　总之，张文龙的小说，每一篇都具有非常精彩的故事和情节。这些故事情节的逻辑推演，看了以后，往往发人深省。

　　文龙兄写作的干劲一直很足，值得学习。他除了写小说，每天还创作一首七言绝句。半年前，河北的花山文艺出版社还专门出版了他一本诗集——《枣树斋集》，非常不容易。我衷心希望文龙兄继续创作一些小说，以飨读者。

　　是为序。

2025 年元宵节于沪上

目　录

向往温暖和光明
——张文龙中短篇小说集《候鸟》之序 1

永远长不大 001

脸面 023

拜师 079

邂逅 093

手留余香 129

修车匠老程 219

候鸟 225

后　记 239

永远长不大

初夏的海阔市被绿色灌满,连空气里都充满了青草的气味。各种虫子也渐渐多了起来,经常在你面前飞来飞去。当然,也有不少人为此点赞,说是生态环境好了。然而,身处其间,总让人不太舒坦。最讨厌的还是那个蚊子。无冤无仇,却偏要去吸陌生人的鲜血,弄得人家身上起包,特别的痒痒,严重影响了被侵者的情绪和作息。

不过,也有人似乎并不在乎。摇头晃脑、蹦蹦跳跳,正在朝我们走过来的这个年轻人叫蔺晴,他手上已经被咬出了几个包。他从包里拿出一个充电式驱蚊神器,驱赶着正在向他袭来的这些"吸血鬼"。但好像并没有达到电商在自媒体里吹嘘的那种神奇的"一机在手,蚊子全溜"的驱虫效果。

蔺晴胖墩墩的身材,一米六五的个子,没有血色的白净脸,戴了副黑框眼镜。虽然是男性,但喉结长得不太明显,脑后还扎了一个小辫。他长得太秀气,两边的耳垂上还各打了一个耳钉。说起话来,声音过于纤细,所以经常有人把他当成女性,而蔺晴自己对此不以为然,他喜欢这种与众不同、天马行空的心灵感觉。

小学四年级时,曾经遇到过一位叫章墨法的语文老师,对他的才华很欣赏。有一天放学的时候,在校门口把他叫住,这把蔺晴吓得要死,以为犯了什么大错。结果,章墨法老师仅仅告诫他:"你很聪明,也很优秀。但不要飘飘然,要脚踏实地,多交些正正派派有文化的好朋友。"

这些教诲说到蔺晴的痛处,可他并没有将这些话听进去,导致他后来给人的感觉——永远长不大。

或许有人会说,你这个判断是否故意贬低他?答曰:没有啦。蔺晴确实拥有好多常人不大具备的嗜好。比如说他喜欢小动物，读小学时，他喜欢养些蟋蟀啊、小蝌蚪啊、叫哥哥啊、螳螂啊、蚯蚓之类的，也不知道这些小生命他是从哪儿弄来的。反正他的爸爸妈妈给他的零花钱，他都会到各处路边的小贩那儿，把这些小东西买回家。父母批评他，要他把这些东西扔了，蔺晴总是不予理睬。如果把他逼急了，他会以自杀相要挟。父母只好偃旗息鼓，而蔺晴总把这些小动物藏到父母找不到的地方。最令人惊讶和佩服的是，他会从各处打听到养殖这些不同小生命的最佳食品和最优方法。

等到蔺晴渐渐长大了，进了中学、大学，以前那些小动物，他已经看不上眼了，于是开始饲养一些通过电商从境外购来的如蜥蜴、小青蛇之类的小动物。他甚至明明知道这些小生物可能会是一些不良的物种，有可能对我国的生态系统带来潜在的危险，但是他会用一句口头禅推责："危言耸听！我是为自己活着的，至于别人的感受，跟我无关！"

蔺晴是一个绝顶聪明的人，英语说得很溜，毕业于江南名牌大学的外语学院，通过自学，很快又精通了好几门外语。

大学毕业后，蔺晴先是在E国驻海阔市的领事馆里当签证审查官，薪水颇高。后来嫌这里的工作实在太单调、太繁忙，连节假日都要加班，而且，每天都要十点钟以后才能够回到家里，他觉得付出太多，经济上不合算，于是，考虑要跳槽。在他的心目中，就是信奉两个古代传下来的成语，一个是"人不为己，天诛地灭"；另一个叫作"我行我素"。

因此，在他的为人处世中，处处以自我为中心，无所顾忌。但他从未考虑过自己在别人心目中的印象，也没有考虑过，老是这样下去，会不会影响自己事业上前进的步伐？

蔺晴的父亲，名叫蔺如松，一位事业单位的高管，他经常教育儿子："生活中，一些不经意的习惯，看似细小，实则力量无穷。好的习惯，可以成就一个人；而坏的习惯，足以毁掉一个人。知易行难，知晓道理简单，照着做却很难。你是我儿子，也是个聪明人，好好琢磨琢磨我的话。"

蔺如松还拿中国某个巨富的话告诫儿子——大部分人其实都不适合发

财。因为钱的反噬力非常大，没有很高的德行、智慧，很难扛得住，一般人当赚钱的数量到达一定阶段的时候，就会无视规则、礼仪、尊重、礼貌、人格、道德，把自己全部都卖给了金钱。这就是人性的贪婪。

这些金玉良言，蔺晴都当作空气，他回怼父亲："还不是你们一手造成的？"

是啊，蔺如松噎住了。儿子被溺爱的人生马上在他脑海里闪回——

蔺晴自幼就生活在家人无微不至的呵护中。在幼儿园时，别的小朋友都在吃学校统一提供的盒饭，他却每天都能吃上爷爷奶奶特意送来的精心烹制的美味佳肴。为此，爷爷奶奶与园方多次发生冲突。每当中午吃饭时间，别的孩子眼巴巴地看着蔺晴的专属饭菜，蔺晴心里就涌起一种莫名的优越感。

上小学了，这种特殊待遇依旧持续着。不管寒冬酷暑，爷爷奶奶总会准时把饭菜送到学校不高的围墙外，蔺晴则攀上石凳去接。有一次，外面下着倾盆大雨，爷爷为了不让饭菜凉掉，一路小跑赶来，到学校时浑身都湿透了，可蔺晴却觉得这一切都是理所当然。

蔺晴孩童时，想要什么东西，家人从来都是有求必应。有一回，他在电视上看到一款限量版的玩具，吵着要买。那个玩具在城市另一头的一家小众玩具店才有，父亲放下手头忙碌的工作，开车辗转几个小时，就为了满足他的要求。当蔺晴拿到玩具时，连句谢谢都没说，就自顾自地玩了起来。

妈妈做家务的时候，想让蔺晴尝试着学会洗碗筷或者洗衣服，祖父祖母和爸爸就急忙阻拦。"宝贝，这些活儿不用你干，你只要好好学习就行。"久而久之，蔺晴习惯了饭来张口、衣来伸手的生活。

这种娇生惯养的成长环境，让蔺晴逐渐变得自私自利、自以为是。在学校里，他从不考虑别人的感受。小组作业时，他总是把任务都推给同学，自己却坐享其成。要是别人对他有意见，他就大发雷霆，觉得别人都在刁难他。

课堂讨论时，他只要有了想法，根本不管别人正在发言，就大声打断，自顾自地说起来，还总认为自己的观点才是对的，完全听不进别人的建议。老师多次找他谈话，可他根本不当回事，觉得老师是在故意难堪他。

看着默默离开的父亲，蔺晴在心里告诉自己：对未来真正的慷慨，就是把一切都献给现在。

眼下，既然在职场上感到劳累了，那蔺晴在回家的路上，一有空闲，就该闭闭眼，养养神了吧？但不，蔺晴并未消停，一路上玩着手机里的游戏，看短视频，不时喜欢往朋友圈里发一些无厘头、八卦的东西，有时还带点色。当然，这些都不会伤害到他人，蔺晴最大的问题是不该去伤害弱者和从未冒犯他的人，他常常会情不自禁地去得罪一些无辜的人。他觉得这样很好玩，哪里料到这可能导致他日后摔跟斗。

这不，当蔺晴看到坐在地铁对面座位上一位肥胖的妇女跷着二郎腿，在玩着手机，他就拉高嗓门，态度严厉地对着她呵斥道："哎，这位大妈，你怎么回事？跷着二郎腿，既影响别人走路，又不雅观，也太不讲道德和文明了吧？！"

"什么'大妈'？我刚三十出头呢！"胖女人说，见周边的人都笑了起来，胖女人开始反击，"我跷二郎腿，跟你有什么关系？你即便是警察，也轮不到你管这事！我看你不像个好人！"

"我是坏人，总可以了吧？"蔺晴听了坏笑道，"老话说得对，忠言逆耳啊！"

"我不是说你是坏人，而是说你这个里面坏了！"胖女人指了指自己的脑袋。

旁边的人听了面面相觑。

于是，两个人继续唇枪舌剑，直到蔺晴到站了，争吵才结束，而胖女人还在骂骂咧咧。

回到家里，蔺晴梳洗完躺在床上，已无精力再玩游戏之类。他开始思考自己的人生。蔺晴觉得在领事馆打工虽然钱多，但因此而丧失自由和休息，甚至健康，就没有多大意思了。

于是几天之后，蔺晴也没有跟父母商量，非常果断地把领事馆这份工作辞了。他在发给自己在领事馆的女友吉奥卜思的微信里说："人生路漫漫，看尽流水落花的落寞，挥一挥手，与昨天作别。光阴轮回，燃尽了所有喜与悲，放慢脚步，静静地欣赏夏日的明媚。人生短短几十年，有些记忆显得阴沉灰暗，有些往事已化为烟云，有些醍醐灌顶的经历让人清醒。"

两天后的家庭晚餐上，蔺晴轻描淡写地将此事知会父母。老两口得知后，气得差点晕倒，父亲要去揍他，被母亲拉住。蔺晴立即嚷嚷着要搬到外面借房子住，父亲这才冷静下来，母亲也立即停火。于是，家里恢复了往日的宁静。

蔺晴像当下许多小白领一样，从来不缺少异性朋友，却不急于组建家庭。当然，更没有早早回家的念头，而是喜欢下班以后去泡各种酒吧、咖吧、路边奶茶座。反正哪儿时髦，哪里热闹，哪儿小资情调浓郁，他就去哪里凑热闹。

蔺晴家里的经济条件应该说是不错的，之前提及蔺晴的父母都是国家事业单位的中高层领导，收入颇丰，不缺钱，不需要儿子来赡养。于是，蔺晴就顺势将自己打造成了月光族。要是钱真的不够用了，蔺晴还会想出许多理由向父母讨要。而几乎每一次，父母都是来者不拒。只有那一次，蔺晴说要去办件事儿，得花上10万块，自己实力不济，向父母求援，父母经反复盘问才获悉，儿子蔺晴竟然要去地下美容院，在自己的臂膀上做刺青，父母这才予以呵斥和坚决阻止。

但，蔺晴并未止步，他还是花光了自己的所有积蓄，悄悄地做成了此事。

几个月后的一天，蔺晴洗完澡，没有穿上外衣，还是给细心的母亲瞧见了，母亲终于开炮了："儿子！你什么意思啊？我把你生出来时，你身上都是干干净净的，凭什么你在没有跟我们商量的情况下，去做什么文身？这是叛逆行为！就是下三滥的把戏！"

蔺晴听了马上反驳："叛逆？这是下三滥的事吗？虽然是你把我生下来的，但身体的支配权在我手里，对不对？没见过球王梅西吗？他身上到处是文身，却得到全世界人民的推崇！不是吗？"

母亲反驳："梅西、梅东我不管。你是我儿子，是我生的，就得听我的！"

得到的是儿子的调侃："你实在看不惯我，那你就把我重新塞进你的肚子里行了。"

父亲蔺如松终于站出来:"儿子,你说的是什么鬼话啊?叫你不要文身,也是为你好,你怎么就不明白呢?"

蔺晴不甘示弱,回嘴道:"你们说,我们国家哪一条法律规定,文身是不可以的,是违法的?"

父母被噎住了。

蔺晴不依不饶,像老长辈那样开导父母:"凡事忌满,万物求缺。把握一个恰到好处的度,才能不被内心所困,不被外物所累。三分笨拙,七分睿智,才能把事做好。三分顽皮,七分稳重,才能寻得幸福。三分执着,七分洒脱,才能活得潇洒。"

"我被搞糊涂了,现在,到底是谁在教育谁?"父亲蔺如松摇头叹气在嘀咕。

三个人吵了一晚上,直到蔺晴再次嚷着要离家出走,父母觉得拿儿子没有办法,也就不再多言,于是,家里又恢复了往日的宁静。

蔺晴觉得,他现在与父母没有多少共同语言,便几乎每天都要熬到半夜以后才回到家里。他笑笑,在心底说:"眼不见为净!"

蔺晴确实是个怪才,每次他与几个中学老同学打牌,基本上都是蔺晴赢的,因为他具有一种特异功能——抓牌时,他能够一摸牌,就知道是什么牌,而且,还能八九不离十地猜出其他人手里是什么牌。所以,他打牌很少输钱。这就吓得老同学都不愿意跟他玩牌了……

尽管蔺晴有点女里女气,但还是有感情需要的。谈了好几个女朋友,几番缠绵之后,基本上到了双方都愿意更进一步的地步,然而,最终,都成了无花果!

什么原因?沟通久了,竟然没有一个姑娘,是蔺晴看得中的。同样,姑娘们也觉得,大家可以在一起吃吃喝喝,玩玩取乐,其实,没有一个姑娘愿意嫁给蔺晴。留给姑娘们的印象居然是相同的——蔺晴让人捉摸不定!大家玩玩可以，若把此生交付蔺晴，后果一定很悬！

　　据说，这种生活方式，当下在年轻人中很有市场。对此，他们的长辈往往在疑惑——难道这就是当代年轻人的恋爱方式吗？是否他们都信奉那句网络名言"年轻人绝不能稀里糊涂地钻进婚姻这根绞索里"？

　　春风沉醉的某天晚上，蔺晴坐在来福咖啡店的室外雅座上，看着那些来来往往穿着时髦的男男女女，突发奇想，他想去自幼就喜欢的影视行业混混，或许能够混出个人样来，还能看到许多自己从未见到过的新鲜事物。

　　怀揣着对未来的美好憧憬，蔺晴投了20多份简历，终于被一家名叫"醉仙"的小型广告公司看中，被安排在策划部工作。

　　这家公司坐落在海阔市老工业区一家原先生产肥皂的厂房内。尽管被改造成创业园区多年，但进入办公大楼，还是可以闻到淡淡的皂香味，似乎永远挥之不去。进新的公司前几天，老板梁廷栋先生让他先熟悉一下公司的各种业务。蔺晴当然服从。他先跟了一个拍摄小组，他们是为一家制作内衣的FFF公司去拍摄内衣广告。这一看不要紧，把蔺晴看得眼花缭乱，心旌摇荡了许久。那些不知道啥地方请来的模特，个个身高一米七以上，美若天仙，身材窈窕，她们似乎目空一切，走起路来臀部一扭一扭，风韵万千。她们又大大方方地在镜头前展示自己曼妙的身材，毫不怯场。就在蔺晴看得口水直流的时候，被老板叫去代他开车送客，他才恋恋不舍地离开。否则，他定然会严重失态。此后有好几个夜晚，蔺晴失眠了。

　　蔺如松想帮助儿子在公司里有强硬的地位，便帮蔺晴拉来了一份价值30万元的拍摄鹿茸片的广告，使得老板梁廷栋对蔺晴刮目相看。蔺晴便有点飘飘然了，不好好学点业务，而是整天去看几支摄制组拍摄广告，混在女模特中间说说笑笑。有一个制片人在公司例会上将蔺晴的情况作了汇报，于是，蔺晴被梁廷栋叫来，严重警告了一次。

　　可蔺晴根本不把同事和领导放在眼里，总是按照自己的想法行事，完全不顾及团队的协作和公司的利益。在一次"会特尔保健品"的广告策划案中，他擅自更改了客户已经确认的拍摄方案，理由仅仅是他觉得自己的创意更棒。结果，客户大发雷霆，不仅取消了合作，还要求公司赔偿损失。蔺晴自然也被梁廷栋的公司毫不留情地扫地出门。

作为报复，蔺晴让父亲蔺如松紧急去说服朋友撕毁了鹿茸片广告的拍摄合同。社会上往往会有这么现实的交易！

事后，蔺晴并没有从这次失败中吸取教训，他觉得这只是自己的运气不好，是老板梁廷栋和客户没有眼光。很快，他又找到了一份工作，在一家叫"德德"的互联网公司做运营。这一次，他依旧我行我素。在公司组织的一次线上推广活动中，他为了凸显自己的能力，私自挪用了大量的推广资金，去做一些毫无意义的个人宣传。活动最终以失败告终，公司遭受了巨大的经济损失，蔺晴再次被除名。

经历了这几次择业的失败，蔺晴本应该好好反思自己，改变自己的做事风格，然而，他却丝毫没有意识到自己的问题所在，反而变得更加固执和自负。就在他四处游荡、无所事事的时候，命运似乎又一次眷顾了他。蔺晴偶然间得知一家名叫"雅泰影业"的私企影视公司正在招聘制片人，他抱着试一试的心态，投递了简历。也许是他在面试时的夸夸其谈，从影视的蒙太奇运用，一直谈到AI技术在当今影视业上的发展和运用，听得考官连连点头称赞。也许是"雅泰影业"公司当时急需用人，蔺晴竟然奇迹般地被录用了，而且还担任了第二宣传片组的制片人。

刚进入"雅泰影业"的蔺晴，表现还算中规中矩，毕竟他也知道这份工作来之不易。老板戴约科对这个新来的年轻人寄予了厚望，时常对他进行指导和鼓励，希望他能在公司有所作为。蔺晴也察觉到了老板对他的器重，一开始还暗暗发誓要好好工作，做出一番成绩来。

然而，蔺晴的月薪仅仅是一万块，比以前几家要低！当然，"雅泰影业"没有严格的八小时工作制，只要完成项目即可，因此，工作非常宽松，完全是慢生活的节奏，全靠自觉，迟到和早退，不需要打卡，更没有人在严格管控你的出勤。

这几次儿子工作的变故,也让父母终于明白了儿子的性格。他们生怕与蔺晴反目,怕他离家出走;其次,毕竟儿子去的是比较正规的企业,薪水低了点,但能够正常上下班,社会地位和档次并不低,所以,采取了放任的态度。

蔺晴见父母没有激烈反对,也就心安理得地去"雅泰影业"上班了。

"雅泰影业"坐落在繁华市中心的一幢高耸入云的楼宇里。在16楼的办公室刚刚装修过,非常干净、漂亮。应该说,办公条件比领事馆等几个单位,有过之而无不及。

蔺晴听老员工讲,这里的办公室平均两三年就要装修一次。所用的材料,都是环保的、高档的,甚至还采用了不少最先进的智能设备,如声控空调、电灯、窗帘开关等。

蔺晴初来乍到,他特别喜欢这个办公场地里面居然还有一个餐饮角,从业态上观察,非常青春、时尚。有一个奔五十的阿姨8小时待在那里负责供应咖啡、茶水、各种糖果和小点心。至于那些特别贵的点心,进口的各种特色小吃,比如蛋糕、蛋挞、核桃排、披萨饼、日本料理、巧克力之类,可以扫码在一个食品供应柜里取。这个玻璃货柜是保温的,每隔一天都有人来换货,食品安全不成问题。至于食品如何加热,不用担心,一个不锈钢厨房搁物架上,什么烤箱、微波炉、咖啡机……应有尽有。

这让蔺晴觉得,"雅泰影业"的条件比领事馆还要好,确实比较理想,他满心欢喜,觉得这份工作比较适合自己。

进"雅泰影业"没两天,他被艺术总监崔颢叫去谈话。这位慈眉善目的崔颢先生,退休前曾在外地电视台当过主力导演,戴着一副老花镜,长期的失眠和缺乏体育锻炼,使得他满脸都是皱纹,十分老态。

崔颢像每一次对待新人的态度一样,语重心长地告诉蔺晴,在"雅泰影业"当制片人至少要承担两大责任。第一是政治责任,亦即制作宣传片,在思想层面上必须遵循国家的各项法律和民族文化传统,不得出轨;其二是经济责任,亦即要完成"雅泰影业"所要求的利润层面上的创收指标。制片人在工作中通常会接触到各种类型的选题。有些选题可能是自己专业范围或者认知范围之外的，属于制片人的知识盲区。这类选题势必会加大制片人的工作难度，延长片子的制作时间。然而，对于此类选题，编导人员不能一味逃避、拒绝，而是应该本着积极、开放的态度，加紧学习新的知识，迎接新的挑战。这就需要制片人具有强烈的求知欲。每一次拍摄、制作各种宣传片，都是一个学习、提升的过程，久而久之，就会熟能生巧，触类旁通，知识储备量也会随之加大，从而轻松驾驭拍摄各种宣传片，成为真正的"杂家"。

这些话，蔺晴虽然听得一知半解，但都记了下来。他说："老师的话，我需要慢慢地消化。"

毕竟，蔺晴是海阔市名校的学霸，这两项责任，对于他来说，应该都不在话下。

崔颢属于那种古道热肠的文人，他拿出自己的咖啡，冲了一杯给蔺晴，语重心长地继续跟蔺晴交流："不知道《菜根谭》你看过没有？"

"老师，我看过，但没有记住。"蔺晴回答。

"它里面有这样两句话务必要记牢——'背后防射影之虫，面前有照胆之镜。'"

"老师，我没有听明白，能否帮助解释一下？"

"它的意思就是说，倚仗自己才华出众就玩世不恭的人，要提防背后有人像蜮一样含沙射影地暗算；伪装成一副忠厚老实的样子来欺骗别人，不要忘了面前还有照胆镜来识破你。记住：恃才傲物而屡屡吃亏的人，古今皆有。山外有山，人外有人，总有比自己才华更出众的人，所以不要因为自己有点才华或能力就不可一世。"

"谢谢老师的教诲，学生记住了。"

话是这么说，其实蔺晴还是一个耳朵进，一个耳朵出，根本就没有把老先生的话放在心上。他心里有一句话在盘旋而没有说出来——"现在，还有几个年轻人能听得进老头老太的规劝？"

蔺晴进了"雅泰影业",接到的第一个任务是,拍摄勋环街道垃圾分类做得好的汇报宣传片。蔺晴这小子就是聪明,看过之前广告公司的拍摄,作为制片人,他先从网上学会了文案内容报批、脚本写作、分镜头剧本撰写,以及摄影机、灯光、录音、服化道等的申请的全套程序,然后交到总监那里签字确认。原定预计要花将近两个月的活,他仅仅在一个月里就把十分钟的整部片子后期合成好了。交到客户那里,受到勋环街道领导的高度评价,为"雅泰影业"净赚30万元。蔺晴新来乍到,做事又非常卖力,因而,在"雅泰影业"月度会议上,蔺晴受到公司老板戴约科的热情表扬。戴约科说,如果大家都能像新来的蔺晴一样敬业,那"雅泰影业"的效益将会大幅提升。为此,他当场发给蔺晴一个两万元的红包。看得出,所有与会者都十分羡慕,而蔺晴自然有些沾沾自喜。

会后,崔颢把蔺晴叫到自己的办公室,谆谆教导他:"因为你是个聪明人,客套的话,我就不再说了。我常想,我们生来的宿命,就是与天地比广阔、与海浪比勇气吗?不见得。但我相信,生命的质地是坚强。我们必须扛过风雨,光明正大地行进在人生的过程中。希望你带着四种气质前进。一是孩子气,它是阅历人生百态后,依旧保留的那一分童真。二是书卷气,它会塑造你的气质,提升你的修养。尤其干影视编导这行的,缺此不可。三为烟火气,带烟火气的人,是热气腾腾的,也是温柔可亲的,善解人意。四是英雄气,在真正困难来临的时候,毫不犹豫地勇敢一次。愿你拼搏于风浪,温暖平安于日常,做一个要强的人,永远有一份战胜困难的决心!"

蔺晴离开时自语:"哼,无的放矢!硬充渊博!"

还是依照以往的惯性,他仍然没有把领导的话听进去。他内心觉得崔颢的这些话,都是套话、昏话,不必认真对待。

这段时间,蔺晴开始有点神抖抖的,想放松一下,他在等待下一项任务的降临。

屁股坐稳了,蔺晴的好事也来了。

公司一个六平方米的储藏室正好撤空，崔颢认为蔺晴是个难得的人才，就奖励似的临时将蔺晴这个新员工安排到那里。说句公道话，这间房间没有窗户，一般人是不乐意去的，但蔺晴还特别喜欢，他觉得这个小天地非常合他的心意，可以让他在里面无拘无束，独往独来，而其他的同事都没有这种待遇。蔺晴就开始考虑，在自己的办公室里玩些什么呢？怎么让这个小天地变成一个张扬自己个性的天地？他想，一定得让公司的小姑娘同事大开眼界！

终于有一天，蔺晴听刚刚认识的女友乔捷讲，养蝎子一类的宠物比养猫狗更刺激、更高档、更好玩。于是，他查阅了相关资料后，便在网上买来了亚洲雨林蝎爬宠——超大型黑蝎子和活体鬃狮巨型蜥蜴来饲养。为了让其"茁壮成长"，有一块良好的栖息之地，还特地到一家著名宠物店购买来一台进口的像微波炉一样大小的高档保温箱。蔺晴觉得还没过足瘾，几天之内，又买来了一对进口的黄金龟和白玉蜗牛。他用铝合金片给它们做了不同的"房间"。

蔺晴的本事毋庸置疑，他能够通过上网，快速地将饲养这些小宠物的方法和注意事项搞得清清楚楚。而这些小宠物也特别有灵性，它们对于蔺晴似乎很感激，有时还会做出一些动作向他撒娇。

年轻人一般都喜欢刺激，蔺晴悄悄叫来了公司几个年龄相仿的小姑娘关起门来观赏。她们在惊恐之余，都对蔺晴的胆量、学识、气度……佩服得五体投地。平时很喜欢对别人的相貌进行挑剔的这批姑娘，这时，好像对于蔺晴的小胖子长相也不在意了。

谈笑过程中，蔺晴问她们："你们谁知道一二三线城市的划分标准？"

有人说以GDP、城市规模、人口数量、大专院校、地铁线路等指标划分……

蔺晴笑道："我说你们这些划分指标太麻烦，还需要查找数据，而且也不知道这些数据的准确性。我有一条经验，你去当地人流密集的商圈，坐休闲椅上观察半个小时，以当地妇女的裤裙长短来区分——一二三线城市，当地妇女裤裙越短，基本可以判断是一二线城市，裤裙越长，可以判定来自三四五六七线城市。冬天的话，以妇女衣服厚度判断，越薄的，是一二线城市的淑女，以此类推，比数据精准多了！"

在场的女白领都惊讶得目瞪口呆，有人连说了几遍："有道理，高见！高见！"

蔺晴又问："文人的最高境界是什么呢？"

"是洒脱。"

"是富有到心想事成！"

"是淡泊。"

……

大家各抒己见。

"要我说啊，"蔺晴得意地说，"就是在办公室里养几种大家从未养过的宠物！"

这下，女生们都纷纷吐槽："瞎说！瞎说！"

"怎么是瞎说呢？"蔺晴开始给这些小女生上课，"人若没有高度，看到的全是问题，全是胡言乱语；人若没有格局，看到的全是鸡毛蒜皮。生活，总是磕磕绊绊，有成有败，有得有失，有喜有悲。保持一颗童心，淡泊明志，戒骄戒躁。若成功，则不忘努力，懂得珍惜；若失败，则当是磨砺，增加经验。人这辈子，除了生死，都是小事；过往纠葛，都是故事。人，越简单就快乐，越世故就变老；保持一颗年轻的心，做个简单的人，享受阳光和温暖。生活，理应如此。"

这番宏论，让在场的女生不禁拍起手来，她们对蔺晴佩服得五体投地。

不久，养宠物的事传到了崔颢耳朵里，他也拿蔺晴没办法，因为公司并没有制定过相关的卫生条例。再说，蔺晴仅仅在自己的小天地里折腾，没有外溢的可能性，而且，蔺晴这小子的办事效率高，速度极快。于是，崔颢对此采取沉默。

此后，蔺晴又接了公司派给他的几单业务，都完成得干净利落。受到公司的多次奖励，他的腰板子渐渐硬了起来。

本来蔺晴花起钱来就毫无节制，他觉得钱不够用了，也不再向父母索要。

他会经常参加一些什么网络上的赌博游戏，还有网剧的撰写、配音什么的。反正什么钱来得快，他就去玩什么，基本上能够做到只赢不赔。但那一年的冬天，蔺晴遇到了他人生的巨大机会……

事情的来龙去脉是这样的。蔺晴接到老板交给的一项任务，就是为好山好水旅行社拍摄一部十集的名叫《旅途》的系列宣传片，打包价是500万元人民币。而老板给蔺晴的制作费是100万元。蔺晴虽然入行时间不长，但还是觉得其中的利润空间不小，于是便非常爽快地将此事答应了下来。

而崔颢之所以向老板推荐将这项任务交给蔺晴去完成，是他觉得自己的体力和视力都在下降。如果蔺晴表现突出，崔颢甚至打算将蔺晴拉到身边当总监助理，今后让蔺晴来接班。如果蔺晴表现一般，那就再观察一两年以后再说。

蔺晴接好任务，先去了大办公室，立即跟同事们（主要是年轻的姑娘们）一吹，大家都很羡慕，有几个没有忘记为他点赞。

女生黛琦眉飞色舞地对蔺晴谄媚道："你才入职不久，老板就这么放心地给你压担子，说明非常器重你，真的是前程无量啊！看来，你是有大背景的人啊！"

蔺晴笑笑，未置可否。然后，他把几个小女生带去自己的办公室看"宠物"。那几个女生看了蔺晴的饲养设备，都惊讶得面面相觑。

蔺晴确实是个精力过于旺盛的人，下班回到家里，马上在电脑里做了一个十集宣传片的比较精确的预算：扣除撰稿、摄像、灯光、录音、舞美、服化道、剧务、司机、后期合成等十几个师傅的劳务费，以及场租和差旅等消费，可以给自己留下30多万元的利润空间。这使得蔺晴狂喜不已。

这天晚上，蔺晴兴奋得睡不着了。他想，这半年里，他可以长期占用公司的4K摄像机，全套的灯光和录音设备，还有配给他的两个舞美师、两个服化道师傅。这么多的设备和人员，是否可以在拍摄宣传片期间附带再去干一些私活呢？

机会果然来了，星期天中午，蔺晴去参加老同学的聚会。有个叫王筝的老同学在郊区开了一家服装厂，专门生产冒牌产品销往边疆农村。王筝要求蔺晴尽快帮他拍摄一部该品牌服装的宣传片，打包价是50万元。蔺晴非常爽快地答应了，他把王筝拉到洗手间，悄悄地对王筝说："如果你把这个活委托我们公司做，老板一定会开价100万元。谁让我们是老同学，我私下帮你完成就是了。不过，你在外面千万不要乱说，尤其不能让我们老板知道。"

王筝笑着回答："那是，那是。天下，哪有老同学害老同学的事情？"

回到公司，蔺晴坐在幽暗的办公室里，手指轻轻敲击着键盘，飞速地做着两部片子的拍摄文本和各种拍摄方案，眼神中透露出一丝不易察觉的狡黠和微笑。然后，打了40多个电话，通知各工种明天上午九点到公司会议室开会。

第二天上午准时开会。蔺晴把他做好的制作十集宣传片《旅途》的各种预案的表格发给了各个工种，算是布置好了任务。蔺晴严肃地号召："这部宣传片旨在展现各地的风土人情，为这家旅游公司拓展旅游相关业务做铺垫。我们老板对此片寄予厚望，投入了大量的人力、物力和财力。摄像、灯光、录音、舞美、服化道以及后期制作等各个部门的精英都被调集到我们这里，组成了一个强大的制作团队，希望大家能不负众望！"

与会者都觉得，蔺晴能力出众，头脑灵活，很有水平，跟着他有戏。

蔺晴深知这个项目的重要性，一开始也确实全身心地投入其中。他带领团队四处取景，从繁华都市到宁静乡村，从壮丽山川到古老遗迹，每一个镜头都力求完美。然而，在利益的诱惑下，蔺晴也悄悄地利用公司的资源，为"南国靓衣"拍摄许多素材。并按照"南国靓衣"的脚本，请来好几个模特前来，穿着薄薄的内衣，拍摄了穿品牌衣服所做的各种动作和迷人的表情。摄像师们见多识广，虽然觉得有些奇怪，但出于对蔺晴的信任，也没有多问。灯光师、录音师等人也都按照蔺晴的指示，在不耽误本职工作的前提下，协助完成了私活的拍摄。

舞美和服化道部门更是发挥了重要作用。他们凭借专业的技能，为"南国靓衣"打造出了美轮美奂的场景和造型。公司的后期制作团队则在蔺晴的指导下，非常认真地完成《旅途》的剪辑任务。接下来，便进入了最后的配乐、上字幕和特技处理了，蔺晴像个老导演，指挥若定。

制作团队哪里知道，蔺晴下班后，立即赶到一家名叫"善众"的影视公司，花钱叫来一帮影视工程师和技术员，加班加点地对"南国靓衣"的素材进行剪辑和后期合成处理。蔺晴看着剪辑合成出来的效果，心中十分满意，他仿佛已经看到了那丰厚的报酬正源源不断地流入自己的口袋。

在接下来的几个月里，蔺晴如同走钢丝一般，小心翼翼地维持着两个项目的平衡。他一方面要确保《旅途》按时按质完成，另一方面又要让"南国靓衣"制作好，顺利交货。他每天都忙碌于公司的各种接单谈判、拍摄现场和后期制作室之间，又要到善众影视公司去监制，虽然疲惫不堪，但一想到即将到手的财富，便又充满了动力。

终于，经过半年的努力，十集宣传片《旅途》顺利完成，交付给了老板。老板立即叫来了客户。客户看后非常满意，对蔺晴和整个团队赞不绝口，并立即付清了全部剩余款项。老板把蔺晴叫到办公室，当场给了他一个两万元的红包，还笑着说："好好干，我不会亏待你的！"

蔺晴窃喜不已。

与此同时，"南国靓衣"的宣传片也制作完成，服装公司的老板王筝对成品十分惊艳，按照约定也向蔺晴付清了全部的报酬。

两部宣传片干下来，蔺晴拿到了90多万元的钱，心中大喜，觉得自己的谋划、操作天衣无缝，既完成了公司的任务，又干完了私活，而且赚得盆满钵满。

然而，他万万没有想到，事情并没有那么简单。

"南国靓衣"的宣传片在外地电视台的一次市场推广活动中，其宣传的产品引起了当地市场监管部门的注意。监管部门在对该宣传片进行审查时，发现了模特穿着过于暴露、广告宣传词不实等一些可疑之处。监管部门经过深入调查，发现这部宣传片的制作方莲子影视公司并不存在，涉嫌虚假广告和不正当竞争。

市场监管部门迅速展开行动，经过几个月的追查，终于查到了该广告出自善众影视公司。善众影视公司无奈，把制作人蔺晴交代了出来。

市场监管部门立即赶到蔺晴所在的雅泰影业公司进行了调查。他们发现雅泰影业公司设备和人员参与"南国靓衣"拍摄的证据，而这一切的幕后主使正是蔺晴。当调查结果摆在老板面前时，他的脸色瞬间变得铁青。他怎么也没想到，自己如此信任的制片人，竟然会做出这种损害公司利益的事情。

老板立即召集了公司高层会议，商议对蔺晴的处理办法。在会议上，众人纷纷对蔺晴的行为表示谴责。崔颢愤怒地说道："蔺晴的行为严重违反了公司的规定和职业道德，他不仅滥用公司资源，还让公司面临巨大的法律风险。我们必须严肃处理，以儆效尤！"最终，公司决定对蔺晴处以巨额罚款，并解除与他的劳动合同。

当蔺晴接到公司的处罚通知时，他整个人都懵了。他怎么也没想到，自己精心策划的一切竟然会以这样的方式收场。他试图向老板解释，祈求原谅，但老板态度坚决，没有再给他任何机会。蔺晴看着自己辛苦打拼得来的一切瞬间化为泡影，心中充满了悔恨和自责。

离开公司的那天，蔺晴默默地收拾着自己的东西。他看着曾经熟悉的办公室，心中五味杂陈。他知道，这一切都是自己的贪婪和侥幸心理造成的。他不仅失去了工作，还失去了同事们的信任和尊重。走出公司的大门，蔺晴回头望了一眼那栋高耸的写字楼，深深地叹了口气。他明白，人生没有捷径可走，任何违反规则和道德的行为，最终都将付出沉重的代价。这一次的"穿帮"，也将成为他人生中永远无法抹去的污点。从此以后，他只能从头开始，用自己的行动去弥补曾经犯下的过错。

你说蔺晴一点没有水平，也不至于，应该说蔺晴的文字功夫、驾驭业务的能力还是有的；你说他水平高嘛，就是前面提到的那些洋相也是够大的。

蔺晴从一个领事馆的小职员混进海阔市雅泰影业当制片人和编导，成了高级白领，万人瞩目的象牙塔中的一员，应该说是幸运的。但是自己不努力，走错道路，又不会做人，落到被别人劝退的地步，连女友乔捷也迅速弃他而去。

蔺晴怎么也咽不下这口气，离开雅泰影业时，利用自己掌握的电脑技术往艺术总监的电脑里注入了一组木马病毒，以瘫痪总监的电脑。他做的这一切报复，雅泰影业所有的人都被蒙在鼓里。

蔺晴被劝退的下午，在自己办公室对那几个小宠物开了杀戒，吓得几个好奇心十足的女同事四处逃窜。也没有人上前制止。崔颢听了汇报后，派了一名身强力壮的保安远远地监视着蔺晴的一举一动。

那个晚上，蔺晴在一家小饭店喝醉了。

离开雅泰影业前，崔颢老师又把蔺晴叫到自己的办公室，谆谆教育他："蔺晴啊，人，一定要有一颗干净的童心。人之初，性本善。本性善良，就是我们说的初心。只有心灵纯净，才能看到最美的风景！对于我们来说，控制得了的，叫表情；控制不了的，叫心情。你可以用虚情假意应付所有人，却唯独骗不了自己的心。你能够承担着很多压力，却不得不承受着压抑。夜深人静，喧闹过后你的心还能恢复平静吗？很多时候，劝人的话都会说，轮到自己就看不破，身外之物都分明，心上之情就不清醒。一个人的心，最不会说谎，独自伪装，独自坚强。也许不能流的泪，才是最疼的；也许不能说的话，才是最真的。人要有一颗干净的心。无论相貌，无论着装，心的通透是最美的；不分贫富，不分高低，心的善良是最贵的。身处俗世，却不被俗世所染。笑在脸上，笑也在心上。对人几分真，便会换取几分心。用情几多诚，就会收获几多永恒。眼睛纯净，才能看见美丽的风景；心灵干净，才能拥有纯粹的感情。一个人的心就是一个人的世界、一个人的一切。希望你能够把我这些话好好回味。"

对于蔺晴来说，挫折和失败已经过大，如果此时洗心革面、改弦易辙，人生道路应该还有机会和翻盘的可能。但是，忠言逆耳，他又一次没有把长者的话当回事，依然我行我素，他的心早已飞到了旷野之上。

蔺晴年轻啊，精力旺盛，尽管被单位劝退后，有点失落，便在上网的时候，玩起了视频聊天、寻找女友的游戏，其内容之开放、之露骨，令人咋舌。

那一天晚上，蔺晴在某个网站发现一个50多岁的女人在不断招呼男人跟她视频连线。那种急吼吼的样子，明显是在"思春"。而蔺晴也想寻找新的刺激，他抱着好玩的心态，轻率地点击了连线键。蔺晴立即看到了对方是一个长着一对丹凤眼，浓妆艳抹，烫着长波浪，满脸堆笑，身穿红底镶花旗袍的富态老妇。而蔺晴则是一个戴着眼镜、穿着简单T恤的白面书生。

于是两人开始寻找所谓的共同语言。

蔺晴说："你好！阿姨。"

老女人热情地回答："不要叫我阿姨嘛，我叫秋野，秋天的秋，旷野的野。"

"好名字！我叫蔺晴。蔺相如的蔺，晴天的晴。"

"哇，好有学问的名字！"

两人开始热聊起来。

秋野看到这个有学问的小年轻，十分喜欢。因为线上真正愿意与自己聊天的人寥寥无几。而且，愿意聊的，都是一些形象丑陋的委琐老头，一看就令秋野内心作呕。而与蔺晴几句寒暄之后，秋野就如饮醇酒，立即表白自己大概有一个多亿的身价，又有超级豪宅。自己的老公，去年因为酒驾，在车祸中走掉了，所以她现在变得非常寂寞。

蔺晴也没有对秋野说实话，没有把自己已经被雅泰影业开除的实情告诉她。蔺晴说因为自己年轻，所以领导拼命往自己肩膀上压担子，工作量之大，可以想象。所以，他累得头昏眼花，于是就上上网解困，与秋野不期而遇。

秋野得知这个比自己小20多岁的竟是名牌大学的高材生，还在雅泰影业担任制片人、导演，非常敬佩。蔺晴讲起话来文绉绉的，用语又十分精准，这一切都让秋野心旌摇动。她非常羡慕蔺晴。她希望自己与年轻男子打交道，让自己也年轻起来，她并不在乎社会上那些嘲讽和指指点点，她热切希望与蔺晴进一步发展感情的交流。

此后，秋野采取了一轮又一轮的攻势，约蔺晴第二天晚上，就到海阔市中心的一家叫"哈灵"豪华酒店小酌。

蔺晴感到太突然，因此，没有马上同意。但经不起秋野的反复邀请，终于同意了。

　　秋野订的是包厢。酒过三巡，秋野就在敬酒的过程中，突然放下酒杯，猛地把蔺晴紧紧抱住，然后是一阵狂吻。

　　此时，一个不速之客出现了，蔺晴原来的同事——雅泰影业女生黛琦走错房间闯了进来，见此情景，吓得抱头鼠窜。

　　蔺晴哪里经得起秋野如此的热情和缠绵，他的荷尔蒙全面被唤醒。于是，秋野乘胜前进，立即将蔺晴拉到酒店房间。激情四射之后，秋野对蔺晴这个年轻人非常满意。

　　现在，蔺晴是怎么想的呢？他必须作出一项关于自己未来前途的抉择。想到将来自己可以不再为五斗米而折腰，也用不着去奋斗，去辛辛苦苦工作，以后还能享受丰厚的遗产，何乐而不为？……就这样把自己未来的命运决定了。至于以后还会有什么变故，他的态度是，脚踩西瓜皮，滑到哪里是哪里，只图今日有酒今日醉……

　　黛琦回到雅泰影业后，还是忍不住，把蔺晴与老女人在酒店包厢厮混的事儿，向自己办公室的那些女同事们说了。她们对这种八卦的事儿都非常感兴趣，于是这事很快传到了总监崔颢耳里。崔颢是个厚道人，出于对蔺晴前途的担忧，他把黛琦叫去，关照她把这个事儿跟蔺晴的父母通报一下，并把蔺晴的家庭电话告诉了黛琦。

　　蔺晴的父母得知以后，非常生气。他们立即打电话给儿子。

　　蔺如松严肃地问儿子："你最近在忙什么？"

　　蔺晴编了些谎话，说自己忙于雅泰影业的工作。

　　蔺如松说："你骗什么人啊？你已经被雅泰影业劝退了！赶紧去找工作，为什么要跟一个老女人在外面瞎混！"

　　蔺晴知道父母已经知道自己的情况后，恼羞成怒，马上就说："我不用你们管！我都40岁了啊，有自己选择人生道路的权利！"

　　蔺如松气得差点噎住，他只说了一句："哎呀，你怎么永远长不大啊？！"

脸 面

一

　　脸面，也即相貌，对于每一个人的重要性自不待言。古今中外，概莫能外。
　　城市的坊间，饭后茶余只要有空，常常会有闲人在议论谁长得如何如何；更不要说那些未婚的男青年，一般见了妩媚的姑娘，都会倍加关注，甚至会暗生爱意。由此也足见脸面之重要。
　　当事人知道别人的议论后，可以不以为然，一笑了之。但被别人说长得好看的人，大多有些春风得意。被人家说长得难看的人呢，心底难免有些压力，甚至觉得有些委屈。或许这就是所谓的人之常情吧。这也就是为什么韩国的美容行业如此吃香的原因。有些白领，主要是女青年，甚至花几十万乃至上百万元，去韩国削骨美容，无非是让脸面娇美，眼更大、皮更白，一下子变成妩媚无比的白雪公主。
　　已经不需要证明，脸面对于人性重要。但仔细想来，上述对于脸面的说法，还仅仅停留在浅层次，恐怕还可以从自然脸面，深入探讨到心理上的脸面。
　　前几年，东南亚的一些国家，开始学习欧美、韩国电视节目的制作方式，一时间选秀类节目风行，各种形式、规模的选美大赛此起彼伏。基本上以选年轻貌美的姑娘为主，电视收视率颇高，可见脸面之重要。当然，也有选小伙子的模式，或选其他年龄段男女的比赛，也都很吸睛。但毫无疑问，除了个人的才艺表现，选手脸面长得如何，至关重要。

这不，初秋时节，东南亚小国——S国风景如画，华人的生活也像一首美妙的诗，每一天都值得他们用心去感受和珍惜。他们是这首诗中的主角，用自己独特的方式演绎出属于自己的精彩篇章。

S国金玫瑰电视台的演播厅内，选美大赛也正在如火如荼地进行。

那里室外的气温通常都在36摄氏度以上，灯火辉煌的金玫瑰电视台演播厅里也热闹非凡。尤其是各种规模、造型的LED高清大屏幕，画面之绚丽，视觉冲击力之强、之酷，完全可以与美国最繁华的纽约百老汇街上那里大屏上播映的画面相媲美。舞台上，正在直播S国花蝴蝶牌化妆品公司举办的"全球华人选美大赛"的半决赛。穿着奇装异服的参赛者的粉丝们，个个年轻靓丽，活力四射，将观众席挤得满满当当。这些人举着崇拜者的照片和旗子，以及活动主办者发放的各种LED电子标语，会常常大声叫喊支持谁的各种口号，其状况近乎癫狂，有人将之讽刺为"精神病院病人集体放假"。

穿着黑领暗红色西装的男主持赵欣楠，身高不会超过一米六五，脸长得很甜，就是鼻子嫌大了一点，肉了一些，没办法，华裔嘛。他站在十位佳丽之前，觉得矮了一截，他接过一位礼仪小姐递来的信封，神采飞扬地说："女士们，先生们，晚上好！经过广大观众的手机踊跃投票，'全球华人选美大赛'的四分之一决赛得分最高的两位选手已经产生，她们分别是——李美亭小姐和曲玛丽小姐！"

"哗——"雷鸣般的掌声中，身穿泳衣、打着发结、不满20岁的年轻漂亮姑娘——李美亭和曲玛丽走到台前，微笑着向台下的观众挥手致意。

"哇！果然是'窈窕淑女，君子好逑'！"在S国所有电视观众的注视下，赵欣楠自信满满地继续说下去，"根据赛制，接下来，将在这里隆重举行半决赛！今天的比赛环节是'肺活量测试'，下一个环节'头脑急转弯'将在两周后的总决赛里进行，两个环节的比赛成绩，将决出S国世界小姐的冠亚军。好，马上进入今天的环节，上道具！"

于是，在雄伟的乐曲声中，在几道追光和各种气氛光、烟幕的烘托之下，一个装着轮子的、小型集装箱大小的玻璃缸,被四个穿着白色海军服的小伙推到了舞台的中央。

观众席里喇叭声和欢呼声此起彼伏。

分别穿着一红一黑泳衣的李美亭和曲玛丽,神采奕奕微笑着登上梯子,给观众送了几个飞吻。

玻璃缸旁边是巨大的电子时钟显示屏。

赵欣楠激动地大叫:"见证奇迹和魅力的时刻到了!'肺活量测试'计时开始——"

李美亭和曲玛丽两位婀娜多姿的美少女立即跳入玻璃水缸。

顿时,电子时钟显示屏的数字开始翻滚。

夸张的秒表的滴答声和观众必然的心跳声混合着响起。这种声音的艺术处理,都是受西方电影影响的东南亚各国电视台常见的艺术手法。

粉丝们的情绪被迅速调动了起来,他们纷纷紧张地站了起来,瞪大了双眼。

赵欣楠大叫:"一分钟……两分钟……两分五十秒。"

底下的观众也跟着欢呼起哄。

曲玛丽脸涨得通红,因为憋不住,率先钻出水面,眼看只能屈居亚军。

李美亭闷水时间超过了曲玛丽,电子时钟屏显示:"3:40"。

她终于也钻出了水面,来到舞台中央。礼仪小姐分别给冷得在发颤的李美亭和曲玛丽披上金色和银色的浴衣。

站在她俩中间的赵欣楠宣布:"三分四十秒!在肺活量测试这个环节,李美亭小姐胜出!"与此同时举起了李美亭的右臂。

台下一片欢腾,塑料拍手器拍得震天响,各色荧光棒也挥舞得令人眼花缭乱。

冷得有些发颤的李美亭微笑着向观众连连鞠躬,而旁边的曲玛丽也一脸沮丧。

赵欣楠即兴采访:"请问李美亭小姐,你这么苗条,为什么肺活量会如此强大?"

李美亭回答:"我每天跑步,我……"她突发右边面瘫,歪着嘴,讲不出话来,眼睛也变成左大而右小,李美亭一下子从美女变成丑婆。

场子里"哇——"地一片错愕之声,观众个个惊呆了,嘈杂声此起彼伏,大家面面相觑。

李美亭也惊得不知所措,尴尬万分。

这可是电视直播啊!在电视机前观看这场选美大赛的观众,也像现场的观众一样惊讶万分。

赵欣楠转身端详李美亭,惋惜道:"李小姐,你,怎么激动成这样?估计,你面瘫了!两周之内,你必须把面瘫治好,否则就可惜了,S国'世界小姐'最后总决赛的桂冠就要旁落了!"

赵欣楠面对观众,继续说:"我把丑话说在前头,李小姐,你要记住,因为是选美,所以观众是不可能把票投给歪瓜裂枣的人的!大家说,对不对啊?"

"对——"台下有人应和道,但多数人"啧啧"表示惋惜和同情。

"她面瘫了!"曲玛丽眼睛一亮,幸灾乐祸地对扶着她的助手曹一耳语道,"好啊,真是天赐良机啊!我的机会终于来了!"

"是啊!"曹一巴结地轻声说道,"老天有眼啊!"

"好运来了,推也推不掉!"

曲玛丽说的是实话。本来李美亭的外貌,可以打95分,现在最多只能打50分。而曲玛丽本人,尽管身材窈窕,但脸圆圆的、肉肉的,很不上镜,最多只能打七十多分,劣势明摆着。曾几次想去韩国吸脂、削骨,都因为害怕男友会坚决反对而只好放弃。现在好了,形势逆转、福从天降。

所以曲玛丽与助手曹一两人得意地对视而笑。

其实曲玛丽和李美亭两个人从小就一直在当地的同一所艺校的同一个年级里面学习,是同班同学,而且是这所学校里面最优秀的两个女生。小李的性格比较开朗、外向,而曲玛丽比较内向,有点阴。性格不合,使得两个人关系时好时坏。

曲玛丽由于父母离异，家庭长期分裂，内耗不断，所以长大以后，性格开始变阴。她在班上喜欢搞小圈子，搞一些针对弱势同学的小动作，带着一批追随者今天整这个同学，明天给那个同学穿小鞋。好多同学都怕她。而李美亭家里非常和谐，因此一贯大大咧咧，于是有了较好的人缘。由于两个人在学校里的表现都比较优秀，因此她们后面总是有一大批的粉丝追随。

现在的形势，显然对李美亭不利。

而演播室里和电视机前的观众，哪里知道艺人的这些背景。他们对明星如痴如醉。特别是当下的小年轻，对于各类明星，可以说是崇拜、羡慕有加。他们中不少人在内心暗恋着某位明星，甚至发誓非这个明星不娶或不嫁。这种情况，尤以女性为甚。当然，这是题外话了。

二

S国金玫瑰电视台演播厅后面是20多个化妆间，要比社会上一般舞台的化妆间多得多，至少要多两三倍。因为电视台经常要搞综艺节目，而且演播厅还不止一个，好多演员挤在化妆间等着要化妆、换服装，化妆间不多是不行的。

化妆间里面有好多面镜子，每个镜子上面都有一个日光灯，底下是化妆台，旁边有供冷热水的洗脸盆。化妆间里一般都有饮水机，供演员饮用。名演员一般都有指定的化妆师。当然也有演员为了节约钱自己化妆的，至于艺术效果，就很难保证了。因为一般的化妆师都毕业于艺术学院的化妆专业，特别是戏剧学院或电影学院的相关专业，水平自然有保证。不得不承认，搞化妆虽然是伺候别人、帮人整容或美容的活计，但这个活很能赚钱。平时，它是服务于电视转播、录像的一个重要环节，只要有空，还可以将这个活用于参加婚庆、典礼、节庆等各类社会活动，往往也挣得盆满钵满。

化妆间门上，往往贴着演员的名字。大牌演员，一般一个人一间，里面还备有可坐可睡的沙发，甚至冲淋间。知名演员往往几个人合用一间化妆间。群众演员甚至十几个、几十个合用一间大的化妆间。

待在贴着"李美亭"名字这间化妆室里的，是李美亭的男友居保平。他是S国排名靠前的商人之一。三十岁刚出头，风流潇洒。本来他憧憬着想当独占花魁的"卖油郎"，却未曾料到，从这里的电视直播中，目睹了李美亭刚才出的洋相。他的内心如同遭遇了灭顶之灾。他立即电话咨询了自己的铁杆弟兄"小诸葛"蒙子凝，蒙子凝说："保平啊，你应该长痛不如短痛，快刀斩乱麻！"于是，居保平心里便有了底。他咬咬牙，当即将手里的茶杯猛地摔在地上，弄得一地的玻璃碴。

李美亭逃下台来，在晨风的搀扶下，捂住脸，边走边抹泪，失魂落魄地来到自己的化妆间，遇到了刚好要离开的居保平。

李美亭遮住自己的半边脸颊，歉疚地对居保平说："保平，我突然面瘫了……怎么办啊？"

"幸亏发现得早，"居保平铁青着脸，冷冷地说，"否则，将来我再懊悔就来不及啦！"他看看表，躲避似的绕过李美亭，"我还有要事处理呢，告辞！"然后夹着皮包，拂袖而去。

晨风追了出去，急切地恳求："哎，居少爷，你不要走啊！我们还有重要的事情找你商量呢！"

居保平根本不予理睬，推开晨风，头也不回地疾步离去。

无可奈何的晨风，沉重地回到李美亭身边，小声地向她通报了刚才发生的事情。

李美亭如遭雷劈一般，扶墙掩面哭泣："不要去追他了，也许还是这样蛮好。现在，我刚患上毛病，他就撒手离开，将来怎么可能在一起过一辈子呢？"

晨风安慰道："或许，他是一时糊涂，看看，你能否再规劝一下，让他回心转意？"

"不必了！强扭的瓜不甜！……"李美亭边说边沉重地坐了下来。

化妆组组长，一个胖胖的中年妇女俞丽萍带了几个跟班上来规劝："李老板，也要理解居少爷，一个大名鼎鼎的富翁怎么会要一个歪脸婆同进同出呢？对不起，原谅我用这个粗俗的词汇。"

李美亭无奈地回应："没有关系，说的也是。"

俞丽萍解释："李老板，我手下这些服化道师傅跟着您干都快三个月了，他们都想拿了劳务费再去另谋高就。"

晨风无奈地帮着说："本来李老板想等决赛结束多给大家一些……"

俞丽萍用鄙视的口吻说："等得到决赛结束吗？李老板后面还会有戏吗？纯粹是空心汤团嘛！所以，要给就现在给！"

"对对！"俞丽萍身后的那些跟班一起起哄。

李美亭厌恶地命令："晨风，先动用备用金，全部结给他们！"

"是！"晨风立即从背包里掏出来一大叠钱，数了几叠交给俞丽萍，"两周后，还是要来帮忙哦！"

俞丽萍立即拿过钱，数了一下，眉开眼笑地回应："到时候再说吧。我们搞化妆的，谁不知道面瘫这种病，难治得很！两周之内，如果能够治好，除非太阳从西边升起！"然后，对手下吆喝道，"走，分钱去啰！"

俞丽萍带着一拨人匆匆离去。

李美亭抬起泪眼："完了，完了，树倒猢狲散！"

晨风给她鼓劲："怎么会完了？我们赶紧到乔治医院去治疗！"

三

晨风开着一辆银色的宾利，风驰电掣般地来到了当地最好的乔治医院。

医术高超的德国大夫冯特罗曼告诉李美亭，面瘫基本分两大类，常见的贝尔面瘫，大部分患者预后良好，70%—85%的患者可在数周或数月内自行恢复或经治疗后恢复。但如果是因耳部带状疱疹等病毒感染引起的亨特综合征导致的面瘫，病情较重，恢复相对困难，完全康复概率可能降至30%—60%。李美亭明显属于后者,两周之内没有治愈的可能。

李美亭听了,婉拒了住院治疗,拉了拉晨风,默默地离开。

坐在宾利车里,李美亭俯身啜泣,一直在喃喃地说:"怎么办?怎么办啊?"

晨风安慰道:"不要急,不要急,办法总是会有的。"

"不用骗我,我又不是三岁小孩子!"李美亭绝望地说,"我完蛋了!被天下人所耻笑!"

李美亭的家在海边。晨风扶着悲伤欲绝的她进了家门。

李美亭锁上房门后,晨风并没有急着回家,他同情地站在门外,只听到房门里面不断地有较猛烈的声响,像是在摔瓷器和玻璃。

直到室内安静了,晨风才悄悄地离去。

第二天一早,晨风又赶到了李美亭家。只见李美亭穿着一件白色的睡裙,没有梳头,呆呆地端坐在窗口,长发被风吹起,散乱地遮着了整张脸,十分吓人。

晨风靠近李美亭后,压低嗓门禀报:"不好了李老板,那笔1000万元的广告代言可能要吹了!"

李美亭惊讶地转身问:"晨风,怎么回事?慢慢说。"

晨风气愤地说:"刚才,花蝴蝶牌化妆品公司的广告总监紧急找到我,他们公司撤销让您代言的化妆品广告了!"

李美亭惊愕:"不会吧?已经签好的合同,怎么可以轻易撕毁呢?"

晨风为难地汇报:"他们说你面瘫了,如果再让你代言,会有损花蝴蝶牌化妆品的形象。所以,合同必须撤销!"

李美亭有点紧张地又问:"那原先讲好的拍摄广告的所有安排……"

晨风坦承:"看来也泡汤了。刚才路过摄影棚,那儿正在拆景呢!另外,好莱坞集团《宇宙流浪》剧组制片人刚才发来一条短信,说原定让您担任女一号的安排暂时取消了。"

"这又是为什么？"李美亭怒吼道，"真是屋漏偏遭连夜雨啊！"

晨风几乎掉泪："都是让面瘫的事给搅的！但是，应该会有转机的！"

"我怎么这么倒霉呢？！"李美亭哭着抽打起自己右面的脸来。

晨风站到她面前，缓缓地安慰道："老板，昨晚回到家里，我也好长时间没有睡着。我想起来了，我妈妈以前有个朋友，是小有名气的越剧演员，有一次上台演出之前，天气暴冷，她突然面瘫了，经人介绍，立即找到了中国海春城专治面瘫的马医生，几天工夫，就被他治好了！"

李美亭听了，眼睛一亮："真有这么灵吗？"

晨风真诚地说："不会骗你的，就这么灵！我搜索了互联网，找到了马医生，已经为您挂上号了！"

李美亭热泪滚落："太谢谢你了！"她竟然情不自禁地站起身，吻了自己的手下——晨风的额头一下。晨风被吓得不知所措。

是的，人只有到了绝境，才看清了谁是真朋友，谁是假伙伴。人生路漫漫，看尽流水落花的落寞，挥一挥手，与昨天作别。光阴轮回，燃尽了所有喜与悲，放慢脚步，静静地欣赏夏日的明媚。人生短短几十年，有些记忆显得阴沉灰暗，有些往事已化成烟云，有些醍醐灌顶的经历让人清醒。

吻过之后，李美亭依偎在晨风的胸前，久久不想分离。她喃喃说道："我现在终于明白，如果人与人，不在一个层次，到了危难关头，就会分道扬镳。而所谓的层次，并非社会地位的高低和财富的多少，而是一个人的人品和认知事物的清晰程度。同频才能相吸，同趣才能同乐，只有灵魂相似和真正善良的人，才能看出彼此之间潜藏的高贵的品质。懂你的人不用言语，不懂你的人百口莫辩……"

晨风默默听着李美亭的内心表白，然后轻轻地安慰道："控制好自己的心情，生活才会处处祥和，崎岖险途才会变成一马平川。心情，虽不是人生的全部，却能左右人生的全部。心情好，一切都好；心情差，全部乱套。有的人输了，常常不是输给了他人，而是输给了自己的心情。坏心情，贬低了自己的形象，降低了自己的能力，搅乱了自己的思维，影响了自己的信心，从而输给了自己。我衷心希望李老板能够迅速走出阴霾……"

四

两天之后，S国希尔顿五星级宾馆的总统包房。客厅的桌子上放满了各种来自世界各地的奇瓜异果。比如说荔枝，一般的荔枝，也就乒乓球这么大小，而放在这里的荔枝，却有网球那么大，瓤肉晶莹如冰雪，浆液酸甜如醴酪。其中的核又很小，只有葡萄干那么大。品质极佳。还有新西兰的奇异果，每个都有半斤多重，是普通猕猴桃个头的三四倍，味道是只甜不酸，可谓猕猴桃中的极品。让人惊叹的是，这种奇异果的种，据说是来自中国四川的猕猴桃，经过他们农科专家不断地改良，才结出了今天的成果。另外，冰箱里放满了世界各种顶级品牌的点心、零食和饮料。所有的器皿，都是欧美宫殿用品，高雅且充满艺术感。

曲玛丽召集几个高参一边享用这些水果和点心，一边开会："现在，本小姐离世界小姐只有一步之遥了，今天请大家来，帮我想想办法，用什么办法才能最终战胜李美亭呢？"

"我觉得，"她的顾问许珠宝先生吃着荔枝说，"得想方设法搞定评委，还要收买投票的粉丝！"

曲玛丽的闺蜜李施箴放下蛋糕反驳："不行，代价太大，搞不好还会穿帮！听说，你好像还暗恋着居保平，要想将他收入囊中，可不能冒这个险！"

许珠宝说："我听说李美亭将去中国的海春城治面瘫，那里有个马大夫，拥有一份非常灵验的祖传秘方，数十年来，已经治好了30多万病人。"

"这条消息太有价值！"曲玛丽吃惊地提醒大家，"我们一定得让李美亭治愈面瘫的计划落空！"

曹一接着发言："作为曲玛丽的经纪人，我们立即飞到中国的海春城，除了阻止李美亭的治疗，我突发奇想，还要去进行一项宏伟的计划！"

"什么计划？"在场所有的人都感到好奇。

"大家知道，东南亚一带渔民甚多，台风、飓风常常突袭，因此，每年都有成百上千的人患上面瘫，而根除者甚少。一旦把马医生根治面瘫的秘方搞到手，相信将来一定会成为东南亚各国医药行业的一桩大生意，我们定会发大财的！"曹一信心满满地说。

"太好了！"曲玛丽激动地站起身，兴奋地拍拍手，"好！所有经费由我承担，赶紧行动！加油！"

曲玛丽将曹一拉到自己的卧室，锁上门，打开保险箱，拿出好多张银行卡交给曹一："如果不够，我还可以追加！"

曹一低头哈腰，感激涕零，然后准备离开。

曲玛丽一把将他拦住，命令似的说："今晚你就给我住在这儿！"

五

海春市地处中国江南，它的秋天，常常美丽得让人陶醉、让人感动。空气开始凉爽，夏尾的燥热被来自西北的寒风驱散了。秋天是怡人的，她的旋律似乎在弹唱。颜色也变得五颜六色，红色、黄色、绿色，树木绿得更是深沉。秋天的花草绽放，写下大自然的美丽！秋天的花草歌唱，歌唱大自然的灵性与温柔。秋天是一个令人多愁善感的季节，也是一个安静的季节。秋风凉爽，带着清清淡淡的芳香，吹拂着路人的面庞，秋风渲染着大地的金黄，清凉的空气，金黄色的树叶，这是秋天独有的景色。秋天，写着收获；秋天，写着美好，又似乎包藏着某些即将到来的危机……总之，秋天让人感慨万千，也会带来许多危机，否则，何来"多事之秋"一说？

"马氏面瘫医寓"坐落在海春市的市中心，虽然门口也有一地的落叶，但涌来的病人和家属还是络绎不绝。

由于数十年来，治疗好许许多多各地的面瘫病人，因此，"马氏面瘫医寓"

口碑甚佳。医寓的主治医生叫马天德，刚满60岁，已经是满头白发，但精神饱满，活力四射。他是"马氏面瘫祖传秘方"的第四代传人，著名的中医大夫。他不喜欢被别人叫作老板或者大师，你叫他医生或者大夫，他会认真回答你的任何问题。你如果叫他老板或大师，他会瞪你一眼，反问道："这儿哪来什么老板和大师？"

上午八点钟不到的时候，街面上还比较冷清。大部分店铺还未开门，而一条小马路上这家门面不大的"马氏面瘫医寓"，进门者却甚多。

走进医寓，其实面积并不小。在门诊室外的走廊上，已经排起长队。墙上，挂着许多写着健康提示的镜框，比如其中有一个镜框里面写着："一、脑的天敌是累；二、肠的天敌是坐；三、心的天敌是咸；四、脾的天敌是冷；五、肺的天敌是烟；六、胱的天敌是憋；七、胰的天敌是撑；八、胆的天敌是甜；九、肝的天敌是胖；十、肾的天敌是肉；所有器官的天敌是寒湿！"病人们和陪客一边阅读，一边品味其中的含义。

镜框底下的座位上坐满了一个个面瘫病人及陪同的家属，不少病人只要一说话，嘴就歪了，千奇百怪、丑陋无比。说句比较夸张的话，好多人的脸面多少有些狰狞，更多的是委琐。如果没有足够的胆量或宽容，看的人有可能会受到惊吓。

看看这些病人的可怜相，应着了前面提及的那句古话，叫作：多事之秋。我们不妨听听病人们都在聊些什么，肯定很有趣哦。

病人甲问："您是哪里人呢？"

病人乙答："浙江舟山人。我是慕名前来，听说马大夫几十年来治好了好多人呢！"

病人丙赞叹："真是神医啊！据说，马大夫用的是祖传秘方。"

病人丁，是个年轻姑娘。她予以肯定："是的，只有他才能治好这种怪病，否则，我这下半辈子怎么见人呢？"

边上是她的母亲，她忧心忡忡地说："怕你们笑话，她还没有结婚呢，这么歪着个脸去相亲，你们说，哪个男人会要她？"

病人丁埋怨道:"妈,这种话怎么可以在外面乱说呢?!"

聊到这儿,"马氏面瘫医寓"负责挂号的护士邹关琴推门出来训斥道:"哎哎,你们说话能不能轻一点,吵死了!什么素质?!"

众人吓得赶紧噤声。

奇了怪了,如果在公立医院,护士这么训斥人,大多数情况下,护士是会受到病人或家属的指责的,于是,往往病人会你一言我一语地大吵起来,甚至有可能会投诉到院长那里。而在这里,病人们都非常知趣,马上一个个老实起来,甚至有人附和道:"医生说得对,医生说得对!我们听你的!"

邹关琴气呼呼地砰地关上医寓的大门,那感觉,简直像个女皇。

门外,有人叫起来:"马大夫来了!"

"马大夫早""马大夫早"的招呼声此起彼伏。

马大夫微笑着边走边不停地向病人们点头回应。

马大夫进了"马氏面瘫医寓"的门诊室的门,只见负责挂号的护士邹关琴正在看手机。

马大夫问:"关琴早啊,在看什么呢?"

邹关琴赶紧站起身回答:"马老师好!我在看S国的'全球华人选美大赛'的半决赛。那个有可能获得冠军的李美亭,挺漂亮的,却一下子面瘫了,真可惜!"

"哦,"马大夫穿起白大褂,"不知道S国有没有治疗面瘫的医院和专家?"

邹关琴收起手机:"估计不会有像您这样高水平,又拥有祖传秘方的老中医!否则,刚才李美亭的助理晨风先生就不会打电话到这里来挂号了。"

"哦,他们情报很灵啊!"马大夫坐在医案前笑道。

邹关琴说:"是啊,他们那里治面瘫的医生,据说只有不到百分之二的治愈率。其他的只要有钱,都要出国去治疗,特别是希望到中国,通过中医把毛病治好。"

"这倒是说的大实话,"马大夫平静地说,"据我所知,即便是欧洲高科技治疗手段,对面瘫也往往是无能为力的。"

"尽管他们也知道面部神经麻痹的病因,但他们采用西药治疗,基本没戏。老师,是不是这样?"邹关琴问。

"是的,目前确实如此。"马大夫回答,"面瘫主要分为引起中枢性面神经麻痹及周围性面神经麻痹。所有面神经麻痹患者中,有70%左右是由特发性面神经麻痹所致。基本病因引起的面神经麻痹包括感染、卒中、炎症免疫、肿瘤、糖尿病性神经病变、外伤等,其中特发性面神经麻痹最常见。特发性面神经麻痹的诱发因素为寒冷,气温越低,发病率越高。"

边上的病人听得津津有味,竟鼓起掌来。

马大夫穿上白大褂在医案前坐下,问:"谁挂的第1号?可以请他坐上来了,我们开始了。"

六

飞往中国的航班已经翱翔在蓝天之上。

他们乘坐的是分上下两层的"空客380"。宽敞的客舱内有左右两条通道,非常豪华。

李美亭订的是头等舱,所以一排也就8个座位,可以坐着,也可以躺下睡觉。不断有空中小姐送来水果、饮料和各种小吃,让你享受。李美亭将晨风也叫进头等舱里,不断地跟他说着话。说话时,总是有右边的脸被拉拽着的感觉,李美亭会情不自禁地戴上口罩遮住自己的脸颊。

晨风真心地开导:"李老板,你一定要相信这个病能够治好的。我听说,好心情和必胜的信念是治好面瘫的前提!"

"我记住了。现在,我身边的人全走光了,就只剩下你一个了,"李美亭点点头,突然又担心地问道,"晨风,你会离我而去吗?"

晨风发誓:"我如果也做这种忘恩负义的事,那会天打五雷轰的!"

李美亭感动地捂住晨风的嘴:"不要下这种毒誓,我相信你!"

空姐推着食品车过来，对晨风规劝："先生，对不起，请您坐回经济舱去。"还没待晨风离开，空姐将食品和饮料递给李美亭。

李美亭将晨风拉住，冷冰冰地对空姐说："放着吧，我待会儿吃。请你先退出去。"

空姐想说什么，但马上耸耸肩，知趣地退了出去。

晨风心事重重地说："你知道吗？曲玛丽看到您面瘫了，不知道有多高兴！"

"是你多心猜出来的吧？"

"我有一个朋友是曲玛丽小姐的司机之一，是他悄悄告诉我的。"

李美亭坦荡地说："可以理解。总不至于来阻扰我治疗面瘫吧？"

"问题就出在这里！"晨风表达了自己深深的担忧，"听说曲玛丽这个女人很会玩阴的！"

"那也没有办法。谁让他们把奖金定得这么高，居然有两个亿！"李美亭点点头摘下口罩，吃了点东西，然后立即戴上口罩。

晨风苦笑道："不过，佛家有云：众生皆苦，生命空幻无常。意思就是说人生在世，总是顺逆交替，没有人会事事如意。无论是顺境还是逆境，都是因果循环；无论善缘还是恶缘，都要处之泰然。"

"哦，你也相信佛学？"李美亭问。

"是的。其实，福报皆为自己所修，痛苦都是自己找的。没有无缘无故的好运，也没有天生的不幸，因缘因果，无常无我，自作自受。"

"说得对。在这世上，没有人会让你痛苦，除了你自己。你想不开、看不破、放不下，一切的痛苦都是自己在折磨自己。"

晨风虔诚地表达："没错。'我'是一切痛苦的根源，佛经有云：天下之苦，莫过于有身。就是说，人之所以痛苦，原因就是执着于外在的欲望。你越执着于什么，它就越折磨你。我们的执念是苦，是一切痛苦的根源。"

李美亭摘下口罩，有点激动地称赞："你太可以了！以前，我真的太不了解你，小看你了！"

等晨风离开后，李美亭立即拿起手机，写了一段文字，准备下了飞机发给他："互相信任情长久：人与人之间，因为真心才会靠近；人与人之间，因为信任才会交心；人与人之间，因为喜欢才会牵挂；人与人之间，因为好感才会来往。所以：真心是一种在乎的体现，更是信任后交往的表达！"

空姐推车来收拾果盘，见了李美亭的真容，吃了一惊，回到料理间，悄悄告诉另外一位空姐："头等舱的那个戴口罩姑娘，嘴歪得吓人！像个妖怪、巫婆！"

七

大家去看好了，一个城市是否漂亮，中间有没有一条大河贯穿是关键。无论是伦敦、莫斯科、巴黎、上海，还是其他一些国际大都市，基本上都存有这个关键因素。

海春市呢，就是这样的一个漂亮的城市，它中间就有一条两三百米宽的大河，叫木河。这条河，白天轮船来来往往，魅力一般。但到了晚上，就像古代的秦淮河一样，魅力无限。两岸的大厦高低错落，在各种色彩鲜艳的LED灯光勾勒下，如天宫的琼楼玉宇，神仙居住的地方。波澜不惊的木河之上，有许多的游艇、游轮和仿古游船穿梭来往。中外游客被木河的美景所陶醉，兴高采烈地在甲板上和舷窗边拍照留念……

人们都说，海春市的美丽，除了木河两岸，还要去观赏陌上红尘的风光。光阴荏苒，转眼秋色已经迷人。凝眸，风烟俱净，秋的斑斓，秋的萧索，以及秋的薄凉，都一一落款岁月的画卷。秋韵袅袅，秋情缱绻，一幅秋色，带着禅意的美，摇曳着秋天的美好，浓了谁的思绪，又醉了谁的流年？

邹关琴的家就在木河边上的公寓里。此时，她看完了周边的美景，回到厨房开始做菜。她的家，简朴而清洁，因为老公是一家外企的工程师，经济条件还不错。

这时，有一个西装革履的中年男子按着邹关琴家的门铃，"叮咚"。

"谁啊？"邹关琴立即关掉煤气，"来了来了！"摘下围兜，快步前去开门。作为警惕，她打开的仅仅是安全门上的气窗，然后打量来客是谁。

来人是曹一。

他告诉邹关琴："我是S国政府派来的。我负责任地告诉你，我国的李美亭小姐有传染病——梅毒！"

邹关琴一听就急了，马上打开门："请进，请进！"

曹一说："我就不进来了。"然后将一大叠人民币交给邹关琴，"一共五万元，请收下。"

邹关琴心动了，问："你要我帮你们干什么？"

曹一做了个切菜一样的果断动作："你只要将李美亭拒之门外，不要让她看成病就可以了。"

"对于传染病携带者，我们是一贯禁止入内的。送钱给我是什么原因？"

"那你就别管了。反正你就说她有传染病，把她撵走就行了！"

"这个不难！"邹关琴自信地回答，然后快速收下了钱。

八

看过海春城的秋花落雨的白天，品味了它略带寒意的清风，必然会感受到岁月的更迭，体味到生活的酸甜苦辣和奔波忙碌，还会感叹人生的悲喜和艰辛。如果说，四季是一圈圈从不停歇的年轮，那么，海春的匆匆而过的秋天，便是风雨奔途中，让人驻足的温柔，它悄悄掩去了来路的苍然，也轻轻吹动了心眸的期许。

海春城秋天的颜色，是盛开在人间的菊海，它金黄而灿烂，装点了岁月山河，它幽深沉着，描画着四季人生。暮秋树影浓重，浅浅深深的斑驳，预示着下一个季节的来临,岁月一定变得更加神秘莫测。海春城马路上依旧车水马龙,熙熙攘攘的人群聚散如潮水涌动。

地处市中心僻静处的"马氏面瘫医寓"的候诊室里坐满了病人,但显得非常安静。

李美亭戴着口罩,在晨风的陪同下,找到了"马氏面瘫医寓"。晨风推开诊疗室的门缝,李美亭亲眼看见马大夫时而用按摩,时而用针灸,以及祖传秘方膏药在为患者治疗。

他俩窥视的动作,立即被邹关琴发现并劝离:"哎,看什么看?!把门关上!你们还没有挂号呢,跟我来!"

李美亭和晨风吓得赶紧缩回身子,怯生生地来到了大门口的挂号台。

邹关琴拿出初诊登记卡,冷冰冰地让他俩填写,晨风立即主动代劳。

很快晨风就填写完毕,交给了邹关琴。后者接过填好的卡一看,突然一惊,眼睛亮了:"啊?你就是李美亭啊!"

李美亭也有点惊讶:"怎么?您认识我?"

"没有,没有!"邹关琴立即否认,然后马上恢复常态,命令,"把口罩摘下来,让我看一下。"

面瘫,果然是李美亭!邹关琴嘴角露出了一丝冷笑——你啊,命不好,撞到了老娘的枪口上!

邹关琴立即告诉李美亭和晨风:"今天呢,两百个挂号已满。要看病,明日请早。"

晨风焦急地哀求道:"我们有紧急任务要完成!帮帮忙,今天能不能再增加一个名额?"

邹关琴冷冰冰地回答:"这是马大夫几十年前定下的规矩,每天只看两百号,多一个也不行!"

晨风气急了,嚷道:"我们已经预先挂过号的!"

"嚷什么嚷?!"邹关琴训斥,"我们这儿没有收到过你的电话预约!"

特地赶来的曲玛丽的助理——戴着墨镜和黑色口罩的曹一在不远处观察着。看到这里，他非常满意地笑了，内心在说："好啊，就得让他们吃闭门羹！"

随即曹一又暗暗发誓："没想到这儿的生意如此兴隆！那个祖传秘方更是一棵摇钱树。哼哼，我一定要把它弄到手！"

晨风搀着落魄的李美亭来到了附近的一处绿地。那里有一泓长满荷花的湖泊，他们在一条长凳上坐下。

他俩是一脸的无奈和失望。李美亭唉声叹气，眼睛里闪着泪花。她自言自语起来："三秋桂子，十里荷花。人们对荷的喜爱无以言表，而荷塘里的荷花，它们知道吗？被人类颂扬了千万年的荷花，恐怕是只会生长、只会盛开的吧？然而，荷塘里的荷花，即便婀娜多姿，即便众生百态，也只是它们自己的事，与人无关。唯有人，也只有多情的人啊，才忘情地在晴天、雨天里跑过去，对着荷花笑，对着荷花说，甚至对荷花落泪、叹息……"

李美亭从自己的小坤包里拿出一瓶橙汁递给晨风，继续喃喃地说道："我也是那无数痴人中的一个。每每与荷花对视、独坐，我看荷花是满眼欢喜，内心充满了柔波。荷花看我是什么感觉呢？我不得而知。我不知荷花是不是懂我，我也不敢说我懂得荷花。我知道，荷花只看不说，我想与荷花长长久久地相看两不厌弃，只请荷花怜悯我，永久地住进我的心窝中。清风徐来，绿云自动。荷花年年开，看荷花的人儿年年来。半夏时，荷花万朵，浅浅粉红，在风中摇曳，在雨中安然独处。盛夏过后，风吹起，又见荷花片片飘落，似烟霞，似云朵，宛若仙子……"

晨风耐着性子听着，他判断李美亭差不多到了精神崩溃的边缘。他觉得，李美亭现在最需要的是心理治疗，于是他觉得自己作为一个男人应该承担起责任，他平静地说："您刚才的这番话颇有文采，更充满了禅意。是的，心向外驰，就会感到外境无比沉重、繁复。心向内缘，大道至简，才有力量过得去这重重境界。别人的对错是别人的，不要成为自己的负担。大道至简，关键是自己对'道'有多少信心？一切境界，用佛法来面对，就很简单。用烦恼来面对，就很复杂、可怕。不管遇到什么境界，都以一颗平常心、清净心去面对，心不高不下，无贪无嗔，不追逐外境、分别比较，就契合于道了。"

李美亭眼睛一亮，破涕为笑道："晨风君，以前我真的不了解你！现在终于觉得，你说起话来，还真的有点像个大方丈呢！"

晨风也乐呵呵地回答："那我赶紧去剃度，穿件袈裟，头顶再烫几个香洞！"

"那我是绝对舍不得的！"李美亭捂住肚子哈哈大笑，眼泪都笑出来了……

九

当天晚上，海春市中心的夜晚灯红酒绿，光怪陆离。街头的LED大屏上，色彩艳丽的广告在各种流行歌曲的陪衬下，刺激着行人的视网膜，各种化妆品浓烈的香气不断地撞击着年轻人的嗅觉。

大夫马天德夫妇的家，就安在附近一幢名叫"春城尊御"的高档公寓里。社区面积有一个足球场大小，里面共耸立着四幢高楼。绿化极佳，景色迷人。

饭厅里，马天德夫妇和女儿马竹莉、女婿秦缔围着红木圆桌在一起吃晚饭。突然，门铃响了。

马竹莉起身去开门，一看是一个陌生男子，就问："你找谁啊？"

曹一谦和地回答："哦，我找你爸爸马天德大夫！"

马天德听到后放下筷子，起身来到门口："你有什么事啊？"

曹一眉开眼笑地说："我想跟您到走廊里单独谈谈。"

"好吧，"马天德一脸困惑，跨出房门，"有话，你就快说，没看见我们都在吃饭吗？"

马竹莉知趣地拉上门，回到饭桌旁："这个人鬼鬼祟祟的，老爸会受骗上当吗？"

"这个小区到处有监控，没有安全问题！"秦缔莞尔一笑，"再说了，岳父是社会精英，谁能骗得了他啊？其实，人生有很多事并不是你可以左右的，冥冥之中都有安排，所谓的心想事成也并不是空想妄想幻想，一切都要在因上努力尽心尽力，至于结果如何只能随缘了。总之，都要靠自己去种善因，才能得善果，一切都是最好的安排。"

"就你最啰唆！"马竹莉埋怨。

马天德推开门，回到了餐桌："这家伙花言巧语，试图出两千万巨资，收购我的祖传秘方，被我一口拒绝！"

"啊？竟有这样的事！"所有人都惊愕不已。

"这是马家的传家宝！"马天德坚定地说道，"我今天把话撂在这里，马家的祖传秘方，不管人家出多少钱，绝对不能出卖！泄密！"

"这话是对的！"太太祝水君立即附和，叹了口气后继续说，"但你儿子不争气啊，不肯继承家业，又不肯好好读书去中医学院深造、拿文凭。"

"唉——"马天德也叹了口气，自责道，"养不教，父之过啊。唉——"

"马竹聪又不肯去拿医学文凭，"祝水君也哀叹，"唉，我担心这个传家宝到了儿子手里就要断流了。"

"你说得对！这些天来，我常常为此而失眠。"马天德说罢盯住马竹莉看，看看她有何反应。

祝水君发现了，坦然说道："可咱们中国有个传统，特效秘方之类的传家宝，只传男，不传女。这可如何是好？"

马竹莉不为所动，平静作答："唉唉，我还是做我的银行差事。"

秦缔打起圆场："我倒是觉得，咱们中国的这个传统可以改变改变！"

马天德接过话茬："女婿说得对！儿子不争气，只能让花木兰上前线了！"

马竹莉调侃道："我竟然成花木兰了？"

祝水君顺水推舟："真是蜀中无大将，廖化当先锋啊！"

"我觉得可以考虑。这也是没有办法的办法！"秦缔提醒大家，"另外，刚才老丈人提到的那件事，要不要报警？"

马天德沉吟片刻："有道理，我们看看情况，再作决定。"

十

　　第二天海春城的傍晚，车水马龙，又到了下班的时间。

　　"马氏面瘫医寓"里病人已经走光，走廊里空空荡荡。待邹关琴下班离去后，马天德锁上门，准备回家。晨风和李美亭从走廊的角落里蹿出，拦住了马大夫的去路。

　　晨风哀求道："马大夫，求求您了！无论如何都要治好李美亭小姐的面瘫！"

　　马天德稍稍一惊，马上面不改色作答："我下班了，你们明天一早来吧。"

　　李美亭急哭了："我们已经来过两次了，都被您的助手邹关琴挡了回去！"

　　马天德警惕地问："她阻止你们的理由是什么呢？"

　　李美亭害羞得欲言又止。

　　晨风急忙解释："邹护士听说她得了会严重传染的性病，完全是道听途说，毫无根据啊！"

　　见马天德医生一身正气，李美亭心结也放开了，她直截了当地哭诉道："马大夫，我可以对天起誓，我还是个黄花闺女，哪来什么性病？！"

　　马天德严肃地回应："哦，原来是这样。"

　　晨风接着介绍："马大夫，李美亭小姐是S国全球华人选美大赛半决赛的获胜者，却不料突然面瘫了！"

　　马天德平静地说："这个，我听邹关琴说起过。"

　　晨风苦苦哀求："马老师，您无论如何要帮帮她！求求您了！"

　　说毕，两人同时下跪。

　　马天德是软心肠的仁慈之人，赶紧将他们扶起："好吧，跟我进来！"马上掏出钥匙，重新打开医寓的门，三人迅速地鱼贯而入。

　　马天德立即锁死门。为了尽快解决李美亭的问题，马天德自己既是主治医师，又当起了护士，准备工作忙活了半个多小时。

　　趁马大夫在做准备工作的间隙，晨风继续安慰李美亭："中国作家路遥曾说,'天空不会永远阴暗,当乌云退尽,阳光就会出现'。人生的大起大落就像行走在崎岖不平的山间小路上,只有当我们爬上了高山的巅峰,才可以瞭望远方,明辨目标,回眸过去,着眼未来,俯瞰天下。人生是很累的,现在不累,以后就会更累。人生是很苦的,现在不苦,以后就会更苦。所以,该累的时候要努力耕耘,该吃苦的时候一定要勇于吃苦。相信那句老话,好人终有好报!"

见马天德开始给李美亭治疗,晨风马上噤声。

马天德在李美亭头上扎针、点穴按摩、艾熏……最后用特殊的膏药贴在患处,然后用纱布将李美亭的头部包扎好,前后花了将近两个小时。

晨风立即从包里拿了一个鼓鼓的红包交给马天德,乞求地问:"马大夫,我们李小姐的面瘫问题不大吧?"

马天德接过红包,自信地回答:"如果三天不见效,我马天德就把红包退还给你们!"

晨风搀着脸上敷着膏药、只露出眼睛和嘴巴的李美亭辞别。

马天德看着他们远去的身影,立即掏出手机,打了一个电话给邹关琴:"有几句话,我要你记住,我们总是说为人要善良,其实善良就藏在生活中的一件件小事里。为别人着想,让对方舒服,这就是骨子里真正的高贵。所谓高贵,与贫富无关,与阶级无关,与外貌无关,与学历无关。它更多的是谦逊的涵养,低调的态度,真诚的善良,内心的怜悯。高贵,既是气质,也是格局。愿我们都能成为有修养的人,都能拥有骨子里的高贵,根植于内心的修养,无须提醒的自觉,以约束为前提的自由,为别人着想的善良。"

电话那边的邹关琴听得一头雾水,只好敷衍道:"记住了!"

十一

海春市是一个有几百万人口的中等城市,坐落在东海边上。这个城市既富裕又时尚,充满了现代化气息。

马家祖传秘方的传统、合法的继承人，当然是马大夫的儿子马竹聪。在这样一个二三线城市里，你如果要找到马竹聪先生，这是一件难度极高的事情。曹一的本事就在于，马竹聪居然被他找到了！

原来，曹一买通了邹关琴，搞到了马竹聪的手机号码。然后，曹一就打电话给马竹聪，自称是护士邹关琴的表兄，有一些业务上的事情想请教，约他晚上到"富豪浴场"洗澡吃饭，还说为他备下了一份厚礼。

这个马竹聪是个贪吃贪喝的纨绔子弟，他立即答应了对方的要求。

当天晚上，马竹聪来到了海春城的"富豪浴场"。它开在中山广场附近的马路上，远远看去，其外表金碧辉煌。等候已久的曹一带着马竹聪走进豪华的大厅。在那里，马竹聪遇到了打扮得珠光宝气的曲玛丽小姐。马竹聪仅仅瞄了一眼，口水差点流了下来。寒暄一番之后，曲玛丽拉了拉马竹聪的手，一起去服务台领了浴衣和洗沐用品，就进入了同样金碧辉煌的大浴场。

浴场里面所有穹顶，都是用真金涂抹，进来后的感觉，宛若到了欧洲大国的皇宫。玫瑰色大理石的地面上，凹陷下去许多各种造型的浴池，有莲花形的、椭圆形的、元宝形的……一个个池子里面，有装牛奶的，有放玫瑰花瓣的，有放茉莉花的，有放中草药的……应有尽有。所有的浴客，可以选择自己喜欢的浴池。大部分都是男女搭配，嘻嘻哈哈地在聊天。曲玛丽拉了马竹聪跳进一个"鸡心"形的浴池，不断用纤弱的手和性感的身体去蹭马竹聪，搞得马竹聪心旌摇动，如痴如醉。曹一则知趣地去大池里泡澡。

洗完澡，他们一起进V3贵宾包厢里小聚。酒过三巡，马竹聪直奔主题："你们俩请我到这里吃饭，不会是在设局吧？"

曲玛丽笑道："高人啊！开门见山，不愧是马大夫的公子，佩服，佩服！"

曹一谄媚道："好不容易通过朋友认识您，是我们的福分！我们这次从S国来，有两件事想与您合作。"

马竹聪问："哪两件？说出来让我听听。"

这时，有服务员推门进来上菜。

"不急。这地方人进人出，说话不太方便。"曹一笑嘻嘻说，"我们先在这里简单填饱肚子,然后再去泡温泉,把酒气和饭后的油腻洗掉,再聊点事。"说罢,塞了一个厚厚的红包给马竹聪。

马竹聪立即将红包收下。

他们三人更换完衣服,赶到菱形牛奶浴池里泡浴。

马竹聪问:"哪两件事啊?"

曲玛丽贴紧马竹聪的身体:"其中一件是,你们无论如何,不许把李美亭的面瘫治好!"

马竹聪点了点头:"这个好办。另一件呢?"

曹一神秘兮兮地凑上来说:"我们愿意出资500万元购买你们的祖传秘方。"

"美金,还是人民币?"

"当然是人民币!"

马竹聪故意为难地回答:"这个嘛……好像太少了。"

曲玛丽的脸紧贴马竹聪的腮帮,使着媚眼:"翻个倍怎么样?"

马竹聪心动了:"1000万元,还差不多。不过,帮忙办这两件事,得先付定金!"

曹一对马竹聪耳语:"先给200万元定金,我去拿。"站起身,走出浴池。

曹一刚离开,曲玛丽一下子抱住马竹聪发嗲道:"宝贝,你们家的秘方放在哪里?你能拿到吗?"

马竹聪狡诈地想要推开曲玛丽:"这个嘛,等拿了定金再说。"

这时,曹一拎了一个拷克箱匆匆赶到,马竹聪和曲玛丽立即松开。

曹一当着两人的面,打开小拷克箱,一叠叠人民币放得整整齐齐。

马竹聪眼睛放光。

曹一问:"要不要点一下,一张都不会少的!"

马竹聪怕别人看见,接过拷克箱说:"这儿进进出出的人太多!我回家去点。"

曲玛丽对马竹聪说:"托你的两件事,一定要办成哦!"

马竹聪点点头:"没有问题!"

曹一非常严肃地告诫:"到时候,我们一手交钱,一手交货。"

马竹聪肯定地说:"一言为定!"

十二

日历翻了两张。海春城的夜晚,霓虹闪烁,繁华依旧。

马天德家里仍然热闹。正在这时,马竹聪破天荒买来好多个熟菜,掏出钥匙打开了马天德家的门:"爸妈,看我给你们买了好多网红的菜来了!你们不用烧菜了!"

正在品茗、看电视、聊天的马天德有点惊讶,轻轻地"嗯"了一声。他想:这小子什么时候学会孝顺了?

他的太太祝水君惊喜地问:"哟,今天,是什么风把我儿子吹来了?"

马竹聪把一大包熟菜交给母亲:"今天不是爸爸的阴历生日吗?我来尽点孝心!"

马天德揶揄道:"稀客啊!"

祝水君心有余悸地问:"你的钢铁生意做得怎么样了?"

"早就不玩了!"马竹聪肯定地回应,"爸,有件重要的事情我想问你。"

"啥事?"

"最近,有没有一个叫李美亭的女病人来找过你?"

"怎么了?"马天德警觉地问,"你居然也知道?"

"知道,"马竹聪紧张地提醒,"她得了艾滋病!"

祝水君惊讶地瞪大了眼睛:"啊?!来过我们医寓了?这不是害人吗!"

马天德警惕地问儿子:"谁告诉你的?"

"S国的警方也追到海春城来了,是他们告诉我的。"马竹聪说。

祝水君插嘴道:"他们为什么不直接找你爸呢?"

"因为我爸太一本正经了,他们有点怕他。"马竹聪随口回答。

马天德盯住儿子的眼睛："我又不是老虎会吃人。我要看到的是证据！"

沉吟片刻，马天德又突然问儿子："看着我！你小子，会不会被他们收买了？"

马竹聪眼神在飘忽，尴尬地抵赖："怎么可能呢？"

马天德自信地说："我知道，世界小姐的竞争异常激烈，不能排除有人玩阴招，取而代之。"

大家听了面面相觑。

马天德其实是在告诫儿子："记住了，一定要和格局大的人交朋友，永远不要和格局很小的人谈钱，也不要和格局小的人一起赚钱。格局很小的人，贪图眼前利益，发不了大财。格局很小的人，常常算计别人，不值得深交。格局很小的人，不懂得'布施'，难以聚众。格局很小的人，前怕狼后怕虎，关键时候打退堂鼓。甚至坑害你！"

马竹聪听了，一脸的尴尬。

十三

海春城的下午，天高云淡，万里晴空，丝丝凉意触动年轻人心中的万千柔情。在恣情的秋天里，从没有想过，许许多多人间琐事会与你不期而遇……

簌簌而落的叶子，宛如款款深情的女子，羞涩且恬静，多么希望醉在迷人的秋色里，这样的秋天，总让人想触碰它的温暖！然而，萧萧秋风带来的无尽凉意，似乎又在透露着冬天将带来的阵阵杀气……

希尔顿酒店无疑是海春城最高的建筑。在它40楼的旋转咖啡厅里，坐着好多客人，正在欣赏着海春城市中心的美景。这里，既可以远眺东海的万顷碧波，又可以看到木河两岸鳞次栉比的高楼大厦，以及覆盖全市的树木和绿地。在这里喝咖啡，真正是一种绝妙的享受。

晨风在门口，不停地往电梯眺望，在等待李美亭的到来。

电梯门开了，戴着口罩、身穿旗袍的李美亭快步朝晨风走来。

晨风迎上前去，关切地问："老板，面瘫好点了吗？"

李美亭环顾四周，见食客众多，就低声回答晨风："找个僻静的地方去说。"

两人在几乎没有其他客人的一张餐桌前坐下。服务员小姐迅速赶过来，递上柠檬水和菜谱。

李美亭说："来两杯卡布奇诺和一盘智利车厘子。"

"卡布奇诺，要热的还是冷的？"

"热的。"

待服务生离开后，李美亭摘下口罩问晨风："你看呢？"

晨风打量了一下，兴奋地拍手说："有明显好转，至少好了十分之九！"

"是吗？刚才我在洗手间照过镜子了。这个马大夫的医术确实高明！离开中国之前，一定要再去拜访一趟，带好重礼当面酬谢！"李美亭自然很开心。

"当然，当然，这是必须的。"晨风继续疏导，"人生在世，不可能事事如意，总会有意料之外的事发生。我们每个人都需要在复杂的生活里，找到松弛感的节奏。要学会慢慢接受不确定、接受无能为力，甚至凶险的降临！人生最大的智慧，就是淡然面对一切的发生。"

"以前，我真是看低你了，没有料到你有如此多的智慧！"李美亭直勾勾地看着晨风的双眼，"要特别谢谢你的推荐，让我绝处逢生！否则，不光这次选美我输定了，并且，会丑得无法见人！"

"常言道，好人有好报嘛！"晨风真诚地回应。

李美亭眼里闪着泪花，突然抓住晨风的手说："我一定要报答你的！"

晨风吓得抽出自己的手："你是我的老板，服务好您，是应该的！"

李美亭稍稍平静下来："你说有重要消息，说吧。"

晨风凑近，压低嗓子："刚刚我在大堂，看见曲玛丽和她的狗腿子曹一了！"

李美亭惊讶地："他们怎么也来了？"

晨风提醒道："来者不善啊！"

李美亭迅速戴上口罩，眨了眨大眼："不至于吧？"

晨风警惕地说："想想看，你去治疗面瘫，他们为什么居然都跟来了？又使出阴谋诡计，竭力阻止你去治疗面瘫？"

"是的，"李美亭马上醒悟，"竟然说我得了性病，太卑鄙了！"

晨风肯定地说："是的，曲玛丽和曹一都很阴，完全有这种可能！总之，他们会想方设法，阻止你成为冠军！"

"我早就在圈内听说，这个曲玛丽以前就烂得很！"李美亭不屑地说。然后紧张地问，"那我们该怎么办呢？"

"第一步，您应该赶快把面瘫治好！"

"这是必须的！"李美亭点头认同，"然后呢？"

晨风严肃地继续说："特别要当心他们随时射来的暗箭！所以，在公众场合，你要始终戴着口罩，神色沮丧，装成面瘫从来没有治愈过！"

"有道理！"李美亭表示高度认可，"就按你说的办！"

李美亭又叫来了两杯法国"神迷O"，感慨地吐露心声："通过最近这件事，我突然发现，世界上最美丽的风景就是你！因为你有一颗高贵和善良的心灵，散发着优美的磁场和魅力，无论走到哪里，就会照亮到哪里，温暖到哪里。你正气、正心、正言、正行！所以，我不再仰慕别人，你就是最美丽的那道风景！我不想去超越别人，我们需要超越的恰恰是自己！像你一样做一个正直，善良，有梦想，有正能量，有追求，热爱生活的人！来举杯！"她摘下口罩将酒一饮而尽，随后立即戴上口罩。

晨风的脸涨得通红，举起酒杯："我记住了您对于我的期望！"然后，也一饮而尽。

饮罢，晨风的脸和脖子有点红了，他问李美亭："老板，您听说过《道德经》吗？"

"小时候家父教过我，不过，都忘记了，好像是老子写的。"李美亭回答。

"对的。我觉得其中有一句最适合您。"

"哪一句？"

"就是'柔之胜刚'。"

"什么意思？"

"就是说，天下最柔弱的莫过于水了，但攻坚克强却没有什么东西能胜过水的，因而水是没有事物可以代替得了的。弱小的能战胜强大的，柔弱的可以战胜刚强的，天下没有人不知道这个道理，但就是没有人能这样做。所以有道的人说，能够承担国家的屈辱，才称得上是国家的精英；能为国家承受祸患的人，才配做天下的君王。正面的话好像是在反说一样。"

"《道德经》的四个字里面，原来藏着这么多的涵义！"李美亭紧紧地握住晨风的手，抬起来，撩开口罩深情地吻了一下。

晨风的心怦怦狂跳，感动得默默流泪……

李美亭戴好口罩说："我妈妈经常告诉我，人这一生，谁都不缺朋友，只缺真心的朋友。交一个人品端正的朋友，心安自在，交一个真诚踏实的朋友，相处舒服。所以，交友要谨慎，看清身边人。帮你的人，别忘记，陪你的人，别丢弃，对你好的人，深交一辈子，欺骗你的人，不要再联系。善良要带点锋芒，忍让要有点限度，心软要分清到底跟谁心软，原谅要看对谁。真诚的人，就多给他一点，虚伪的人，就离他远一点……"

"你妈妈说得真好！"晨风说。

十四

海春城的晚上，月亮被厚厚的云朵裹盖，见不到星星。开始起风了，接着，风卷着雨点散落在城市的各处。

往常这时公交车已忙碌穿梭，无数辆小轿车驶过，电动车、自行车的喇叭声和铃声早已交响成一曲。推开窗户望着注满寒意的飘雨，似乎在告诉人们：距离冬天越来越近了。

马天德家里的餐桌上有点狼藉。马天德被马竹聪灌醉，祝水君搀着丈夫到卧室去休息。

马竹聪收拾着碗筷："你们早点睡，我来洗碗。"

洗完杯盏，马竹聪将碗筷放进消毒柜。然后，他蹑手蹑脚地来到老两口的卧室门口。听到里面有鼾声。他回到客厅，迅速踏上靠椅，戴上先前准备好的手套，取下了壁炉上方的神龛里一尊菩萨，抽出藏在菩萨体内的祖传秘方。

马竹聪拿着上书"马氏祖传秘方，不得外泄"的小册子，得意地笑了。他一转身，竟发现不知何时蹿进来一个戴着面罩的黑衣人，吓得魂不附体，惊叫："你是谁？！"

黑衣人没有回答，仅用几秒钟就蹿到马竹聪的面前，突然用蒙汗药的毛巾按住马竹聪的鼻子和嘴巴，一下子就将其熏倒。然后，拿好秘方，立即跨出房门，并轻轻地关上房门。

黑衣人想迅速潜逃，正好被赶来的马竹莉撞见。马竹莉立即将其拦住。

其实马竹莉已经吓得不轻，小便失禁，裤裆里湿了一大片。但她马上镇静下来，严厉地责问："你是什么人？！"

黑衣人也吓得直哆嗦，被马竹莉猛地拉下了面罩。原来是曹一，他结结巴巴地说："我，我是修，修电工，怕灰沙，所以……"然后夺路溜走。

马竹莉打开房门，疾步来到客厅，发现躺倒在地的马竹聪，大惊失色。然后立即敲开了父母的房门，发现父母睡着了，大声惊呼："爸妈，不好了！出大事了！"

马天德披着睡衣走出房门，镇定地说道："不要慌！不要慌！什么事啊？"

"爸爸，你看！"马竹莉指了指躺倒在地的马竹聪，然后蹲地试了试他的鼻息，"还好，呼吸还有！"

马天德看到神龛上的菩萨被移动了位置，抓起菩萨一看，冷笑道："东西不在了！连我藏秘方的地方，他们都知道，一定是里应外合！"

祝水君惊愕地问："您的意思是他？……"手指朝躺在地上的儿子指了指。

"一看就明白了，"马天德轻蔑地颔首，"是你不争气的宝贝儿子勾引来盗贼！"

祝水君急坏了："那祖传秘方被偷走了？"

马竹莉平静自若："没有，亏得爸爸之前早有提防！"

祝水君眼睛一亮，笑道："好啊，原来你们父女俩背着我，早就商量好的！"然后，又马上问，"那拿去的是啥东西呢？"

马天德笑了笑："拿去的是网上抄来的痔疮膏配方，专门治疗屁眼的！"

"啊？！哈哈哈……"大家开怀大笑。

马竹莉问："要不要报警？"

马天德脸面一沉："报什么警？家丑啊！"

祝水君点点头："说的也是。那儿子会死吗？"

马天德蹲下身子，给儿子把了把脉，坦然说："死不了，估计是他的同伙让他闻了……"又蹲下看了看儿子的瞳孔，"一定是让他闻了迷幻剂！就是古人说的'蒙汗药'。"

马竹莉也仔细观察了一下哥哥："财迷心窍，差点酿成大祸！"

祝水君吃惊："啊？"

马天德起身："现在，我拿定主意了，我家的祖传秘方只能传给女儿了！"

"不可不可！"马竹聪突然醒过来，睁开眼睛阻止道，"自古以来，良药秘方都是传儿不传女的！爸爸，你不要犯糊涂……"说毕，又晕了过去。

"我的哥哥是鬼迷心窍了！我哥什么时候才能清醒点呢？"马竹莉感慨地说，"我很喜欢英国哲学家罗素的这段话，'人的放纵是本能，自律才是修行，短时间让你快乐的东西，一定能够让你感到痛苦，反之，那些让你痛苦的东西，最终都能让你功成名就'。"

祝水君埋怨女儿道："家里出了这么大事，你马竹莉还有时间唠唠叨叨的！"

"唉——"马天德长叹道，"有句老话说，三岁定八岁，八岁定终身。我从小儿子就不争气，整天吊儿郎当的，是永远长不大了！他就是不懂，我们平常所希求的财富、地位、名誉等,这些都是果相,都是外在的东西,如果自己没有具备足够的道德和品行,再怎么投机取巧都没有用,这就好比想得到一座空中楼阁一样。所以要转而求因、种因,这样身心才会安稳、快乐。因,就是善于学习、传承祖宗好的东西,乐于布施、帮助他人、正直诚信等。"

马竹莉赞美道:"我终于发现,爸爸岂止是名中医,还是一位伟大的哲学家、思想家!"

"哈哈哈哈哈,"马天德笑道,"女儿把我捧上了天!"

十五

还是海春城的晚上。一家名叫克斯特的大型商业中心,那里人流如织,都是青年男女的天下。如今时尚用品少人惠顾,还是中国各地的小吃店、世界各国品牌的休闲茶座、咖啡奶茶、小茶馆里坐满了人,连门口的候餐座也挤得满满当当。

曲玛丽买了一杯奶茶焦急等待,曹一匆匆赶到。

曲玛丽问:"怎么样?货拿到了?"

曹一满心欢喜地将"秘方"交给曲玛丽:"拿到了,给!"

曲玛丽接过小册子仔细一看:"痔疮灵?"她气愤地将小册子往曹一脸上扔过去,"这个是管屁股的!我要的是治脸的!治面瘫的药方!饭桶!"

曹一捡起来仔细一看:"是我拿错了,那我再去拿。"

"肯定拿不到了!"曲玛丽生气了,"你去,就是自投罗网!你大概也暴露了……"

"那怎么办?"

"得想想其他的办法!不过,首先要阻止这个李美亭治好面瘫!"

曹一发誓:"好,我们下一步应该这样……"与曲玛丽耳语。

曲玛丽笑笑点点头:"暂时就这么办!"她从自己的小坤包里掏出一包洋

烟，抽出一支，曹一马上给她点火。

曲玛丽吐了一个烟圈，轻轻地说："我父亲一直跟我说，人生在世，不可能事事如意，总会有意料之外的事发生。我们每个人都需要在复杂纷繁的生活里，找到适合自己的节奏。要学会慢慢接受各种不确定的局面，然后寻找各种可以进取的机会；要学会允许自己'脱轨''反常''投机'的各种做法的存在。到了一定的年纪就会明白，人生最大的智慧，就是允许自己天马行空、我行我素！"

曹一阿谀："高，高！说得太好了！"

十六

S国金玫瑰电视台的演播厅里在开小会，观众席空空如也，顶上仅仅开了几排场灯。

赵欣楠召集编导组十几个人开会："今天请大家来，一起商量全球华人选美大赛的决赛和颁奖典礼的流程。技术部老陈，你那里准备得怎么样了？直播应该没有问题吧？"

老陈说："又增加了三个机位，所有准备工作和技术配置都已完成。"

赵欣楠又问："舞美总监阿李，舞美灯光和气氛营造应该都没问题了吧？"

阿李回答："基本上都准备到位了。只是，为了保证质量，问一下，那天李美亭和曲玛丽都穿什么颜色的裙子？以便我配置色光和调节亮度。"

赵欣楠回答："现在这两个人都不在S国，而在中国的海春城。问过她们的助理了，李美亭将穿银灰色的晚礼服，曲玛丽穿的是黑裙。"

阿李问："李美亭来得了吗？她的面瘫……"

赵欣楠自信地说："我有可靠的情报，李美亭正在海春城治疗，不过，那里好像出了一点状况……"

老陈问："什么状况？"

赵欣楠若有所思:"了解得还不太详细。但,有一点想必大家都知道,中国的治安,是全世界最好的。不管怎么样,这两个人都能赶来最好。其实,来一个,也可以把戏演下去。"

众人面面相觑。

赵欣楠真诚地摊牌:"否则,我们到手的巨额广告和制作费就泡汤了!大家也只能去喝西北风了!是不是这个道理啊?"

在座的人互相交换了认同的目光。

老陈说:"我和李美亭的父母住在同一个社区。他们转了女儿李美亭发来的微信,大家想不想听听?"

众人回答:"当然想听听!"

老陈打开手机读了起来:"这段时间的复杂经历,让我认识到——生活不会时时厚待我们,会有挫折,会经历失败。生命最有趣的部分,正是它没有剧本、没有彩排、不能重来。不管你现在多大年纪,生活其实有无限可能;选择自己要过的生活,是人生最重要的事。心有阳光,处处和善安宁;心怀豁达,处处海阔天空。保持一份乐观的心情,不求世事完美,只求心安理得,知足常乐,努力做到让一切风轻云淡。又是新的一天,爱出者爱返,福往者福来。生命是一种回声,你把善良给了别人,终会从别人那里收获善意。善良的人不会真的吃亏,他们的善终会以福气作为回报。你给别人修过的桥,有一天,别人会来帮你铺更宽的路。"

阿李嘀咕:"说了半天,我都听不懂她在说什么。"

"我是听懂了,"赵欣楠感叹,"李美亭真是个才女啊!微信的内涵十分丰富,可惜,她怎么会得面瘫的呢?……"

十七

海春城的夜晚,绿房子西餐厅内外灯红酒绿。怅然若失的人生,就像这秋天的花。花绽的时候,你没看见;花盛的时候,你没欣赏;花落的时候,你却瞥见满地残红……当你感叹时光易逝、恨水东流的时候,连那倏忽的秋光也从指尖溜走了。冬天迟早要来了,自然万物将会循着新的季节的来临而凋零……

恭候在门口、西装笔挺的曹一见晨风来了,迎了上去:"晨风兄,欢迎欢迎啊!请去8号包厢。"

他俩来到8号包厢,坐下后,晨风问:"曹一先生,你找我有什么事啊?"

"没事,没事,"曹一给晨风斟好酒,递给他,"所有的事,都由老板定调子,没我们跟班的事。我们都是下人,也就是没有脸面的人,对不对?来来,我们喝喝老酒,叙叙友情!"

晨风绷着脸,勉强去碰杯,显得很不情愿:"曹一兄弟,我信奉,待人要真诚,说话要真实。切忌不顾后果去做事、设套,口无遮拦地去忽悠别人;要顾及别人的自尊,把别人的自尊放在第一位。说话是一门艺术,要讲究方式方法。尊重对方,照顾别人的情绪,懂得委婉一些,才是正确的谈话之道。"

曹一说:"我们这样的人,做人、说话,何必太认真,对不对?"

晨风严肃地问道:"请打开天窗说亮话吧,找我到底有什么事啊?"

曹一故作微笑:"你的老板现在面瘫治得怎么样了?"

"哦,原来你关心的是这件事啊,"晨风点穿,"你们不是在从中作梗吗?我那老板治不好了,还是老样子。"

曹一笑笑:"是吗?但愿如此。总之,你绝对不能帮李美亭治好面瘫,更不能让她回S国!"说着从包里掏出两根金条放在晨风面前,"这点小意思嘛,请笑纳!"

"这东西我绝不能接受!"晨风将金条推开,站起身严肃地说道,"有句老话千年不会改变,叫作'各为其主'。告辞!"

曹一冷笑道:"不识抬举!"

"尽管你对我反感,我还是要跟你说几句掏心窝的话。"

"你说你说。"

"我们都是下人,但要守住做人的底线。"

"你什么意思？"

晨风一脸严肃地开导曹一："是人都会犯错误，所以小时候用铅笔写字，铅笔的另一头才会有橡皮，如果铅笔还没有用完，橡皮已经没有了，说明你已经错过头了。再后来铅笔换成了钢笔，说明小时候做错事可以改，长大了，再犯错就不容易改了，你需要为自己的错误负责了。"

"不需要你给我上课！"曹一冷笑道，"你走你的独木桥，我走我的阳关道。再见，不送！"

两个人就这样不欢而散。

十八

海春城的夜晚，并未宁静下来。生活就像一首美妙的诗，每一天都值得我们用心去感受和珍惜。它有时像一幅抽象的画，让每一个人品味其中的深意；有时又像一本精彩的书，让每一个人沉浸其中，享受阅读的乐趣。而每一个人则是这首诗中的主角，用自己独特的方式演绎出属于自己的精彩篇章。

马天德家里的餐厅气氛温馨。厨师烧了一桌菜。祝水君摆放着碗筷。马竹莉和秦缔带着女儿君君拎着礼包开门进来。

君君叫道："外公外婆，我们来了！"

他们刚刚在门口玄关处换好拖鞋，马竹聪带着老婆劳美芳和儿子东东空着手也来了。

祝水君对厨师："老张师傅，辛苦你了！今天因为要开家庭会议，你就早点回去休息吧。"

厨师告辞。

马天德从书房出来，和一家人一起围着餐桌而坐："今天是我阳历的60岁生日。我把一家人召拢来，要宣布一件事情。"

马竹聪埋怨："老爸，其实电话里告诉一下就可以了，何必搞得像开正式会议那样？"

秦缔反驳："这是长辈的安排，小辈可不能说三道四的！"

马竹聪不屑地说："我们马家的事，轮不到你外来的女婿插嘴！"

祝水君呵斥："都给我住嘴，好好听你爸爸怎么说！"

马天德郑重地说："本来我想把马家治疗面瘫的祖传秘方传给儿子，可是，发生了吃里扒外、引狼入室的事情！"

"瞎说！"马竹聪激辩，"谁吃里扒外、引狼入室了？"

祝水君再次呵斥："你给我住嘴！你拿了人家多少好处？以至于要做出这样欺宗灭祖的事？！"

马竹聪狡辩："我可从来没有做过！"

马天德呵斥："说谎！你这个人已经无可救药了。现在我宣布，我决定把祖传秘方传给女儿马竹莉！"

马竹聪愤怒站起身："如果你敢这么做，我们就断绝父子关系！"

"说得对，天下有这样重女轻男的父亲？"劳美芳也起身抗议，并且故意火上浇油，"你爸爸是否有恋女的毛病？"

祝水君怒喝："放屁！马家的事轮不到你插嘴！"

马天德训斥："马竹聪，你做的事，像是儿子应该做的事吗？"

"冷静一下。"马竹莉规劝，"家里的事大家好好商量，不要把话说绝了嘛！"

劳美芳讥讽道："马竹莉，你不要得了便宜还卖乖！不是你在里面做撬客，爸爸会这么糊涂吗？"

"嫂子，请你们不要胡乱猜测！"秦缔再次插话，"你们情绪不好，实际上是你们的格局太小；心大了，任何事情都是小事；心小了，任何事都是大事情。格局越小，情绪越糟；格局大了，情绪就顺了；比控制情绪更重要的，是修炼格局。我希望你们能控制情绪，开阔眼界，修炼心境，做一个有大格局的人！"

"看得出，你们早就设好了局！"马竹聪拉着妻儿离座，"别跟他们啰嗦了！到时候，我们法庭上见！"说毕气急败坏地甩门离开。

东东到了门口："爷爷奶奶再见！"

劳美芳打了儿子一个耳光："记住了，从今往后，不许你再这样叫了！"

啼哭的东东被母亲拖出门去，"砰"地一下，门再次被关上。

"逆子！让他们走，天塌不下来！"马天德气得脸发白，看着女儿，"竹莉，你赶紧去中医大学读书，拿文凭，由你来当马家的接班人，好吗？"

马竹莉为难："爸爸，可我原先学的是金融，干的也是金融活，现在又年纪大了。万一读不好中医，拿不到文凭和行医资质，我下半辈子不是完了吗？"

秦缔咬咬牙："哎，竹莉，当着爸妈的面，我向你保证，即便你读书读砸了，我会用所有工资和积蓄养你一辈子！"

马天德为之鼓掌，他说："古人说，'千金不传无义子，万财不度忘恩人'。我也是想了好多天，才下了这样的决心！"

"是的！"祝水君表扬道，"女婿刚才说得好，像个爷们！"

马竹莉沉吟片刻，激动地起身："有老公作坚强后盾，爸妈，马家祖传的事业，我来接班！"

马天德高兴地说："好！你们等着——"他从卧室里拿来一个精致的木箱交给女儿，"治疗各种病情的所有祖传秘方都在里面，你要保存好，传承好！"

马竹莉接过木箱，然后跟秦缔向父母深深一鞠躬。马竹莉说："尽管如此，我还是要发条短信，劝劝哥哥……"

马天德沉重地说："恐怕是对牛弹琴！"

祝水君说："你读给大家听听。"

马竹莉看着手机读："哥哥，不摔一跤，不知谁会扶你；不缺钱用，不知谁会帮你；不病一场，不知谁最疼你；不经一事，不知谁要骗你。人与人，不是都可以信任的；心与心，不是都愿意付出诚恳的。下雨了，才知道谁会给你送伞；遇事了，才知道谁会对你真心。有些人，只会锦上添花，不会雪中送炭；有些人，只会做表面功夫，不会坦诚相待。珍惜该珍惜的人，感恩帮过你的人；人心换人心，换不回来就死心。作为儿女，要永远记得父母的大恩大德，否则会面临大灾大祸的！"

"估计，他听不进去。"马天德叹了一口气，"也罢，建议让秦缔把这个箱子立即存入你们家在银行的保险柜。"然后又庄重地接着说："女儿，我们立即赶到诊所。"

马竹柜莉不解地问："爸爸，这么晚了，还去那里干吗？"

马天德微笑道："我让李美亭在那里等着。她快被我治好了！"

秦缔挥了挥手："我开车送你们去！"

十九

白天的海春城依然风情万种，精心布置的绿地和各种体现江南风情的街头雕塑，到处可见。对于游手好闲、酒足饭饱的市民来说，更吸引他们的消遣地点，恐怕是K歌店、S吧和足疗店。

梅香足疗店坐落在海春的城乡接合部的一条死弄堂的底端。一些身穿睡衣睡裤的中老年男女穿梭其间。这儿，也是马竹聪常来的地方。

曹一匆匆推门进来，见马竹聪正在接受一个女服务生按摩脚底，埋怨道："马先生，找得我好苦啊！"

马竹聪气呼呼地说："我也正要找你呢！"

曹一装傻："啥事？咱们出去说！"

两人走在弄堂的路上。

曹一问："你家的祖传秘方呢？"

马竹聪气愤地谴责："我要问你呢！前天晚上，我在家里刚找到，就被人用蒙汗药熏倒了。那个蒙面人是你吗？"

"竟还有这样的事？"曹一故意吃惊，"如果是我干的，我还会来找你吗？"

马竹聪迷糊了："倒也是。"

曹一追问："现在秘方在谁手里呢？"

马竹聪断定："应该在我妹妹那里。"

曹一责问:"你是儿子啊,怎么不放在你那儿?"

马竹聪叹了口气:"不谈了,家家都有一本难念的经!反正这几天我一定帮你弄到手!"

曹一提醒道:"那李美亭呢,绝不能治好她!"

马竹聪回答:"我问过邹关琴了,她从来就没让李美亭就医过!"

"那就好!那就好!"曹一击掌叫好。

二十

夜晚,海春市刚刚下了一场大雨。

这场秋雨的到来像是久别的故人重逢,相逢一笑间的炽热情怀,在这个初秋顷刻间绽放,热得浓烈也绚烂。这样的季节,最惬意的莫过于幽居在清凉的室内,吹一屋凉风,听一曲怀旧的妙音,赏一段雅字,续一卷往昔的深情,念一个旧人,在日渐老去的时光里。夏去秋至,四季流转,缘分亦如陌上花,花开花落间,你来我往,早已物是人非。人生,活着就是一份心态,正如此刻的江南,傍晚还是艳阳高照,顷刻便是雨落倾城,生活就如同天气,阴晴转瞬之间,莫如修一份淡雅之心,无论晴雨,心中自有桃源,不惧岁月变迁。

此时的曲玛丽和曹一正怀着轻松的心态在希尔顿酒店健身厅消遣。他俩在健身器上边练边窃窃私语。

曹一谄媚地微笑道:"老板,您放心,李美亭治不好了,我问过马竹聪了,马氏面瘫诊所的门都没让李美亭跨进去过!"

曲玛丽怀疑:"不会吧?否则,她早就回S国去了。"

"有点道理,"曹一沉吟片刻后说,"不过,也可以这么理解,她不走,说明她没有治好。是不是?"

"也有可能,"曲玛丽说,"不过,你一定要搞清楚,李美亭到底有没有在马天德那里治疗过?或治好了没有?其次,秘方到底藏在哪里?一定要想办法把它拿到手！"

曹一向她保证："好的，我立即去办！"

曲玛丽严肃地叮嘱："如果这两件事情搞好了，我一定重奖你！尤其是面瘫秘方，有了它，我们一辈子不愁吃穿，有好日子过！"

在附近的波特曼宾馆，李美亭和晨风正在各自的房间里休息。

李美亭将窗户拉开一条缝，东海的风立即涌了进来，带着一丝温暖，挟着一分海腥……

这些天的经历，让李美亭独处时被感动得眼泪不断流淌。她觉得独处，往往会被人们视为孤独内向。其实不然，独处它本身也是一种美，它不同于孤独寂寞，忧郁哀怨，它是一种轻松，一种淡淡的、静静的美。独处时，可以回忆过去、憧憬未来；可以构思一篇作品，品读一本书，或躺在卧室的高背椅上，闭上眼睛，置身自己的世界里；可以听着优美的音乐吃着喜欢的零食，或一杯淡淡的清茶，任舒缓轻柔、晶莹剔透的旋律漫过心田……这所有的一切不添加任何的感觉色彩，没有任何伪装的成分，将心情放飞，做回纯真、本质的自己，然后甜甜一笑……

想到这里，李美亭立即给晨风发了一条短信："真诚，让人相处舒服。厚道，让人心里踏实。信任，让人彼此尊重。感恩，更会相处长久。风雨人生路，珍惜有缘人！"

看到这条短信时，晨风正漫步在屋顶花园的水池边上，他的心为之颤抖了一下。他伫立在风声掠过的空旷中，感受到一份清灵。他祈愿，让心灵远离尘嚣纷乱的世界，默默地体验花香，聆听鸟鸣。欣赏自然带给自己的乐趣，静静地沉浸在自己的遐想中，不要谁来做伴，只有自己。在这时自己是最真实的，抬头仰望天边云卷云舒，让心儿随着自己无边的思绪飘飞。此时，这个世界属于自己，自己也拥有了整个世界。从李美亭现在渐渐康复的情况看，似乎胜利正在临近，他要把这份信心尽快让李美亭也感受到……

二十一

海春城的傍晚,"马氏面瘫医寓"及所在的大楼都笼罩在红色的晚霞中。

下班了,医寓里的病人纷纷离开后,邹关琴也脱下白大褂,欲离开。

马天德正在整理自己的办公桌,故意问道:"S国的女模特李美亭小姐,后来有没有来过我们这儿就医?"

"之前跟您汇报过,"邹关琴回答,"她每次来,都被我回掉了,她有艾滋病!"

马天德严肃地追问:"调查过吗?"

"宁可信其有,不可信其无。等传染上,就麻烦了!"邹关琴回应,"没事,我回家去了。"

"好吧。"马天德坦然地说,"我马上会发一条微信给你,你好好看看。"

邹关琴告辞,一进电梯就看到了马天德发来的微信:"做人,有了规矩,才有了方圆;有了尺度,才有了界限;有了底线,才有了尊严。再苦再累,也不能堕落;再难再远,也不能退后。不打不拼,怎能赚财富;吃苦受累,才能有幸福。走,就走正确的路;说,就说真实的话;挣,就挣干净的钱;做,就做清白的人。不服输,不认输,不怕苦;不低迷,不气馁,不放弃。做人一定要守住自己的底线,这样,也就守住了自己的人生。"

"他什么意思?"邹关琴自问。

刚跨上一辆出租车,马大夫又发来一条微信,她马上打开看——"人,重在善良,贵在德行,美在心灵,做一个勇敢善良的人,记得感恩,懂得珍惜,善待他人,亦善待自己;人,要活得自在,生得潇洒,淡看花开花落,漫观云卷云舒,心似水明净,人生也就如此简单,知我者近我,疑我者远我,信我者懂我。为人处世,不管嘴笨还是嘴甜,心地善良才是本钱,人活一世,不管能说还是能干,光明磊落才是关键。不伪装,不敷衍,不欺骗,不捕风捉影,不信口雌黄,就是一个人的真。懂宽容,懂尊重,懂体谅,懂仁义,懂道义,懂情义就是一个人的善。做一个正能量的人,比什么都重要。"

邹关琴想:"难道我做的事都被老头子发现了?否则,他怎么会说上这么多的废话?以前没见过他这样……"

待邹关琴离开后,马天德拉上门,马上打手机:"李美亭小姐吗?你马上来看病!"接着,他打电话给马竹莉:"女儿,你也过来,继续看我如何治疗面瘫!"

二十二

海春城的傍晚,"马氏面瘫医寓"所在小区的监控室里,保安徐师傅注视着大屏上小区各处的监控画面。

邹关琴推门想进来,被保安徐师傅挡在门口:"您是1号楼13B的邹医生吧?"

邹关琴眼珠一转,问:"保安师傅,您大概是通过监控画面认识我的吧?"

保安徐师傅笑笑:"邹医生,根据派出所的规定,任何业主都不准进入监控室的!"

邹关琴从皮包里拿出两包中华烟递给徐师傅:"不成敬意!我们诊所连续几个晚上都有人悄悄开门进来,丢失了几样东西,马大夫叫我来看看,到底是什么人干的?"

保安徐师傅:"哦,是这样……"赶紧关上门并锁上,收好香烟并叮嘱,"那就请坐吧,照例是不可以进来的,此事不要外传哦!"

二十三

S国,金玫瑰电视台转播车和演播厅。

转播车里,满是各机位传来的画面。赵欣楠站在电视导播身后督查。

坐在切割台前的导播对着话筒:"各位,今天是全球华人选美大赛决赛暨颁奖典礼前的最后一次彩排，明天就要直播了，希望大家像真直播一样认真、投入。"

演播厅现场。现场导演对着话筒回复导播："可是，李美亭来电话说来不了了。"

赵欣楠拍拍导播的肩膀："放心，我已经找好了李美亭的临时替身。"

现场导演请示："曲玛丽说好来参加彩排的，可她的助手刚才来电说，她也在中国的海春城，今天飞机误点了！怎么办？"

赵欣楠答复："也用替身吧。曲玛丽到海春城干什么呢？好了，我去现场主持。"

赵欣楠刚要走，推开转播车的门，被进来的居保平堵住。

赵欣楠鞠躬笑迎："财神爷来了！"

居保平问赵欣楠："这个曲玛丽小姐怎么样？"

赵欣楠笑答："很好的，你想见她？"

"等彩排结束，你让她到贵宾室来见我。"

赵欣楠恭恭敬敬地说："她飞机误点了，要等到明天直播前到！"

"也罢，告辞！"居保平说毕离去。

赵欣楠笑道："其实，曲玛丽也急着想见到居保平老板，已经跟我央求多次了。"

车里所有人哄堂大笑。

二十四

海春城的夜晚，"马氏面瘫医寓"内外和小区监控室。

先是马竹莉开门进了医寓，不一会儿，李美亭在晨风的陪同下也按铃进了门。

监控室里的邹关琴惊愕："原来如此！"

旁边的徐师傅一脸迷茫："难道他们是贼？"

医寓内。穿着白大褂的马天德在给李美亭治疗面瘫。马竹莉站在边上认真地用手机不停地拍照、录像。马天德时不时地轻轻给女儿讲解。

捣腾了一会儿后，马天德对李美亭说："李小姐，再睡一个晚上，我保证你可以基本痊愈。"

李美亭向晨风使了一个眼色。

晨风从旅行包里拿出一捆钱交给马天德："太感谢马大夫了！这是十万块，不知道够不够？"

马天德坦然回应："不用这么多，十张就够了。"

李美亭和晨风面面相觑，几乎异口同声："这怎么行？"

马天德微笑作答："这是马家祖先定下的规矩。"

"所谓'医者仁心'嘛！"马竹莉在旁边补充。

李美亭跪在了马天德的跟前："谢谢救命恩人！"

马天德将李美亭扶起："不要这样。"深思片刻，"哦，我倒是担心你的安危！你的对手为了打败你，已经到了无所不用其极的地步！"

马竹莉严肃起来："爸爸说得有道理！得提防最严重的阴招！"

晨风一脸严峻："说得对！为了打败李美亭，他们居然追踪到这里，甚至还来收买我！"

李美亭绝望地："那怎么办？还有两三天就要决赛了！"

马竹莉："我觉得，你出门之前一定要戴上口罩。在决赛之前，对任何人都不能暴露自己的面瘫已经痊愈的事实！"

马天德沉吟："好像还不够啊，这样吧，现在你跟我女儿的衣服换一下再回宾馆！"然后告诫女儿："竹莉啊，你送他们到达宾馆后，再把衣服换回来，打个的回家，好吗？"

马竹莉领首："好的。"然后握住李美亭的手，"我和父亲预祝你夺冠成功！"

马天德告诫晨风："她们换装后，你做我女儿的保镖。明白我的意思吗？"

晨风感动地拒绝："使不得！这样会给您女儿带来危险！"

马天德说："对待小人，必须留一手！另外，发生特殊情况一定要报警！"

"对对！"马竹莉坦然地，"没关系的，我听爸爸的！"

李美亭热泪滚滚，再次跪倒在马天德面前："救命恩人啊！"

马竹莉赶紧将她扶起："我爸爸对所有的病人都是菩萨心肠！"

李美亭发誓："如果我夺冠，我邀请你们全家到S国来度假和参加我的婚礼！"

马天德给予肯定："好，我们一定来参加！"

马竹莉好奇地问："那新郎是谁呢？"

李美亭笑笑："到时候，你们就知道了！"

邹关琴赶紧从监控室出门，立即打电话给曹一："曹一先生吗？我肯定暴露了！他们背着我为李美亭治病，估计李美亭和晨风很快就会从诊所里出来。那怎么办？"

曹一那边传来承诺："我有办法！"

二十五

几乎同时，夜幕中的海春城的另外两条不同的马路上，也在紧张地忙碌着。

曹一边走边给开车购物的马竹聪通电话："马竹聪，你在哪里？"

马竹聪回答："我去超市买按摩椅。"

曹一埋怨："有了钱就乱用！交给你的两个任务，你一个都没有完成！"

马竹聪解释："我也尽力了，想不到我家老头子这么狡猾……"

曹一训斥:"别说了！你要想办法把李美亭搞成重伤，让她回不了S国！那我给你的定金就不准备收回了，还会追加！"

"搞成重伤？这是要吃官司的！"

"怕这怕那，那你把定金立即还给我！"

"不要不要！"马竹聪阻止，立即改口道，"什么时候去干？"

曹一急切回应:"现在！"

马竹聪问:"李美亭现在哪里？"

曹一镇静地说:"在回宾馆的路上，那地方很冷清。你无论如何要想办法把她截住！"

马竹聪担忧:"你要我制造车祸啊？那可是要罚款、坐牢，甚至枪毙的！"

"车祸，怎么会枪毙？你的车，不是保了险吗？"曹一信誓旦旦地再次承诺，"事成之后，我会十倍、百倍来赔偿你的损失！"

马竹聪无奈地答应:"好吧，试试看……"

二十六

当天深夜的海春城，马天德家里。

马天德夫妇穿着睡衣，坐在床上看电视。

电视机里主持人报道:"本台刚刚收到一条消息，在本市戛纳宾馆附近的马路上，刚刚发生了一起严重车祸。一辆挂本市牌照的轿车径直向路边两个行人撞去，幸好来自S国的李姓艺人及其助理躲避及时，仅仅受了点轻伤，而马姓肇事者因最后撞在电线杆上受了重伤，目前还在抢救中。事故是因为酒驾还是其他原因，警方还在调查之中……"

"啊？！"马天德震惊，"果然被我料到！"

祝水君吃惊并且焦急:"马姓肇事者？……会不会是我儿子？"

马天德愠怒:"还会是谁？伤天害理啊！"突然醒悟，"不好！我们的女儿可能受伤了!"

祝水君问:"怎么会呢?"

马天德急了:"她穿着李美亭的衣服呢!快告诉女婿!"

"这演的是哪一出啊?"祝水君马上去拿手机。

二十七

去S国的航班飞行在银色的云朵里,阳光是那样耀眼。

舱内,晨风将窗门掩上。

李美亭脸上蒙着纱布和口罩,手臂绑了石膏,躺在头等舱里休息。晨风像个卫士一直守卫在她的身旁。

李美亭拉了拉晨风,叫他附上耳来,轻轻地对他说:"通过这件事,我真正认识了你!我现将自己的一生托付给你!"

晨风吓得赶紧摇手:"等到下辈子再说吧。先把您的病治好要紧!"

李美亭袒露心声:"人生,没有下辈子,请珍惜你的这辈子!感情不等人,错过就是一生;健康不等人,病来如山倒;时间不等人,余下没多少;生命不等人,一晃咱就老!我们总是傻傻地,等明天,等将来,等以后。等来等去,机会就没了;等来等去,我们就老了;等来等去,人生只剩遗憾了!有一种伤痛,叫难以挽回;有一种遗憾,叫无法弥补;有一种自责,叫悔不当初;有一种内疚,叫追悔莫及!懂吗?"

"我懂,只是觉得自己……"晨风忐忑不安。

曲玛丽就坐在同一班机的经济舱里。她以为李美亭睡着了,想派曹一前去,她拉来曹一耳语:"你去一看究竟,李美亭的脸伤得如何?"

曹一答应:"哎。"立即起身。

曹一接近李美亭时,发现李美亭脸上和臂膀上的纱布粘着鲜血,晨风手臂也绑着石膏。但他马上被守卫在李美亭身边的晨风发现，并予以制止。

"我们老板因车祸受重伤破相了！"晨风严厉地质问他说，"不会是你干的吧？"

曹一矢口否认："我在中国海春城又没有汽车！"

"我谅你也不敢！有道是'法网恢恢，疏而不漏'！"晨风的话掷地有声，"请你不要站在这儿，赶快离开！"

曹一只好离开回到原座，并悄悄地将情况汇报给曲玛丽。

曲玛丽听后，得意地笑了。

二十八

S国金玫瑰电视台正在直播全球华人选美大赛决赛暨颁奖典礼。现场气氛十分热烈且井井有条。场子里来了几千粉丝在举牌挥舞，铺天盖地的欢呼呐喊声震耳欲聋。

身穿一身白色西装、系着红领结的赵欣楠，蹦蹦跳跳来到舞台中央："下面，有请本次大赛两位得分最高的佳丽——李美亭和曲玛丽小姐闪亮登场！"

排在侧幕，穿着黑色晚礼服的曲玛丽大惊失色，她问现场导演："不是讲好我一个人表演真人秀吗？"

现场导演答复："刚刚获悉，李美亭已经彻底痊愈了！"

曲玛丽像遭到雷击，咬牙切齿地说："啊？她真会装啊！"说完差点晕倒，幸亏被身边的曹一一把扶住。

二十九

海春城的白天天清气朗。马氏面瘫医寓的候诊室里依然人头攒动，许多病人静静地坐在长椅上等待。

挂号台旁的邹关琴拿着 iPad 在观看全球华人选美大赛决赛暨颁奖典礼的直播。当她看到画面里赵欣楠举起李美亭的右手,居保平给她戴上"世界小姐"的皇冠,而曲玛丽在一旁掩面抽泣。邹关琴立即奔到医诊室,给马大夫看。

马大夫冷笑道:"押宝押错了吧!邹关琴啊,下了班,有件事,我要跟你认真谈谈!"

"押错宝?"邹关琴一脸的忐忑和无辜,"他们的事,与我无关啊!"

"此地无银三百两吧?"马大夫讥讽道,"你太让我失望了。"

三十

S国的金玫瑰电视台"全球华人选美大赛决赛暨颁奖典礼"直播现场,金色的彩屑从天而降。

赵欣楠庄严宣布:"全球华人选美大赛决赛暨颁奖典礼圆满结束!谢谢各位的参与和收看!再见!"

直播画面并未结束,无数人簇拥着戴着皇冠、捧着鲜花和银制权杖的李美亭。

居保平挤到李美亭面前,热情且恳切地:"热烈祝贺你!"欲跟她握手。

对此,李美亭毫无反应,平静地说:"你是大老板,远离我这样的寒门女子无疑是正确的选择!"

居保平歉疚地坦陈:"本来我错误地认为,面瘫是治不好的。"说完,转而立即跪下来苦苦哀求,"美亭小姐,求求你,能不能再给我一次机会?"

李美亭冷冷地回应:"算了吧,我们门不当户不对!"转身对大家,"对不起,我要去卸妆了!"

直到这时,直播才真正结束。不知电视导演是否有意为之?

一洋人挤到李美亭面前用蹩脚的中文说:"李小姐,我是好莱坞集团的制片人,等你卸完妆,我们马上与你续约,好不好?"

李美亭冷冷作答:"再说吧,我先要举办婚礼!"

洋人继续攻关:"你们中国人有句成语,'机不可失,时不再来'!"

李美亭笑道:"我们中国还有一句名言,叫作'情义无价'!"

洋人耸耸肩,无奈地离开了。

此时的李美亭深深悟到,一个人,若能找到属于自己的爱,人生才会有意义,生活才会有幸福。我们憧憬着一路的美好,携着优雅与微笑,一面在烟火红尘里谋生,一面在沧桑流年中寻梦。这个世界,有付出就有回报,有播种就有收获。你给世界一优雅,世界还你一诗意。你给生活一笑脸,生活还你一拥抱。种什么因,就会收获什么果。烟火红尘很美,那是因为你的适应。因此,我们必须拥一腔坚强、勇敢与感恩的心,活一份通透、浪漫与彼此忠诚。这样,我们就会与美好握手,永远与幸福相伴。

三十一

去 S 国的航班上,客人们有的在看前面靠背上的电视,有的在玩手机游戏。

马天德、秦缔两对夫妇在公务舱交谈甚欢,不断举杯庆贺。马竹莉的左臂包着石膏。

机上空姐广播:"女士们,先生们,S 国机场马上就要到达了,现在飞机开始降落,请大家系好保险带。"

秦缔问:"这个李美亭的白马王子是谁啊?"

马竹莉笑道:"留点悬念挺好的。"

马天德亏欠地说:"女儿啊,爸爸让你受伤了!"

马竹莉坦然地直抒心意:"没有关系,救死扶伤是马家的传统!"

马天德自信地说:"相信善有善报!"

祝水君摇摇手:"别啰嗦啦,准备搬行李。"

三十二

　　S国的某个住家门口。两个当地警察敲开了曹一家的房门，让他在一张国际通缉令的文件上签字，然后给他戴上手铐，带上警车，呼啸而去。

　　曹一一进警署，立即把曲玛丽如何指使他干的那些烂事全部作了交代。

　　在等待审判之前，他写信告知自己的母亲："妈妈，没有不可治愈的伤痛，没有不能结束的沉沦，所有失去的，会以另一种方式归来。其次，没有风暴的海洋是池塘，经历大风大雨也是一种历练。以前我老想着，对别人好点，别人也会对我好一点。但现在我觉得，只有对自己好点，自己才能好一点。希望不至于判我死刑！出狱后，我一定洗心革面，来伺候您老人家！不知道，您能否给我一次机会？……"

　　S国海边，沙鸥翱翔，波涛喧天。

　　满脸愁容的曲玛丽已经知道自己助手被逮捕的信息。此时的她早已经是方寸大乱，知道法律不会放过自己。恰好又收到了主持人赵欣楠发来的一条短信："曲玛丽小姐，一个人把心力全用来对抗他人、计较小事，就没有力气去在乎重要的事情。与对手计较，你的情绪就会被别人拉扯、不断损耗；跟破事纠缠，只会加剧自身的内耗，让你的能量迅速衰竭。想要活得通透，就永远不要让任何人事，占用你的情绪。学会把精神往内收，对于那些不值得的人事，不较劲，不纠缠，不内耗。不断放大格局，停止在鸡毛蒜皮的人事中消耗，是对自己最大的负责。不知我的上述意见，你认为然否？"

　　曲玛丽心有不甘，骂了一句脏话，然后她将手机扔向大海："完了，一切都完了！"

　　随后，一步一步向大海深处走去……

　　S国金峰大花园。

　　芳草萋萋的绿地上，搭满了气球做成的拱门和白色的帐篷，摆满了美酒、饮料、水果和刀叉、盆碟，站立着近百个亲朋好友。这里正在举行李美亭和晨风的隆重婚礼。

系着红色领带、穿着蓝色正装的赵欣楠又担任了司仪，他拿起话筒诙谐地说："各位至爱亲朋，我现在隆重宣布，赢得世界华人选美大赛冠军的李美亭小姐，今天将自己的终身许配给她的高级助理晨风先生！现在请新郎新娘闪亮登场！"

在亲朋好友热烈的掌声和欢呼声中，满面是甜蜜笑容的新郎新娘缓步行走在红地毯上。边上的亲友把一瓣瓣鲜花撒向新郎新娘。

李美亭噙着热泪，踏上铺着红毯的主席台，拿过话筒："生命里，总有一份缘，在相互的信任、牵挂和忠诚中延续；生活中，总有一种真情，在彼此的思念、关爱和呵护中同行。今天，我要宣布我和晨风先生经过认真商量后作出一项请求……"

赵欣楠问："什么请求，请说——"

李美亭真诚地敞开心怀："我希望，马天德医生能认我做他的义女，马竹莉能认我做她的妹妹，因为他俩都是我的救命恩人！"

在场的所有人都热烈鼓掌！

赵欣楠感慨万分："说实在的，主持今天的婚礼是我最感动的一次。一个人最好的底牌，不是聪明，不是学历，不是外貌脸面，不是财富，而是这两个字：靠谱！聪明的人，适合聊天；靠谱的人，适合共事共同生活。为人靠谱，是做人最大的善意，是对人真心的做法，这是作为一个人的真正的脸面。生活中，如若能遇到一个靠谱的人，是运气，也是福气，也是你最有脸面的地方！我真心祝福李美亭、晨风夫妇！能为他俩主持婚礼，使我脸面倍增！"

场上掌声雷动，叫好连连。

然后赵欣楠高叫："请马大夫、马竹莉两对伉俪隆重登台！"

马氏家族两对伉俪漾着笑容和感动，登上主席台。新郎新娘虔诚地来到他们跟前，将两个圣洁的花环挂在马天德、马竹莉夫妇的颈项上，然后，他俩向马天德和马竹莉夫妇长长地、深深地一鞠躬！

马氏家族所有人热泪盈眶,脸上溢出真诚和神圣的笑容。

此时乐队高奏喜庆的乐曲,无数的和平鸽放飞蓝天,金色的彩屑从天而降,所有的亲友长时间地为新郎新娘的恩人鼓掌、鞠躬致谢……

拜 师

秋风，吹过繁华无边的对岸，已将满街的梧桐树大多吹得金黄，又被金色的阳光照得色彩斑斓。风，有点凉，挥挥手，匆匆作别昨天。时光兜兜转转，推着杰明这个中年男人静静地向前走。

杰明是勉为其难地应邀去参加好友陈勋揩的一场"尚意功拜师仪式"的。眼前漫天飞舞的落叶，像是在诉说着这一季几天气温骤降所带来的荒凉，还有那抹不去缠绕在心头浓浓的牵挂与疑惑。

生活在沙滨这样大城市的人们往往有这样的疑问，为什么繁华的市中心反而是交通线路最缺乏的区域，以至下了公交车，还得走一刻钟左右的路，才能到达目的地。霜降秋暮添色彩，瀚墨云笺书华章。本来午睡后，是杰明在书房绘画的时光，如今只好匆匆赶路。眼前一片片叶子的飞舞，让杰明又一次看到了真实的秋天来临，再次心生一丝初秋的悲凉。偶尔见到几家围墙镂空的院子中，一片片火红的枫叶，如一处处燃烧的火焰，夺人眼球。杰明觉得这何尝不是秋天送给自己的一句句诗行。

杰明的好友叫陈勋揩，今年奔五，这些年来，混得很不如意。一周前陈勋揩突然兴奋异常地在电话里告诉杰明，今天下午，将在伯客公馆举行的收徒仪式，是74代尚意拳掌门人何陇腾先生的第一次收徒活动。陈勋揩希望杰明也能前来观摩、捧场。

陈勋揩原先在沙滨市国有纺织公司任团委副书记，杰明是公司的办公室副主任，两人是挚友，曾经无话不谈。陈勋揩当时的收入相比同龄人，应该说还是不错的。20世纪80年代末，中国各地开始流行出国潮。陈勋揩也想到世界上去看看，如有可能，通过自己的努力脱贫致富。所以就辞掉了原先的工作，到加拿大去留学,其实是去那边打工。他在多伦多的中国饭店里洗盘子、配菜,一年后便自己开淮扬帮中国饭馆。由于生意火爆,干脆在附近几个小城市开了连锁店,生意也红火,挣到了不少钱。三年之后,他在国内人眼里,是发了大财。其间,他还在当地学习了许多先进的农业方面的技术,以及他们在肥料、种子方面的一些秘笈。

21世纪之初,陈勋揩的父亲打越洋电话给他说:"我已经老了,你作为我唯一的儿子,应该回来看护、照料我,为我养老送终。"陈勋揩是个孝子,听了之后,深感愧疚,立即采纳了父亲的意见,非常迅速地放弃了在加拿大的事业和工作,立即回到父亲身边。

回国以后,陈勋揩发现,国家已经起了很大的变化,生活优裕的程度,正在向欧美国家靠拢。于是,他迅速地在沙滨成了家,妻子许圣凯是自己的小学同学,老实巴交地在幼儿园里工作,很快为他生了一个女儿。陈勋揩口袋里资金丰裕,为了接下来放开手脚去创业,干脆让许圣凯辞职,当全职太太。

但是,创业何其艰难,几年里陈勋揩总是找不到适合自己的工作。大多数国企不够景气,职工工资不高。对此,陈勋揩不感兴趣。去找社会唱主角的民企,它们嫌陈勋揩年龄过大,不予理睬。于是,陈勋揩只好自谋职业。他曾经开过水果店,也开过快餐店,但是,因为陈勋揩的性格比较老实、忠厚,常常给亲朋好友赊账,加之生意场上动作迟钝,最后都因为经营不善而倒闭了。后来,他就跟别人合资搞了一个小农场。可是,由于产供销的渠道都不是很畅通,最后也以失败而告终。陈勋揩在国外攒的积蓄,也花去了一半。

为了迅速摆脱困境,陈勋揩在朋友的忽悠下,投资参加了P2P,想发笔大财。结果,一下子亏掉了100多万元!由于债主外逃,所投的钱也要不回来了。这就导致了他内心烦躁,希望能够找到一个比较好的老师来指导他的前程,让他能够摆脱困境,方方面面走上正轨。

据陈勋揩介绍,他的师父何陇腾先生原先是附近某县的保安公司董事长,拥有祖传的独门气功绝技。他的拳术不但能够防身,更能治病,能够将强大的意念和能量输入别人的体内。若是门徒,可以大幅度增强你的发功能力;若是病人，就能在你体内祛除病魔和各种顽癣痼疾。这种功夫与化疗的差别就在于，同样是杀灭体内的妖孽，后者实行的是"三光政策"，会重创体内所有的细胞；而前者发功时，只歼灭体内的"病虫害"，不会对人的细胞及脏器造成任何损害。

此事既然被陈勋揩讲得如此神乎其神，杰明不仅要去打探一下这位功夫高人，还要去观赏神秘莫测的伯客公馆，一举两得，杰明觉得这样还蛮有意思的。

行走过程中，杰明遇到一位穿着花格子衬衫的时髦的老汉，与自己一样朝差不多方向前行，因为此人拿着的手机在不断播放着一首有名的交响乐——《人生》，而这首音乐正是杰明从小就十分喜爱的。所以杰明尽量跟着此人的节奏前行。是啊，音乐是一种精神的情感，在音乐中陶醉是文化人的普遍爱好。杰明觉得，一首与自然融合的音乐，有着自然生命的灵魂。甚至可以说是来自天堂的声音，仿佛让人呼吸到充满透明感的空气，且蕴含着满满自然的生命力，让你抛卸工作中的紧张、压抑的情绪，在感受自然的音乐之旅中放任自己、享受生活……

其间，杰明摸了摸还有点酸痛的后腰，那儿曾经做过两次肾结石的体外震碎手术。

第一次，是在12年前，当时杰明还在档案局工作。由于长期伏案工作，经常会感到腰酸背痛，有几次，小便里还有血丝。于是，就去医院内科做了体检。经过B超和CT的检查，结论都是一样的，左右两个肾脏里各有一颗结石！个头大的那颗竟有1.5厘米大小，小的也有1厘米。遵照医生的建议，几天后，杰明花了四千多元在那家医院里做了一次肾结石的体外震碎手术。手术时，杰明脱了精光，只穿着一条三角裤。屁股朝天，躺在一张脸部挖了一个大洞的病床上，用仪器给肾脏石头定好位，在腰部放了一个注入油料的塑料枕头，然后用机械锤不断捶击皮下的结石，一个多小时，捶击了两三千次。手术结束，医生叫杰明马上起身到洗手间去，拿个痰盂小便。杰明没有料到，射出来的尿液全是鲜红的血液，这把他吓了一大跳。杰明把血液全部倒掉，结果发现，在痰盂的底部，有厚厚的一层红色的细砂，有点像是把红砖敲碎了以后形成的那种粉末。遵照医嘱，杰明休息了五天后，又到医院做了一次B超复查，结果发现结石已经被彻底根除。说明，本次手术还是蛮成功的。

两个月前，杰明退休了，腰酸背痛的老毛病又来了，他到原来的那家医院又去做了一次B超，结果发现右边肾脏里面又有了一块1.5厘米的石头，医生建议他再做一次肾结石体外震碎手术。杰明采纳了医生的意见。但是，此次奇迹并没有出现，白白流失了好多的鲜血。术后的B超证明，结石依旧在，只是浪费钱。手术医生耸耸肩，表示无可奈何："要么过几天再来这里做一次体外震碎手术，好吗？"

杰明回答："算了，我太太说，男人的血很贵重的，不能白白流掉。"

其实这句话是杰明自己编的，这次手术是明摆着的，他只是不想再为难这位医生了。

幸好，杰明有中医方面的好友，一位治疗各种疑难杂症的高手——顾之权，顾医生给他开了一剂非常简单的排石草药偏方。无非就是金钱草、玉米须之类，仅仅花了几十块钱，熬成汤药吃了两个疗程以后，到另一家医院里做了B超，结果发现肾脏里的石头已经没有了，仅仅留下了一些结晶残渣。杰明看到这个化验报告当然很开心。

不过，暖阳高悬的今天下午，杰明赶到伯客公馆举办的收徒仪式的现场，还有一个目的，就是他的太太最近因为腰椎间盘突出，常常行动不便。好友陈勋揩将自己的师父能治百病吹得神乎其神，杰明想去看看治疗效果究竟如何。如果确实有效，杰明打算让太太的病也让这位何陇腾大师治治。

身旁的音乐声消失了，杰明终于看到伯客公馆了。公馆建于一百多年前，为当时一位在沙滨市打拼的英籍人士亨利·伯客所造。亨利·伯客通过对华贸易，从一个穷光蛋，迅速变为千万富翁。然后一举在沙滨市的市中心买下这块地，建造了由十幢别墅组成的伯客公馆社区，又狠赚了一大笔钱，因而他在沙滨市颇有名气。杰明本来并不想去凑热闹，因当天上午，他感觉小便有点不畅，排尿时，小腹有点疼痛，但陈勋揩一次又一次来电催促，杰明碍于情面，又因为自己对于闻名遐迩的伯客公馆有一定的好奇心，加上前面提到的那个小九九，也就答应去捧场了。

如今的伯客公馆，掩映在浓密的法国梧桐之中，设计得如同北欧梦幻中的宫殿，鹅卵石堆砌的外墙，各种哥特式的房屋立面，屋顶上造型魔幻、洋气的铜杆直刺云霄……所以，直到现在，伯客公馆还保持着"丹麦皇宫"的美誉。这些年，经过当地政府资金上的大力支持，当下各种会所、小宾馆、咖吧、酒店、私房菜坊……林林总总，现在成了沙滨市一个高端人士经常打卡光顾、聚集的地方。

杰明也不去听交响乐《人生》了，打开了百度地图。根据导航，杰明很快找到了举行仪式的那家会所。进了门，便见八个身高一米七十，身着各色旗袍的美貌女子带着微笑夹道相迎。然后她们中的一个带着杰明踩着宽大、古色古香的柚木楼梯，上了二楼。那是一个西式的金碧辉煌的大厅，穹顶上挂着一个硕大的水晶吊灯，四周描金花纹的墙壁上，也安装了许多欧式的壁灯。已经有80多人坐在一排排象牙色靠椅上，前面的一排茶几上，放着精美的巧克力蛋糕和车厘子、草莓等时令水果。

下午三点，仪式正式开始。由身着绛红色西装的主持人高裕民宣布："现在，请74代尚意拳的掌门人何陇腾大师舞台中央入坐——"

随即台下响起热烈的掌声。

只见身穿黑色中式对襟呢服的何陇腾先生，一米六四的个子，长得很壮实，体重至少在160斤以上，他自信满满地走到台前，然后端坐在舞台中央的红木太师椅上。他摆了摆手，掌声立即停了下来。

然后主持人高裕民又宣布："现在，请74代尚意拳掌门人何陇腾大师的十位门徒隆重登场！他们将一一行跪拜礼，接受大师的摩顶并赐予的法号，然后到舞台下面入坐——"

高矮不一的十个门徒，都穿着统一的黑色学生装，排成整齐的队伍隆重上场。在主持人的指挥下，他们列队来到何陇腾先生面前，然后一起虔诚地向师父鞠了一个九十度的躬。随后，他们挨个向师父磕头跪拜。师父立即摩顶，赐予每一个人法号。最后，他们集体向师父宣誓，表示效忠。

看着眼前的这一切，杰明心里直犯嘀咕，记得上午陈勋揩曾神秘兮兮地告诉他，师父担任过沙滨市最大的保安公司的董事长兼总经理。生意已经做得很大了，又为什么突然想到要收徒了呢？都到21世纪20年代了，为什么这个拜师仪式要搞得与传统的、封建的、宗教式的仪式别无二致？杰明觉得自己一头雾水。

仪式结束之后，主持人问："在场的哪一位来宾、朋友如果贵体有恙，可以接受大师的发功治疗。"

于是，便有几个中老年来宾，在向大师讲明自己的毛病及部位后，何陇腾让他们在自己面前站成一排，闭上双眼。然后何陇腾站成马步，开始运气、发功，口里还念念有词。几分钟后，发功结束，主持人便一个个去询问"治疗"后的感受，他们都兴奋地竖起大拇指对大师的功夫啧啧称赞。然而，没有一人讲得出道道来。站在边上的徒弟看得认认真真，脸上都露出敬佩和自豪的表情。杰明不清楚，他们的表情到底是发自内心，还是故意装出来的拥戴？

杰明还留意到，在场的其他来宾的表情大多数是困惑的，即便是微笑，也勉强得很。

陈勋揩因为听说杰明有肾结石，虽然吃了中药排石汤，结石在一个月前早已经不见了，但这两天排尿一直不畅，于是，好心的陈勋揩热情地将杰明带到大师面前，接受大师的发功。

何大师的一组在杰明看来有些夸张的动作过后，何大师问杰明："怎么样，是不是舒服一些了？"

杰明其实没有什么感觉，但出于礼貌，只好频频点头，表示感觉不错。这个过程持续了三四分钟。

杰明回到了自己的座位。在喝了一杯龙井，吃了几颗荔枝，与身边的华盛女士聊了一会儿以后，便觉得"泡中略转"，想要解手，于是离座来到了卫生间。小便时，小腹似乎不再疼痛，须臾，只听得"叭"的一声，有一颗像红枣核一样大的褐色石子跌落在小便池里，把杰明吓了一跳。他一辈子都没见过自己拉尿时居然拉出这么大的一粒石头！于是立即将这颗尖锐的小石头洗干净，用纸巾包好，放入自己的裤袋。

何陇腾的发功治病还在继续。

杰明也不知道哪根神经搭错，立即将洗手间发生的事告诉了陈勋揩，还将那颗石子掏出来给他看。想不到陈勋揩将石子一把夺过，三步并作两步跑到师父何陇腾跟前，立即将此事告诉了何大师。何陇腾马上叫来主持人高裕民耳语一番，后者执行力非常强，飞速拿起话筒来到舞台中央，将此事当场宣布："各位来宾、各位朋友，刚才在我们这个场子里发生了一件匪夷所思的事，大家想不想听听？"

"想——"来宾们大声应和道。

高裕民把发生在杰明身上的故事绘声绘色地叙述了一遍，但把其中杰明服用过排石汤两个疗程一节隐去了。他让杰明站起来跟大家认识一下，最后，他兴奋地总结道："刚才这个案例充分说明，何陇腾大师气功输出的强大能量是真实存在的，是非常有效的！大家说，神奇不神奇？"

"神奇——"来宾听了立即报以一片热烈鼓掌声。

高裕民继续兴奋地说："见证奇迹的时刻到了——"他掏出了那颗尖锐的石子，"这就是被何大师发功后，打下来的那颗石子！"

"啊？——"会场里一阵惊呼。

高裕民说："什么叫伟大，什么叫神奇？这下大家都见证了，是不是？！"

"是——"场子里反应十分强烈。

高裕民继续高兴地宣布："接下来请大家光临对面的美味佳肴大酒店，参加拜师宴！"

杰明抱着满腹狐疑，他多少为自己前面的"揭秘"感到后悔和内疚。然后十分勉强地参加了傍晚何陇腾大师举行的拜师宴。

菜式相当丰盛，色香味俱全。席间，来自社会各界的精英人士都在称赞何陇腾大师的功夫。陈勋揩悄悄告诉杰明，为了拜师，他们每个学生向老师交纳了十万元。

"十万元啊？"杰明有点惊讶。

"是的。"陈勋揩点点头。

杰明再也开心不起来，默默品尝着眼前的美味佳肴，然而，味蕾似乎是麻木的。

散会时，每人都接受一袋一公斤的"能量大米"的馈赠。陈勋揩告诉杰明，这些大米都经过师父发过功的，吃过之后可消百病。

第三天清晨，陈勋揩打来电话，告诉杰明一则匪夷所思的消息，那天举行拜师仪式的伯客公馆房间里的吊灯、国画都坠落下来。学生们判断说是因何陇腾大师发功的能量太大。

杰明担心，好多身体不佳的人都接受何氏发功治疗并接收所谓的能量，是否有益？有效？不得而知。

另外，陈勋揩告诉杰明，他已经不去搞自己的公司及其业务，因之前被人骗过多次，资金损失惨重，所以现在决心跟着何氏大师去做各种生意，当他的秘书和司机，而且是无偿服务。因为他坚信，师父总不至于会欺负自己。杰明听了，心中不是滋味，总有一种不祥的预感。

从伯客会馆回来以后，杰明总是在思考，自己的那颗肾结石的排出，与何大师的发功有什么直接关系？但思来想去，都觉得证据不足。因为那天何大师发功的时候，他压根儿就没有感受到什么。于是，他也不准备把自己的太太，送到这个大师那儿去治疗了。

太太在杰明的反复劝说下，终于每天去参加小区的广场舞锻炼。开始，她仅仅跳几分钟就坚持不住了。到后来，由于天天去跳，也不觉得特别的吃力。三四个月以后，也就见效了，她腰也不酸疼了，能够从事一些家务劳动了。由此看来，跳广场舞对她的健康还是有帮助的。

自从拜师会以后，这个何大师换了一辆奥迪新车，一有机会就到每个学生那边"巡视"。对于学生来说，毕竟是师父来了，当然他们都会好茶好饭来招待。一般情况下，他们还要准备一份丰厚的伴手礼送给何大师。

如果学生搞的是农场、庄园之类，何大师就要在那边住上几天，享受享受，顿顿都要用山珍海味和高档的茅台、五粮液招待……

一次巡视，个把月就过去了。整个过程，就像放唱片一样，一圈一圈的轮回，悠哉乐哉，好不威风、惬意！

这么两三圈下来，这些学生中有几个就有点受不了。他们悄悄在微信或者是电话里面抱怨，觉得自己好像上当受骗了。

何大师有没有将自己的真功夫教给他们呢？多多少少也教了，要他们去练所谓"大周天""小周天""忘我（即放弃思维）"……之类。但是，这样的练习，一年半载，好像看不出什么长进。再说，这些学生白天还要工作，还要经营自己的企业。所以他们开始纷纷地叫苦不迭……

更要命的是，何大师对于学生当中漂亮的美女，往往会产生暧昧的表情，他会要求她们陪吃……甚至陪睡。那些女学生自然很不情愿，因为她们担心这样会影响她们的家庭关系。至于那两个没有结婚的学生，她们也不希望自己嫁给自己的老师，因为年龄跨度也实在太大了……

拜师之后，徒弟之间也开始了各种各样的互动。比如大师兄徐德利是开大棚农场的，引进的是以色列的滴灌技术，所生产的各种各样的蔬菜水果，量多质好。但销路不好，常常烂掉许多。他通过在市蔬菜公司工作的六师妹金娥蓝的帮忙，打开了销路。二师兄张家雄开家具厂的，而五师弟李思德开了一家外贸公司。他们两个人很快地就结成了对子。张家雄的家具通过李思德的帮忙，把家具高价卖到了经常闹罢工的西欧，两个人都赚得盆满钵满。更有甚者，是三师姐高汤舜，快40了，还找不到男朋友。七师弟宏明，比她小三岁，这个小鲜肉一样是光棍，在街道办事处里面当普通公务员，收入也一般，正愁找不到妻子。而高汤舜是国外留学回来，在沙滨搞了好几家美容店，生意也很红火。但是，来美容的基本上都是女性，即便有男的来光顾，也基本是那种"娘娘腔"的粉男，不值得交往。所以多年也找不到如意郎君，哪里料到，一次高汤舜约宏明在露天咖啡座聊天，两人居然在对视当中产生了火花，成就了他们之间不久之后的婚姻。

哈哈，唯独陈勋揩找不到很好的合作伙伴。其实徒弟们之间也是很势利的，陈勋揩打扮得非常土，也没有合适的生意可以跟别人对接。尽管每天端着一副笑脸，但是自信不足，总是被其他徒弟看作是一个穷光蛋。所以，陈勋揩的生意也没有办法拓展。

陈勋揩每天老老实实地开着奥迪车把何大师送到这儿，开到那儿，又忙又累。何大师有时候会稍微给他一点汽油费，其他就什么都没有了。陈勋揩的心里其实也是很不满意的，因为他毕竟还要养家糊口。拜师之后，他的收入不见增加，反而付出很多，他的内心很失落……

何大师在没有收徒之前平时抽一般性的香烟。现在每一次都要去抽中华烟，或者是红塔山、中南海之类的高级烟，档次上去了。甚至有时候还要抽那个50美元一支的古巴雪茄。非常的烧钱。至于每一顿饭，要么去中华老字号名店，要么去那些网红打卡地享用……

学生们渐渐都有了一种上当受骗的感觉。

半年之后，杰明与陈勋揩通电话，杰明问陈勋揩近况如何。

陈勋揩回答："师父病重住院，肺气肿，肺大泡破了，有生命危险。"

杰明听了大吃一惊。他在想，既然你师父神通广大，能量满满，为何治不好自己的病？

杰明问陈勋揩："你师父为何得此病？"

答曰："烟抽得太多。"

"是自控太差？还是功夫、德气不到位？"

陈勋揩沉默未答。

杰明想，自己差点带太太去何陇腾大师那里去看病。同时又自责那天的配戏行为，等于廉价地出卖了自己。

在杰明看来，陈勋揩这个人最大的优点和缺点都在于他特别地相信别人。照理说他已经快到知天命的年龄，应该变得成熟一些，但是没有做到明智一些。经不起几个朋友的忽悠，不是这儿掉坑，就是那儿摔跟斗。玩了将近一年多的时光了，大把的时间浪费在伺候何大师身上，结果一无所获！

杰明也曾经劝过陈勋揩，叫他不要太相信自己的师父。但是，这个陈勋揩没有听懂，即便他的师父在重病的时候，他还每天坚守在他的病床边，一直到把师父送走。杰明佩服陈勋揩的忠厚老实，也为他的迂腐感到悲哀……

陈勋揩不是不知道自己的师父好像也不是很靠谱，但问题是他回国的这十几年当中，始终没有找到很好的合作者。往往是开始大家一接触，都对对方很有好感，于是决定合作。往往签过字的好好的合作项目，中途就会出现各种状况，最后的结果呢，往往是不欢而散。白白浪费了大量的时间、精力，还有金钱。他的妻子脾气还是比较好的，但有时候还是会埋怨："你怎么做生意的？人家做生意，都大把大把的钱赚回来，你做生意呢，是大把大把的钱付出去，而且一无所获！"

是的，陈勋揩这几年连新衣服都不敢买了，烟都是抽最差劲的。家里的各项开支，都十分节约，还要拿以前赚的钱去付女儿的各项学习费用，吓得他不敢再去扩展自己的生意。本来看中的是师父真有本事，就把宝押在他的身上，谁料竟是这样的结局。

一年后杰明获悉，何陇腾大师在广西病逝。陈勋揩在群里发了讣告——深切悼念何陇腾大师，愿一路走好！在他制作的九宫图中，居然还放了何大师为杰明发功，以及主持人拿着杰明那颗石子的几张照片。这让杰明感到万分惊诧、愧疚和难堪。

杰明唯一暗自庆幸的是，他没有带太太去何陇腾大师那儿治疗腰伤，否则，真不知道会有怎样的后果。

杰明仔细看陈勋揩发来的那份讣告——

武林奇葩，尚意养生术大师何陇腾先生千古

何陇腾大师，男，1960年×月×日生，自幼习武，潜心研修中华医学典籍。青年时期承蒙故乡祖传老中医传授，行医乡里救助乡亲，对多发病、常见病及疑难杂症独有心得，积淀了大量的临床经验。

先后拜武术名家何敬儒为师，苦练八卦掌、尚意拳、杨氏太极拳，深得武术内家功法和古中医天地人合一的精髓，融合太极、静修、气功等道家养生之术，创造出独树一帜的医武结合、内外调理、内病外治、未病先治的中医治疗方法——"何氏尚意养生术"，被称为武林奇葩，享誉海内外。

1994年以来，先后受邀到泰国、马来西亚、越南等地为当地政要、社会名流诊断治疗，并被某国王室聘为御医，为中华传统医药在国际社会的传播、交流、发展做出了重要贡献。

"何氏尚意养生术"的特点是：对非器质性疾病，采用纯手法调理，望诊与足诊相结合，不打针不吃药，手到病除，快速恢复患者身体健康。

何陇腾大师因患肺癌，医治无效，于今年×月×日凌晨四点十分在广西第一人民医院逝世，享年59岁。

何陇腾大师一路走好！

何陇腾大师治丧委员会

2019年×月×日

杰明看了苦笑。他想，既然何陇腾大师本事这么大，为什么就治不好自己的病？59岁就过世，匪夷所思。是能量过度散失吗？是何陇腾大师一点不知道自身的病情吗？还是发生了什么意外？比如：被人下毒？暗害？纵欲？绝症？……简直让人捉摸不透。

据说，何陇腾大师的那些徒弟中只有陈勋揩和宏明、高汤舜夫妇到达追悼会现场，其他弟子都以各种理由缺席。

回到沙滨后，陈勋揩一直在反思，自己下一步该如何走？为什么自己的思路和实践总是与社会脱节，是否需要做根本性的改变？他把自己的感悟告诉了杰明。

邂逅

1

马旗来到西欧的W国读大学纯粹是他妈妈的主意。

从20世纪70年代末开始,中国开始改革开放,不可否认,随之而来的是国人中掀起了一股又一股的仰慕西方世界之风。有些国人觉得月亮都是欧美、日本的圆。这股风一直延续到21世纪初。在我国的一、二、三线城市里,许多家长都希望把自己的孩子送到西方去留学、深造。送出去孩子的年龄,也变得越来越小。发展到后来,出现了有的家长把在读小学三四年级的儿女送到那边去读书的案例。理由是,这样可以让小孩的外语水平比长大以后再送出去留学要好得多。

这种认知,在不少有钱人圈里似乎已经成了一种比较流行的风气和时尚。

在大中城市繁华地段,开设有不少办理出国留学的中介机构。这些年来,它们生意火爆,也为此赚得盆满钵满。它们打出的旗号是:"让你的爱子的学识和生活习惯更早地融入西方社会吧!"

应该承认,这个新兴行业里面水很深,一般局外人难以了解、看透。当然,设在外国的那些培养中国留学生的机构肯定赚得不少,这些机构要在所在国搞定留学的名额、签证、办学场地、教员、学生的食宿等一大堆问题,赚得多一点也在情理之中。其实,上述问题的解决,基本上都是采用非常低廉的办法搞定的。赚得最多的,自然是国内的那些留学中介机构。送孩子出国的那些家长,对这些中介机构往往是感激不尽。尽管所谓出国留学的收费项目都是明码标价的,但几乎所有的留学中介机构都在其中反复加价。即便如此,来报名出国的人还是络绎不绝,前赴后继。这在中国各地的情况都差不多,海州作为一个二线城市也是如此,甚至它的留学中介生意更为火爆。

马旗的父母都是从普通大学毕业的,分配在海州市轻工业局机关里当小科员,经济收入有限,也只能到儿子高中毕业前,借了点钱,准备把他送到国外去留学。目的,也是希望马旗将来学成归来,有一份体面的职业。这就是所谓的"可怜天下父母心"啊!设身处地考虑,这个想法也是有一定道理的。

但反过来为这些孩子想想,他们在生活技能上,大多存在着明显的缺陷。这些孩子以前大多是所谓的"妈宝",是在父母和祖辈的百般呵护下长大的。他们一不会吃苦,二不会做家务,生活自理能力极差。诸如做饭、洗衣服啊、给自己衣服缝缝补补啊、家电的简单维修啊……啥都不懂,也不会。甚至于被子怎么叠,被褥怎么放进被套……都不会。至于如何买鞋子、买衣服、买帽子,怎么穿戴,这方面的知识呢,这些孩子几乎都不具备。

如果提及更高的要求,比如抗挫折的心理能力,解决各种社交中必然遇到的各种危机的能力则更差。这些,都是放在这些家长乃至整个社会面前不争的课题。

马旗的妈妈也是让孩子出国家长群里的一个,下班回家,天天念叨"谁谁谁的儿女去欧美读书、读研……"

马旗嫌烦,放下游戏机说:"好了,好了,你备好了钱,我就去留学。"

马旗为什么这么爽快答应呢?这是因为这几年,他的同学中不管家里有钱没钱,走掉了十几个同学去欧美留学。所以,他内心也有些莫名其妙的憧憬和羡慕。

而马旗的爸爸马启天认为,让儿子出国留学,让他独立生活,或许能够较早地管束好自己。重要的是,至少能够掌握一门外语。倘使变得努力了,或许还能学会一项或几项专业知识或者手艺,无论留在欧美或回国,必定前途无量,至少能够确保自己过上富裕的生活。

马旗的妈妈看到老公支持,自然更起劲,七拼八凑,凑足了80万元人民币,通过留学中介公司,在2008年的春天,将马旗送到W国的麻雀市,就读于那里的谭思福大学，学的是计算机专业。留学中介公司为了帮学生们节约点支出，就在麻雀市的城乡接合部，向一对70多岁的老夫妻租了一主一次的两间卧室，让马旗跟来自海峡对岸的一个留学生在里面住下。

麻雀市是W国一个三四线的小城市。马旗到了那儿，觉得风景优美、气候宜人。但是比起自己居住的海州市的市容，还是相距甚远的。为什么这么说呢？比如讲，麻雀市那边的马路都是坑坑洼洼的，而我们海州市这边的马路都是平平整整的。麻雀市的郊外连高速公路都没有，而海州市的高速公路四通八达，每条公路至少拥有3至5个车道；海州市在高速公路以及马路边上，铺满了树木、花草，布局、搭配，都是精心设计的。一年四季色彩各异，搭配得爽心悦目，宛若一幅幅不断变化的油画。马路旁电线杆也是如此，都是全钢制造的，整整齐齐。而麻雀市的电线杆虽都是用花旗松制作的，但时间一长，便开始风化、开裂，随时有折断倒下的可能。路边电线杆上的电线，拉扯得横七竖八，显得乱七八糟。麻雀市周围的居民们，不是蓝眼睛、金头发、高鼻梁，就是皮肤黝黑的中东和非洲裔难民。由于毒品泛滥，这儿一直存在着诸多的安全隐患。其实，也没有什么值得大惊小怪的，最近几十年来，整个欧洲都存在类似的问题。想必所有去欧洲旅游的人都遇到过或听说过光天化日之下遭劫的故事。而海州市要安全得多，现代化的公交、供应市民各种需求的店铺……都应有尽有。因为海州市地处江南，是中国最发达的地区，无论是医疗、交通，还是餐饮、购物、娱乐，都要比麻雀市优裕很多。马旗认为，海州市干净、超级宁静，各种城市服务设施方面，远胜麻雀市。

当然，当地的老百姓对这些中国的孩子，总体还是比较友好的。说是友好，其实是他们多多少少出于同情和怜悯，近百年来，他们听到的都是中国的老百姓一直吃不饱肚子。所以，W国暂时还没有发生过排外、仇外的事件。这对于自顾自、不大善于跟外国人打交道的一些中国留学生来说，可省心不少。

马旗刚到麻雀市时，多多少少感到有些失落，特别是语言不通，到了那里，感到自己像个傻子和外星人！比如马旗去超市里买东西，由于不识当地的文字，语言又不通，造成了好多麻烦，常常不知道所要的商品究竟在哪儿，买好了，又不懂如何付钱。后来，在其他中国同胞的指点下，他才慢慢适应。

麻雀市的餐馆很少，每天营业时间又很短。马旗来到住处，可供他吃的东西，实在太简单、太少。天天是面包、牛肉、香肠、黄瓜和可乐，没有什么特别好吃的东西，这使得马旗刚刚来的一两个月里明显清瘦了下来。

说起W国麻雀市的谭思福大学，其实，也就建在一个小镇一排商店的楼上。这幢房子，大概也就三层楼高。所谓的大学，既没有什么操场、花园、校内大道，也没有食堂、图书馆、健身室、实验室和医务室等配套设施。这种大学，往往被当地知情的华侨称为"野鸡大学"或"学店"。然而，国内的人都被蒙在鼓里，这种大学其实就是某几个华侨用经济手段搞定当地大学董事会老板后，挂靠在谭思福大学的一家学店！含金量注定是不高的，教育内容呢，主要是德语。至于其他方面的专业，都是可以选择的。书，教得很松垮，无非是请一些普通大学甚至中学里有空闲的老师，来这里马马虎虎上几堂课。学生们很难在这儿受到成体系的正规高等教育。可悲的是，留学生对此很难辨别，以为欧洲的大学教育就该如此。

马旗学的是计算机专业，这门课程其实完全可以在国内学，而且可以学得更好，但是，当时国内好多家长都宁愿相信"欧美的月亮比中国的圆"，把自己的子女放在欧洲各国，这样，多多少少满足了家长们的虚荣心，他们觉得这样非常放心。当然，小部分也为了将来回国后，好用于忽悠国人。在这所学校里，许多男生、女生都非常青睐服装设计、广告设计和化妆品设计专业。其实，都是一些低端的学科。

马旗的妈妈彭迎看到儿子发来的照片，发现儿子瘦了好多，心疼极了，经反复追问，才知道都是儿子在外面吃麦当劳、肯德基等快餐惹的祸，经常是有一顿没一顿的。所以，彭迎特地向亲友借了四十万元钱，然后去办理好签证赶到了W国麻雀市儿子的住所，情愿打地铺，每天做孩子的老妈子，把儿子的吃喝拉撒管理起来。没过几天，马旗心疼妈妈，硬是把妈妈拉到床上，自己睡地铺。

彭迎无比感动地说："旗儿，你小时候一直睡在我身边，现在也睡我身边吧，否则，睡地板，背部会很痛的。"

"没关系的，"马旗回答，"毕竟我已经成大人了，再睡在你身边，岂不成了永远长不大的妈宝了！被其他同学知道，也不大好。"

"有道理！"彭迎觉得儿子说得对，就不再坚持了。

一个月以后，彭迎自己的父母病了，需要她马上回去照料。所以，彭迎教会了孩子做饭、叠被子等家务之后，恋恋不舍地表示要撤离回国。

W国在欧洲来说也属于那种小国，也就一百多万的人口。这个国家的城市里，一到傍晚，商店就打烊了，哪像中国的二三线城市，到了深夜，街头亮得如同白昼，大多数的店铺都是开着的，而年轻的顾客都是夜猫子，要忙乎到下半夜才消停。

W国的百姓很闲散，绝大部分商店将近中午的时候才开门，太阳下山之前，绝大部分商店就关门了，他们每天最多工作五六个小时。所以晚上要买点东西是非常困难的。马旗刚来的时候，确实觉得很失落，因为他已经习惯于那种连轴转的生活节奏。除了每天睡六个小时觉以外，平时都是忙得不亦乐乎。晚上，要么参加同学、朋友的聚会，要么去看电影。总之，国内的生活节奏要快得多。

现在妈妈要走了，马旗内心当然很舍不得。但是，想想自己毕竟已经长大成人了，还是独立生活比较好。反正迟早自己要独立生活的。为了不影响母亲的情绪，马旗的情绪始终保持着笃定，像没事一样。其实内心还是非常希望妈妈一直留在这里照顾自己，这样，自己既可以衣食无忧，又可以与母亲对话，其乐融融。然而，马旗也知道妈妈待在这儿，经济上的压力蛮大的，恐怕难以为继。那天，妈妈走的时候，他差点号啕大哭，但是，他忍住了。

对于分手时儿子表现出的平静，妈妈当然是不满意的。但是理智却告诉她，孩子已经长大成人了，早晚要展翅高飞。所以，不会因为自己的离开而过分的悲伤，也属正常。

在回国的飞机上，彭迎还是流泪了，她摇摇头，苦笑道："我怎么这么想当一名女佣了呢？"

彭迎回到海州市家里,将看到的实情告诉了丈夫马启天,但再三关照老公不要将此事告诉外人,免得被人家耻笑。马启天埋怨道:"当初,你的虚荣心多厉害!我的不同意见,你都不让我讲,真是死要面子活受罪,自作自受!唉——"

彭迎离开后,W国老百姓开始知道中国申办的奥运会将在几个月后举办。他们其实并不是很关心此事,在他们的印象里,中国到现在还是属于发展中国家,能否办得好奥运会,值得怀疑。在当地的电视和报纸上,对于这件事的讨论也是有的,但很少见诸主流媒体的重要版面。偶尔见到,总体上不算太友善。他们觉得我们欧洲已经办过无数次奥运会了,也该歇歇了。现在将奥运会拿到一个亚洲的大国去办,也未尝不可。如同富豪在城市里待久了,偶尔去乡村散散心,也挺有情趣。

马旗所住的主卧里,中间有一张写字台,上面有一台笔记本电脑。那天晚上,马旗正趴在那里起劲地玩电脑游戏——《反恐精英CS》,边玩边喝着可乐。强烈、刺耳的游戏音乐和音效,使得房间里显得热热闹闹。

隔壁是次卧,住的是台湾的留学生赖聪。墙上有只电子大挂钟,钟下有张单人床,赖聪正斜躺在床上,一边吃着薯片,喝着咖啡,一边看着书。

马旗自言自语:"老虎不发威,还当我是Kitty猫!堂堂电脑高手马旗在此!看你往哪里跑?!"

突然,屏幕显示QQ软件弹出消息对话框,并伴有"滴滴滴滴"的提示声。马旗很不情愿地将游戏退出全屏,转为窗口模式,旁边还显示QQ对话框。

马旗噘着嘴嘟哝道:"讨厌!哪个菜鸟这么晚还来找我?破坏我玩游戏的兴趣!"

屏幕上显示QQ对话框字符:"你这么晚还在网上干吗?"

马旗注意力还在窗口游戏中,随手输入一行字符:"我在看新闻呢!"一不小心,马旗点击了"语音聊天"按钮,随即开始和对方语音聊天。

马旗轻声自语:"糟了!碰到'语音聊天'按钮了!"

原来"语音聊天"的另外一边是马旗的父亲马启天："儿子，这么晚还在看新闻？不要命啦？"

"是爸爸啊！"马旗悄悄倒吸了一口冷气，马上强作镇静，油嘴滑舌地说，"爸爸，不是跟您说了吗，我在浏览新闻呢！"

而电脑里游戏的厮杀正在进行，马旗不小心碰到了声音加强开关。

马旗父亲马启天问儿子："哎，那你说说，在看什么新闻？"

马旗回答："爸，新闻有好多呢，我看都看不过来。您想啊，新闻有体育的、艺术的、政治的……您要我说哪条？是刘翔又得冠军了，还是某国总统当选了？"

突然，游戏画面显示为马旗操控的游戏角色被对手冲锋枪子弹击毙，马旗忘情地拍桌子大吼："混蛋！哪个卑鄙的家伙放的冷枪？！我看你往哪里跑？！"

马启天揭穿儿子的谎言："小子，你骗我！我早就猜出你在玩游戏！肯定又在玩CS！"

马旗问："爸爸，你怎么知道的？"

马启天笑道："古人说，知子者莫若父，你的那点鬼把戏，我会不知道？可你不应该啊！我砸锅卖铁，已经花了80万元血本，把你送到W国念书，以后每年花30万元血汗钱，为你付学费和生活费，你却不用功学习，成天玩游戏。你对得起我和你妈吗？！"

此时，一声"叮咚"，门铃响了。

马旗不耐烦地说："知道啦，知道啦！从此以后，我不玩游戏了行不？有人来了，我先下线了。再见！"

电脑的屏幕上显示马旗关闭了所有软件窗口，出现了定格画面。

马旗三步并作两步打开房门，穿着一身洁白长裙的女友玛丽雅冲进来拥抱了马旗，吻了一下，然后松开。

玛丽雅兴奋地说："达令，我来了！想我不？"说完环顾四周，"咦，你在干吗？又在玩游戏了吧？！"

马旗神色不自然地抓耳挠腮："没，没有……我……我怎么会玩……玩游戏呢？"

玛丽雅打量马旗："你骗人，你的表情已经告诉我，你正在撒谎！你们中国人怎么都这样？！"

马旗愤愤地发火："说我就行了，为什么要扯到中国人？"

眉清目秀的玛丽雅不依不饶："可是你看看你们中国人！也是喜欢撒谎！明明连肚子都吃不饱，还要打肿脸充胖子，搞什么奥运会啊？先解决粮食问题不好吗？"

"亏你还是电视台主持人呢！"马旗的脸色顿时变得铁青，惊讶不已地反驳，"多么荒唐啊！中国人吃不饱，那是几十年前的事了！"

玛丽雅平静地回应："允许我纠正一下，我在电视台的中文频道仅仅是个实习主持人！"

"都一样！你是多么无知啊！都已经进入新世纪了，你们西方人的偏见也该改一改了！"

"是偏见吗？你们每年不是要从全世界进口几千万吨粮食吗？如果你们没有饥饿，有必要进口这么多粮食吗？"

"这个我不了解。"马旗已经气得有些颤抖了，他反驳道，"但不排除买来做饲料和酿酒的。有一点，我必须严肃地告诉你，中国现在已经没有人在饿肚子！"

玛丽雅鄙视地说："你的中国名字叫马旗，而你在生活中却是马马虎虎！以后改名叫马虎好了！只知道整天玩游戏！一点儿都不关心政治！白白浪费你父母的血汗钱！打开网页看看吧，你就知道最近世界上究竟发生了什么！"

马旗气呼呼地说："看就看！"

马旗打开网页，大屏幕显示——欧洲某国，奥运圣火在某个城市传递过程中，遭遇破坏分子的疯狂干扰，金晶保护火炬的那段视频尤其吸睛。

马旗不看则已，看罢义愤填膺，拳头握紧，浑身颤抖不已。他从牙缝中迸出："居然对一位残疾姑娘敢下如此毒手！体育就是体育，奥运会是全世界的盛会，不过是委托中国举办而已，为什么要执意破坏呢？"

玛丽雅劝说："马旗，你中的毒实在太深了！人家这是在抗议你们的政府连老百姓的肚子都没有填饱，还去搞什么奥运会……你曾经跟我说过，选择来W国留学的重要原因，是向往和羡慕我们西方的富裕，以及言论自由、民主和尊重人权！"

马旗回答："不错，过去我确实崇拜过西方的价值观念。但是现在，我要重新反思这一切！你们连一位残疾姑娘都要去侵犯，博爱何在？人权何在？民主、自由又何在呢？！"

玛丽雅语塞地说："你，你！……"

马旗暴怒打断玛丽雅："够了！玛丽雅，玛丽雅，以前我爱你，并非因为你是电视台的实习主持人，而是以为你纯洁、聪明和善良！没想到你是如此无知和愚蠢！看到抢夺金晶的奥运火炬这样卑鄙、恶毒的事情，竟然也能容忍、认同，人云亦云，真是不可思议！……甚至是不可救药！我俩的关系算是完了，你走，你走吧！"

玛丽雅不解地问："啊？！太夸张了吧？我只是告诉你一些外界发生的事情，你竟然这样对我？！"

马旗激动地斥责："够了！你可以侮辱我，但决不能侮辱我的祖国和同胞！我不需要你来给我上课、教训我！"

玛丽雅终于意识到问题的严重性，怯生生地说："我侮辱、教训你了吗？……"

马旗怒不可遏地说："你们以为抢夺奥运火炬只羞辱了中国人吗？其实更是在羞辱你们自己！知道什么叫奥运圣火吗？就是因为她是神圣不可侵犯的！她是超脱于所有政治和信仰的！我为金晶的坚强不屈感到骄傲！而你，却是一个没有是非观念的人，我再也不想看到你了！"

"你好狠心啊！"玛丽雅掩面哭泣地谴责道，"分手就分手！"说罢，她摔门而去。

"幸好她跑得快，"马旗自言自语，"再晚一分钟，说不定我会狠狠地揍她一顿！哼！简直让人忍无可忍！"他随手拿起一个可乐罐，狠狠地往墙上砸去。

马旗哪里料到这块墙隔仅仅只有两三厘米厚，导致隔壁赖聪卧室墙上的电子挂钟从墙上掉落，正好砸在赖聪的脑袋上，皮也被划破了，流出血来。

赖聪当时正在玩手机，他长得比较帅气，高中毕业以后，他来到了W国，找了一个便宜一点的大学读书。其实，赖聪读书一直读得不是很好。他的父母望子成龙，希望他能够到欧洲这个国家，争取把书读得好一点。赖聪很快就找了个女朋友，对于儿子的那个女朋友，他父母也是很认可的，认为她家教好，非常知书达理。所以，他们就很放心地拜托女朋友来管束自己的儿子。果然，赖聪现在吃饭什么的，都由女朋友安排。他俩有时候自己烧，有时候到餐饮店去吃。赖聪父母获悉后，也比较放心。

赖聪撸了撸头皮，看到了血，自语："哎哟哇啦！流血了！地震啦？地震啦！……不对呀，刚才听到隔壁有男女的吵架声，看来那个叫马旗的无耻家伙对弱小女子动手了。我得去找他理论理论！"

赖聪气冲冲地跑出房间，"嘭嘭"地敲打主卧的房门。马旗走了出来。

马旗问："什么事，什么事啊？！"

赖聪怒问："你为什么要砸墙壁？！"

马旗笑笑："我砸自己的墙，关你什么事？"

赖聪谴责："啊呀，你怎么那么粗鲁！前面就听到你和女朋友争吵，没想到居然还对她动起手来了！"

"哦，原来你有偷窥癖，是不是？是不是？"马旗冷笑道，"怜香惜玉了是不是？！"

赖聪气愤地说："谁有这种喜好？！你不知道，你一砸墙壁，害得挂钟掉下来，砸在我头上了！"

马旗驳斥："挂钟掉下来，是你自己没有挂好！是在贴墙偷听吧？不小心碰着挂钟了，是不是？这叫不打自招！"见对方举拳欲打自己，继续说，"来啊！来啊！我正想跟别人打架呢！"

赖聪气愤地说："粗鲁啊！凭着自己身体强壮，就耀武扬威！我才不会上你当呢！"

马旗说："我想，你总不至于以卵击石吧？"

赖聪说："我终于找到了原因，为什么我们邻居两年没有交往的历史！"

马旗不屑地说："要费这么长的时间吗？我可是第一次看到你，知道你是个'台巴子'，就失去了与你交往的兴趣！"

赖聪又举拳欲打，但马上就放下手来："算了，不跟你一般见识！"

马旗评价道："缩头乌龟！还自我标榜文明呢！！好了，我要回去睡觉了。"说罢，欲跨进自家房门。

被赖聪拦阻："等等，一点儿不道歉就想走？"

马旗不懂了："嗳，我干吗要道歉呢？"

赖聪自语道："明白了，你这种人就是这么粗鲁！所以，对自己的女朋友都敢动粗！"

马旗发出警告："你嘴巴放干净点！这跟我有什么关系？这事啊，谁遇着都会动武的！"

赖聪嘴硬："有这么严重吗？以至于对自己女朋友也那么没风度？！"

"想不到，你对于别人的隐私这么喜欢探听！"马旗冷笑着嘲讽，然后硬拉着赖聪进屋，"你来看看这个就知道了！"

马旗打开网页，屏幕上快速播放奥运圣火在巴黎的传递经历，突出金晶遭袭的那段视频。

看完，赖聪拍案而起："太气人了！"说毕，拿起杯子欲扔。

马旗鼓励地说："哎，哎，扔，扔啊！不就是一个杯子吗？"

"对不起，对不起！"赖聪恍然大悟，"你就是为这事儿打那个电视台主持人的？"

"是啊！"

"那她确实该打！"

马旗越说越激动："说实话，我当初出国留学，就是由于羡慕西方国家的言论自由。现在看来，我真是太幼稚、太天真了！"

赖聪说:"我也是!没想到,这儿的现实居然是这样!说句实话,西方有些人就是妒忌祖国越来越强大!"

"你也感觉到啦?!真是太好了!"马旗赶紧与赖聪握手,"邻居这么久,都不知道你叫什么名字?"

赖聪紧握马旗的手,真诚地说:"我叫赖聪!偷懒的懒字,拿掉一个竖心,聪明的聪……"

"怎么听上去像是'懒虫'!"马旗捧腹大笑,"怪不得,一天到晚都听到你在打呼噜!"

赖聪回答:"父母取的名,总是对的吧?你呢?"

"我叫马旗!马匹的马,旗帜的旗!"

赖聪大笑:"啊?!也是个搞笑的名字!倒过来念,就是骑马!哈哈,不过,兄弟啊,我看你做人很讲原则,为了原则,连这么漂亮的洋妞你都舍得抛弃!"

"一个人的底线是不能突破的!既然你这么认同我,那咱们交个朋友吧?"马旗伸出手。

赖聪也热情回应:"好啊!海峡两岸人民,同宗同祖,血浓于水嘛,这个朋友我是交定了!"

两人热烈拥抱。

这时,赖聪的女友华芳正好赶来,见此状十分惊讶,她问:"赖聪!你跟这位先生在干吗?"

马旗和赖聪赶紧松开。

"你想到哪里去了?!"赖聪责怪道,然后难为情地向马旗介绍:"这是我女朋友,她叫华芳!"又对华芳介绍,"这是我邻居马旗!"

"哦,"华芳还是有点狐疑,"但邻居也不必要好成这样子!"

赖聪说:"哎,说来话长……"

随着赖聪嘴巴的开合,华芳了解了刚才发生的故事,也怒火中烧,义愤填膺。

马旗激动地问:"华芳,你说,我有错吗?"

华芳非常肯定地作答:"你做得对!像个男子汉!确实,祖国是决不能任人宰割、任人侮辱的!"

赖聪说:"马旗,你看,芳芳虽然是一个华侨后代,但比我更爱国!"

"我并不是要讨好谁!"华芳说,"我热爱自己的祖国,是有原因的!这些年来,中国越来越强大,我们华侨在世界各地扬眉吐气,腰板也越来越硬朗!再也没人敢小看我们中国人,敢随便欺侮我们中国人了!"

"是的,是的,"赖聪说,"我深有同感。那么,接下来,奥运圣火后天就要来W国,然后,还要在几十个国家传递,我们得想想办法,一定要确保奥运圣火的安全!你们说是不是?"

"对!我们得赶紧行动起来!"马旗兴奋地说,"我们要通过网络、短信、电话……反正,通过一切通信手段,动用尽可能多的人际关系,发动全球的华人和国际友人一起来保卫圣火,让她胜利抵达北京!绝不能让W国反华势力的阴谋得逞!"

华芳拍了拍手:"对,对!我们要让全世界都知道,中国人民一定会举办一届成功的奥运会!中国人民是不可战胜的!"

马旗果断地说:"事不宜迟,我们赶紧去通知一些要好的哥们,明天一定要在市中心的玫瑰咖啡店,召开W国华人保护奥运圣火的策划会!"

赖聪响应:"好,我这就联系在W国所有铁杆朋友,明天上午到麻雀市的玫瑰咖啡馆集合,商量团结一致、保护奥运圣火的大事!"

回到卧室,马旗在日记中写道:"爸爸,儿子再也不会把精力放到游戏上了!……由于政治分歧,我和玛丽雅分手了,这也符合您一再叮嘱的,男人应先立业,后成家!……我和隔壁的同学赖聪和华芳,正在把一条又一条帖子、彩信,通过网络、手机传向四面八方——'紧急召集令:希望W国所有华人代表,明天上午8点整,在麻雀市玫瑰咖啡馆集合,共商保护奥运圣火在W国顺利传递大事。'"

写完,马旗热泪盈眶。

那么，赖聪的女友华芳是何许人也？原来，她的父母原为台湾高雄市人，30年前其父亲和母亲移民加拿大，供职于多伦多一家外贸公司。华芳从小喜欢体育，她不喜欢与小姐妹们一起跳绳、跳橡皮筋、捉迷藏，更爱好与男生一起踢足球、打篮球和排球。所以父母把华芳称为"假小子"。她的父母想，反正她将来要嫁人的，也没有必要将她放在自己身边，于是，经朋友介绍，在华芳高中毕业之后，花了点小钱，把她放到W国的麻雀市读书，因为这里的学费相对便宜一些。华芳到了那里，很快就认识了赖聪，谈起了恋爱。他们俩在那里，一边读书一边谈恋爱。双方父母知道后也觉得可以接受。华芳很能干，赖聪很聪明，两人可以互补，互相照顾，这样就不会有安全上的问题。

此时，赖聪的女友华芳回到卧室，因为思想上一致，所以接吻和拥抱更加热烈，都有一种想融入对方的感觉……

2

第二天上午，一些年轻的华裔男女，陆陆续续进入W国麻雀市的玫瑰咖啡馆。馆内墙上有大屏幕，正在播送着中国将要在8月举办奥运会的宣传片，和奥运火炬传递将路过W国一些城市的消息。

W国有三四家电视台。这些天在各自的节目里面，常常提到中国举办奥运会这件事。在一些谈话类节目中，一批爱国的华侨、中国的留学生，和当地的专家学者，在为中国举办奥运盛事叫好。他们普遍持比较客观公正的立场，并且勇敢地站出来，责令持相反观点的势力说话要有依据，而不要信口雌黄。但是，也有一些谈话类的节目里会出现一些杂音，主要是一些仇华、反华的欧美人士，发表了一些讽刺、嘲笑挖苦中国的言论。主要的观点是，中国很穷，凭什么要拿出巨资，去搞这种耗资巨大、过眼烟云的事儿？这样做，有点儿打肿脸充胖子的意思。也有一些白人种族主义分子认为，只有白种人才配搞世界体育运动会。

经得玫瑰咖啡馆老板的同意,马旗拿出了自己制作的动漫片的U盘,插入玫瑰咖啡馆内悬挂的电视机后面的接口,于是,电视机里开始播出马旗制作的动漫短视频——

①一辆门上印有五星红旗的轿车冒着尾气"突突"地翻过一座座小山赶来。

②一架飞机上伸出两个人头和一面中华人民共和国国旗,像火箭般"嗖嗖"飞来。

③一位大汉骑着带人的摩托,满头大汗地赶来,坐车后的人挥舞着五星红旗。

④一望无垠的蓝色海面传来马达声,一艘游艇由远及近破浪而来,远远地就能望见艇上五星红旗迎风飘扬。

旅居在当地的一位华人青年李先生,坐着喝咖啡,走进来一位华人老汉万先生,他戴着一顶白色草编的礼帽环顾四周,坐在李先生的旁边。

李先生不为所动,闷头看报纸,突然问:"先生也来喝咖啡?"

万先生压了压帽子回答:"是啊。但是,说句老实话,我平时不喜欢喝咖啡,因为它的味道远不如家乡的茶叶那般香浓、好喝。"

李先生抬起头说:"老土啊,拿刀叉吃饭会吗?好,问一下——口令?"

万先生脱下帽子回答:"爱我中华!你呢,口令?"

李先生伸出手说:"保卫圣火!"

两人击掌,哈哈大笑,然后起身热烈拥抱,都笑着说:"自己人!自己人!"然后两人坐下寒暄。

周围越来越多的华人来到玫瑰咖啡馆,坐下谈论时事。

周女士是60多岁的老妇,她拄着拐杖跨进店来,喃喃自语:"赶上了,赶上了!没有白白在火车上坐了四个小时!"

边上卢姓女青年问:"大妈,您是特地坐火车赶到这里来的?"

周女士回答："是啊，昨天我的小孙女在互联网BBS上看到了你们的召唤，特地通知在W国的我。听说她也计划连夜乘飞机赶来，应该到了吧？！"

周女士的孙女蓝梅斯踩着高跟鞋，急匆匆推门进来："奶奶，您已经来啦！"然后，立即环顾四周，"哇！来了这么多人啦！"然后搀着周女士在空位上坐下。

"我以为你早就到了呢。"周女士说。

"老板不让我请假，于是，我递交了辞职书，来到W国也值了！"蓝梅斯笑笑，平静地说。

周女士有点焦虑："丢了饭碗，以后的日子怎么过？"

"再去找呗！"蓝梅斯自信作答，"天生我材必有用嘛！不用怕的！"

这时，马旗、赖聪急匆匆进来。

李先生见了，走上前去打招呼："请问两位，口令？"

马旗回答："'爱我中华！'你呢，口令？"

李先生伸出手："保卫圣火！"

双方击掌，热烈拥抱。

此时，两个黄头发、高鼻子、蓝眼睛的欧洲人——贾伊德和一个妖里妖气的女人，鬼鬼祟祟地进入玫瑰咖啡馆。众人警觉地看着他俩。这两人也意识到气氛的紧张。

贾伊德故作镇定，满脸堆笑地用生硬的中文说："这么多中国人，突然喜欢喝咖啡了！难道不喝茶了？"

马旗冷冷地反问："难道不可以吗？！你是谁啊？"

"我叫贾伊德。"贾伊德又问马旗，"哥们，看你还挺面善，告诉你，现在有个发财的绝好机会！"

贾伊德偷偷凑上马旗的耳朵去，被马旗一把推开。马旗冷冷地说："这里都是我朋友，有发财的好机会，你就在这里直接说吧！"

贾伊德得意洋洋地说："大家都知道，明天奥运火炬就要传递过来了，绝对不能让它在这里太太平平地经过！所以，明天，谁能破坏现场秩序的，我发给他100欧元；谁能抢到五星红旗的，一面300欧元；谁抢到奥运火炬的，我赏他1000欧元！够刺激、够意思了吧？怎么样？绝对是个发财的好机会！"

听了这些话，马旗愤怒地攥紧拳头站了起来，被赖聪按下。

赖聪笑眯眯地走过去，拍拍贾伊德的肩膀："请问贾伊德先生，你为什么要这样卖力地阻扰中国的奥运会呢？"

贾伊德回答："我是'撤回奥运'组织的领导人之一，我们反对中国举办奥运会！"

赖聪又问："哦，你们反对中国举办奥运会，那请问什么理由？"

贾伊德心虚地回答："中国老百姓连肚子都填不饱，穷得很，搞什么奥运会！我们头儿说了：只要能够给火炬传递制造点麻烦或者混乱，甚至还可以追加上万欧元的奖金！那么美的差事谁不眼红？哈哈哈……兄弟们，你们跟我们好好干，保准你们发财！"

马旗轻蔑地讽刺道："哦，原来如此！前几天，W国家出现了几支所谓的'撤回奥运'组织举行的示威游行，原来就是这样被收买、拼凑起来的！"

赖聪也揶揄道："哦，贾伊德先生当然劳苦功高啦！可你为什么要这样做呢？"

贾伊德咬牙切齿地表白："奥运应该是白人主导的运动会，看着中国人举办，我就是不舒服！"

"奥运组织是全世界人民的！没有规定只准白人可以搞！"马旗嘲讽道，"告诉你吧，我们都是非常热爱自己祖国的人！我们宁可委屈自己，也决不让祖国受半点儿委屈！所以，你死了心吧！快滚！"

众人嘘他俩走："滚！滚！滚！"

贾伊德恍然觉醒后自言自语："哟，我碰到一批热爱中国的顽固分子了！"

玫瑰咖啡馆里群情激奋，华人及各国的友人再次怒吼："滚、滚！"

这声浪让整个咖啡馆的吊灯都震颤、晃动了。

贾伊德带着女友吓得灰溜溜地离开了。

李先生气愤地说："原来西方所谓的民主自由，就是这种见不得人的、肮脏的金钱交易！"

万先生也激动地进行谴责："这些人后面，一定有幕后操控手！他们就是用这种卑鄙、罪恶的手段，来破坏即将举行的北京奥运会！"

周女士愤怒地用拐杖敲击着地板说："从前，西方殖民主义者就曾经成群结队地掠夺我国的财宝。如今，中国强大了，他们还是不死心，连举办奥运都要阻挠！真正是岂有此理！"

马旗大步走过来紧握周女士的手，大声说："所以，我们一定不能让他们的阴谋得逞！我们要邀请全球华人，大家有钱出钱，有力出力……"

突然店外警笛响起，众人纷纷坐下。贾伊德带着警察推门而入。

警长拿着警棍环指四周气势汹汹地问："你们都在干吗？"

赖聪平静地抿一口咖啡，缓缓地回答："没看见我们在喝咖啡吗？"

警长狡猾地转着眼珠，用警棍指着赖聪："我怎么听说你们在搞非法集会，是不是？"

赖聪推开警棍，掸掸衣服，笑问："证据呢？"

贾伊德从警察身后伸出脑袋说："警长先生，就是他们！就是他们在这里，在这里说……在这里说……要破坏治安，要搞恐怖活动，要造反！"说完立即缩到警长身后。

一个警察上去欲抓赖聪，被马旗一把推开。

马旗说："警察先生，你们这个自称尊重人权、言论自由的国家，怎么可以凭一面之词就轻易抓人呢？请拿出证据来！"

警长转过身狠狠看了看贾伊德，然后说："因为这位贾伊德先生来报警，揭发你们在搞非法集会！我只是按照我国的法规在办事。"

马旗反驳："这儿是咖啡馆，不是广场、街头！在咖啡馆里，难道没有言论自由吗？我们一边喝咖啡，一边在这里谈论如何防止像他（指着贾伊德）这样的恐怖分子破坏奥运火炬传递，难道不可以吗？"

警长耍赖："我可不管，有人来举报了，我就要管！所以，"他指着马旗，"你跟我到警察局去走一趟！"

赖聪当着边上的人指了指贾伊德,问警长:"你到底收了他多少欧元?"

"也不多,才四千啊……"警长是个猪脑子,竟脱口而出,然后发现失语,就说,"噢,我刚才没说什么!"接下来对马旗说,"你,跟我走!"他欲拖马旗走。

店里众人上前阻挠,相互推搡中贾伊德的袖子被扯坏了,露出贾伊德肩膀上纳粹标记的文身!

李先生笑道:"警察先生,这个才是你们要抓的恐怖分子和纳粹分子呢!"

警长又犯迷糊了,命令贾伊德:"你竟然是纳粹分子,那也跟我到警察局走一趟!"

众人有节奏地齐呼:"抓住他,抓住他!"

贾伊德狼狈至极,不断地说:"这是误会!这是误会!"

警长拖着贾伊德在众人的喊声中灰溜溜地溜走了。

马旗笑道:"一丘之貉!"

大家又热烈地讨论了起来:"竟然包庇恐怖分子和纳粹分子!""这里完全是假民主!"……

正在这时,一些华侨扛着许多面五星红旗气喘吁吁地跑进咖啡馆。

华芳接过并分发国旗,发好后与赖聪挽臂并肩站立。

马旗激情澎湃:"同胞们!感谢大家克服种种困难,从各处、各国乘坐大巴、火车和飞机,从几百甚至上千公里以外,自费赶来!最近,相信大家一定通过各种媒体,看到了有的国家听任一群反华分子疯狂破坏奥运火炬传递的消息!"

华芳马上接过话茬:"西方列强就是害怕中国的迅速崛起!所以,拼命破坏奥运会在北京顺利举行!今天召集大家来,就是要商议一下如何发动旅居海外的所有华人,以及各国对华友好人士,共同来保护奥运圣火在接下来各国的安全传递!"

在场所有人一起鼓掌欢呼:"说得对啊!"

华芳激动地说:"大家听说了吗,'撤回奥运'组织明天会在W国的两万人体育场举行演说和游行示威活动,大家务必要赶过去,揭露他们!"

赖聪接着说:"对!再也不能让'撤回奥运'组织通行无阻!但是,你是怎么知道这件事的?"

华芳回答:"听我的一位W国警察局的朋友说的。"

马旗反问:"他们的话你也相信?"

华芳说:"虽然有些人被蒙蔽了,但是,重事实,讲道理,对中国友好、主持正义的当地政府和朋友还是大有人在!他们会全力支持我们的行动,并利用他们的人脉关系,为我们提供重要信息和各种帮助!"

赖聪跷起拇指:"太棒了!"

马旗表示赞同:"那我们一定要做好各种准备!"

众人也点头认同:"一言为定!"

"虽然我们来自台湾,但我们也是中国人,"赖聪说,"决不能容忍'撤回奥运'组织来破坏北京奥运会的举行!因此我建议大家在跨出这扇门之前,先唱一首《义勇军进行曲》,好不好?"

众人响应:"好!好!"

赖聪领唱:"起来,不愿做奴隶的人们……"

众人低声、坚定地吟唱起《义勇军进行曲》,歌声由轻到响:"起来,不愿做奴隶的人们,把我们的血肉,筑成我们新的长城,中华民族到了最危险的时候……"

大家唱着这神圣的歌曲,渐渐散去。

马旗回到家里,他在日记里写道:"亲爱的老爸:在我们的发动下,一条又一条帖子、彩信和短信,继续通过互联网、手机、电话,把华人团结一致、同仇敌忾的声音传遍全世界。"

这些帖子是——"我们号召在W国工作、学习的同胞们互相通知,发动大家都来参加保护奥运火炬的活动";"紧急征集五星红旗令";"1.本次活动预计参加人数超2000人,请11:00准时到达现场,并参与我们的准备和整队工作。11：30准时开始活动。用我们的组织和纪律展现华人精诚团结之决心。2.本次活动急需志愿者参与。希望中国人能够积极参与这次活动的组织之中。中国需要你。有意者请通过电话和邮箱速与组织者联系。3.活动材料：本次活动的标语、口号、国旗已经由组织者统一制作。活动当天还会有材料发放。参与者如有意带标语，请事先和组织者联系以免标语内容不符。活动当天会发放小国旗，也欢迎参与者自带中国和W国的国旗。4.游行者尽量不要带包和过多的物品。以下物品严格禁止：有杀伤性或者可能带来杀伤性的硬物、重物；打火机、火柴、烟花等可燃易燃物；鸡蛋、西红柿等各种投掷物。尽量不带饮料，尤其是易拉罐。5.当日活动细则，将在到达现场后发放，希望各位参与者遵守……"

3

第三天的下午，W国体育场的门口。一批华侨高举五星红旗和许多横幅、标语在候场。横幅上写着："反对将奥运会政治化！""中国人民主办奥运会天经地义！""撼山易，撼中华民族难！"……华芳带领着大家呼喊上述口号，大家群情激愤。

马旗匆匆走过来，叫住华芳："华芳啊，你能够确定'撤回奥运'组织的人一定来吗？"

华芳回答："这是我在W国警方的一位友好人士提供的消息，估计不会有问题。"

马旗一脸严肃："那好，我们再也不能让贾伊德之流舒舒服服地在W国发表反对中国举办奥运会的言论！"

华芳问："火炬传递那摊事呢？"

马旗得意地说："没问题！从各地来了五千多华人，而贾伊德之流只有一百多人，赖聪刚才发来消息，说局面完全在我们的掌控之中！"

华芳一听就拍手叫好:"好极了!"

孙女陪伴着白发苍苍的周女士又拄着拐杖挤了过来。

周女士叮嘱:"马旗啊,小青年血气方刚,精神可嘉!但我要提醒你一下,今天我们在这里集会,你得预先向警察局申报!"

马旗回答:"老奶奶,您放心,申报过了,也获得批准了!"

赖聪神色紧张地匆匆奔跑进来。

马旗问:"兄弟,情况怎么样?"

赖聪判断:"估计贾伊德之流在警方也有内线,所以,他不从这儿正门口进去,而是悄悄从后门进去了!"

马旗沉吟片刻后说:"这个老狐狸,看你往哪里逃?!我们马上实施第二方案!"

华芳质问:"哇!你们还有第二方案瞒着我啊?"

赖聪赶紧出面解释:"亲爱的,谁敢瞒你啊!我们还租了一架直升机。"

华芳问:"那要花多少钱啊?"

赖聪回答:"也不太贵,每小时400欧元。我们通过网络已经把钱凑齐了。"

华芳问:"你们用直升机做什么?"

马旗说:"全世界都知道,我们华人是最反对恐怖手段的!我们只不过是租用直升机拉一条标语,在体育场上空飞过,让全世界都看到!"

华芳拍手称是:"这个主意太妙啦!那么标语上写些什么呢?"

马旗脱口而出:"坚决反对阻止中国举办奥运会的阴谋!"

赖聪摇摇头说:"这是某些愤青的口气,不妥不妥!"

马旗考虑一下:"也有道理!那你觉得怎么写好呢?"

赖聪为难:"我一时也想不出来。"

华芳真诚地说:"我觉得标语上应该这样写:'撤回奥运组织,你们的笑容很吸引人,但是你们的行动很伤人!'"

马旗、赖聪和周围的华人纷纷鼓掌,点头表示赞同。

马旗赞叹:"华芳啊,你太有才了!"

赖聪激动地上去拥抱华芳，并在其脸颊上吻了一下，弄得华芳有点不好意思。

赖聪说："哎呀，如果不是有这么多人在场，我肯定就要向你下跪求婚了！"

华芳嗔怪道："都什么时候了，你还说这种笑话！赶紧去落实吧！"

赖聪马上作揖："遵命，未来的夫人！"

所有在场的人都欢呼起哄"接吻""拥抱！"，而赖聪和华芳真的狂吻起来。

众人热烈鼓掌，赖聪拱手致谢后离去。

空中传来巨大的轰鸣声，只见一架直升机悬在广场上空，慢慢地从舱内放出一条横幅，上书："'撤回奥运'组织，你们的笑容很吸引人，但是你们的行动很伤人！"

正在发表演说的贾伊德看到空中的标语后一脸尴尬。在其保镖的催促下，仓皇失措的贾伊德钻进一辆豪华轿车。此车在逃出体育场时不小心撞到大门上，倒好车后，撞瘪的车子拖着长长的尾气，落荒而逃，连汽车都在滴油。

马旗激动地拿着对讲机叫道："长江、长江，我是黄河！你们的标语已起作用，现在贾伊德溜走啦！你们在本市上空多兜几个圈子，把租费用足后再开回机场！"

赖聪笑道："你们可真注意节约啊！"

马旗回答："我们有一句俗话，叫作'少花钱，多办事，办大事'，一定要让外国朋友看清'撤回奥运'组织的真面目，让他们无处躲藏！"

华芳说："你们知道吗，这是贾伊德在W国游说挑拨时，第一次遇到的当面抗议！"

"不对，上次我们已经让他丢过脸了！"赖聪兴奋地叫道，"总之，我们胜利啦！"

众人跟着欢呼："我们胜利啦——"

马旗神情严峻地说："我觉得现在谈胜利还为时尚早，火炬接下来还要在W国传递，大家绝对不能松懈！"

华芳说："对对。我刚在网上看到，本地的WWC电视台一档著名的真人脱口秀节目叫'大辩论'，明晚的辩题是'抵制北京奥运'，正在网上征集正反方辩手，我觉得我们应该去参加，让这里的观众也能够听到我们中国人的声音。"

马旗表示同意："说得好！虽然这是我前女友玛丽雅主持的一档节目，但我觉得还是应该马上到网上报名，中国人再也不能羞羞答答了！谁愿意跟我一块儿去？"

众人纷纷举手响应。

赖聪说："我跟你一起去，开弓已无回头箭！"

众人热烈鼓掌叫好。

马旗回到家里，打开电脑，父子开始QQ通信——

马旗告诉父亲："爸爸，这几天，我突然觉得自己长大了10岁！我从来没有像现在这样深爱自己的祖国！"

马启天回答："孩子，你的事迹，爸爸通过互联网都知道了。爸爸为你的所作所为大哭了好几次！不过，不是因为失望，而是极度地感动、骄傲和自豪！对于玛丽雅姑娘的事情要慎重，人的认知、改变是会不断修改的，不要一棍子打死，要团结一切可以团结的人！"

网上全是来自全世界雪片般地赞扬"空中标语行动"的帖子……

马旗看着看着，泪流满面……

4

第四天晚上，在W国WWC电视台的演播室里，背景墙上悬挂着一块大屏幕。舞台上有一张六七米长的弧形桌子，正中间，坐着电视台主持人玛丽雅小姐。右侧端坐着以学者自居的W国WWC电视台特约评论员杰克·达最巴和那个纳粹分子贾伊德。左侧则坐着马旗、赖聪和华芳。

戴着耳麦的现场导演让·毕艾尔，正忙碌地指挥着电视台的各部门工作人员："舞美、灯光、音响、摄像、大屏幕……各工种都准备好了吗？请大家赶快各就各位！"

众人回答："都准备好了！"

现场导演看了看手表，对玛丽雅说："主持人，可以开始了。"见玛丽雅点头，他马上命令，"好，五、四、三、二、一，开始！"

玛丽雅只好强装笑容说："女士们、先生们，大家晚上好！您现在收看的是WWC电视台中文频道最火的栏目'大辩论'。我是你们的老朋友玛丽雅。今天的论题是'抵制北京奥运'。先为大家介绍一下今天到场的嘉宾：正方是，执教于纽啤大学的著名学者，也是我们WWC电视台的特约评论员杰克·达最巴先生，本市社会学专家约翰·贾伊德先生。反方辩友是，被中国网民封为草根英雄1号的马旗先生；草根英雄2号的赖聪先生；赖聪先生的女友——同时也是草根英雄3号的华芳小姐。大家欢迎！"

现场掌声一片。

玛丽雅继续说："我们先听听正方辩友抵制北京奥运的理由。"

达最巴说："首先要感谢美丽的主持人玛丽雅小姐，给了我先说话的权利！如大家所知，我们WWC是全球瞩目的最敢说真话的媒体！作为一个著名的学者，电视台的特约评论员，我本来应该温文尔雅，但是，这些天来，我气愤！我发怒！我甚至莫名其妙地揍了我的太太……"

玛丽雅插话："杰克·达最巴先生，必须杜绝家暴！请言归正传。"

达最巴不开心了："希望玛丽雅小姐不要打断我，要懂得，这是幽默！我为什么生气呢？因为中国有句老话，叫作'打肿脸充胖子'，中国的老百姓明明还在过着吃不饱、穿不暖的日子，却还要在今年夏天举办北京奥运会……这就导致了我义愤的烈火在胸中燃烧！也导致了我的老婆受到了侵犯！"说毕，他与贾伊德会心地狂笑起来。

玛丽雅不悦地提醒："达最巴先生，我不反对幽默，但反对不尊重女性人权的任何语言！"

达最巴反驳："别急，被我打的，仅仅是我太太挂在墙上的照片！"说完，又是一阵狂笑。

反观马旗等三人，却从气愤转变成极度的冷静和不屑。

玛丽雅摇摇头耸耸肩自语道："我一点都不觉得好笑！"然后侧过身对马旗说："好，请反方辩友发言！"

马旗平静地问："请问达最巴先生，您说中国人在忍饥挨饿，有什么证据吗？"

达最巴傲慢地回应："不需要什么证据，全世界都知道，你们中国的老百姓吃不饱，穿不暖。这是无可辩驳的事实！"

马旗笑笑嘲讽道："达最巴先生，我感到惊讶，像您这样的著名学者，也会犯下如此低级的常识错误！"

贾伊德跳出来帮腔："因为你们国家太穷了！不是吗？中国政府为了所谓的面子工程，没有钱，硬要办奥运，十分可笑！"

马旗信心满满地驳斥道："你们两位简直无知到极点！没有做好必要的功课，就到这里来胡言乱语！"

达最巴反问："你敢说中国不是穷国？"

马旗冷笑道："那是几十年前的事了！我们中国经过这些年的改革开放，去年中国的GDP在世界上排名第三位。美国以全年约14.4万亿美元的GDP居第一，日本以约4.5万亿美元位列第二，而中国则以全年约3.55万亿美元的规模位居第三，超过德国的约3.42万亿美元，并且持续保持经济增长势头。这样的国家难道是穷国吗？老百姓还可能吃不饱穿不暖吗？"

贾伊德轻蔑地说："鬼知道哪儿来的这些数字？"

马旗义正辞严："这是你们国家'国际经济年报'上刊登的数据。我到全世界权威网站上核实了一下，完全一致，绝不可能造假！"

达最巴嘀咕："是吗？那我怎么不知道？"

贾伊德愤愤地说："你们欺骗了全世界！"

"看看谁在欺骗全世界？"赖聪站起来驳斥，"作为反方的二辩，我在发言之前，要向大家介绍一下这位贾伊德先生的真实身份：他是一个地地道道的纳粹分子！"

现场的观众一阵躁动。贾伊德恼羞成怒，欲制止赖聪的发言，被玛丽雅阻止。贾伊德挥拳抗议。

达最巴愤怒了："我方抗议！你说贾伊德是一个地地道道的纳粹分子，有什么证据？"

"证据嘛，就在他身上！"赖聪平静地继续说道，"你让他把自己的右肩膀露出来给大家看看！"

贾伊德下意识地捂住自己的肩膀："这涉及我的隐私，是不能给大家看的！"

"我们光明磊落！男人嘛，看个肩膀有什么要紧？"达最巴不以为然地走到贾伊德身边，猛地将贾伊德的衬衫拉下来，贾伊德右肩上纳粹的刺青赫然暴露。

"哇——"全场观众一片惊叫声。

马旗厉声斥责："大家看清楚了吗？所谓的社会学者，竟是一个暗藏的纳粹分子！"

达最巴也惊讶得无地自容，自语："完了，碰到高人了！"

贾伊德悄悄溜走。

马旗继续说："大家看清了吗？这帮'撤回奥运'组织到底是什么货色！"

达最巴转而对玛丽雅命令道："请主持人控制他的发言长度！"

玛丽雅不予支持："让马旗先生讲完嘛！"

马旗显得非常自信："首先感谢WWC电视台给了我们今天这次机会，让我们中国人讲话！傲慢和偏见，使得某些西方媒体天天在对中国进行妖魔化的扭曲报道。我们，全世界的中国留学生，感觉很痛。但是我们不怪西方各国人民，造成这样结果的是一些不负责任的媒体和职业煽动家！他们违背了公正、客观的职业道德，奉行的是双重的新闻报道标准！也许你们完全没有料到，在持续不断抵制北京奥运的喧嚣声中，中国人民对西方世界的审视和不信任正在与日俱增！全世界的华人越来越团结得像一个人一样！"

现场的华人和欧美友人报以热烈的掌声。

马旗继续说："像我们这些80后、90后的年轻人，从年幼起，就一直生活在中国不断改革开放，生活水平和自由度不断提高的环境中。奥运是属于谁的？奥运是属于你的，属于我的，属于全世界人民的！即便是在古代，参加奥运的交战双方都会休战！而现在，奥运火炬在号称世界上最发达、最文明的地方传递时，却受到最野蛮、最卑鄙的阻挠！这使得一向崇敬你们文化和经济成就的华人，顿时感到无比的失望和心寒！请让我们好好沟通吧！让我们在北京相见吧！中国欢迎大家的光临！谢谢大家！"

现场一片掌声，和"说得好！说得对！"的叫好声。

达最巴几次想要去夺话筒，都遭到赖聪和玛丽雅的制止。

达最巴歇斯底里地挥动手臂："真是中毒太深了！顽固不化！你们中国人都是呆子！都是暴徒！顺便提一下，你们中国生产的东西，也都是垃圾！垃圾！"

玛丽雅敲了敲木榔头予以制止："达最巴先生，这是正在直播的电视节目，请不要采用侮辱性语言贬低别人！请注意自己的风度和形象！"

马旗坦荡发言："你可以侮辱我，但是不能侮辱我的祖国和人民！为此，你必须道歉！"

"没门！"达最巴不屑地地回嘴，并威胁道，"马旗先生，你难道不怕发表了这篇演讲后，自己未来在这儿的前途、处境吗？"

马旗回应："告诉你吧，自从报名参加这档节目后，我就不断接到暗杀和其他的恐吓！"

达最巴笑笑："那你为什么还不知趣呢？"

马旗坦然自若地说："中国有句老话，叫作：民不畏死，奈何以死惧之！我如果因为保护奥运圣火而死，那就死得很值！绝对是重于泰山！"

达最巴穷追不舍："你的表现很反常，你们肯定拿了中国政府给的活动经费！"

马旗讥讽道："多么可怕的偏见啊！现在全球的华人都起来支持奥运，决不是钱能收买的！而破坏圣火的那些人，恰恰领到了'撤回奥运'组织发给的大笔经费。纳粹分子贾伊德就曾试图向我们发放过此类经费！需要我们拿出录像来证明吗？"

达最巴大声提议："导播，快放广告啊！难道你们不怕被老板炒鱿鱼吗？"

赖聪笑着揭露："电视机前的你，看清了西方所谓的民主和言论自由吧？！"

华芳也是义愤填膺："是啊，当中国人在搞计划经济时，西方有些人就逼迫你一定要搞市场经济，要全球化。当你搞市场经济了，它又对你的产品百般挑剔，甚至说这些产品是'垃圾'，不断地进行限制或抵制！这完全是霸道！我们华人绝不会放过你们这些败类的！"

马旗激动地与赖聪和华芳紧紧握手，表示感激。

直播结束，回到家里，马旗在网上播映自己这几天做的动漫Flash：一条马路上，两只老鼠窜过，人人拿着棍棒在追打。然后，是Q版的郎平形象，她手中拿个榔头说："谁敢抢我火炬，我抡他！咚，一锤定音。"接着换成Q版的成龙，他说："哪个坏蛋破坏奥运，我用中国功夫打得他落花流水！"随后是：烈火熊熊燃烧，烧得小爬虫们纷纷逃窜。

WWC主持人玛丽雅回到家里，也是思潮起伏，难以平静，她打开电脑，通过网上的QQ对话和短信与马旗交流，她写道："亲爱的，这几天来，我非常失落。我料想你会来参加我的节目！但我万万没有料到，你成熟得这么快！你在演说时，太帅了！我的心被你彻底征服了！我们有没有和好的可能？"

马旗很快回复："玛丽雅，我已经看到了分歧的鸿沟有多深！但是，你的主持是公正的！……"

父亲马启天也掺和进来:"亲爱的儿子,听说你和几个伙伴明天将赶到Y国去保护圣火,我对你的义举表示坚决的支持!我这儿,几乎没有太多的发动,1000面五星红旗已经筹集好,快递公司答应免费送到你们手中!爸爸会立即借笔钱汇给你!但一定要注意安全!因为我们的敌人很恶毒、残忍!……"

马旗立即回复:"谢谢爸爸!我们华人的爱国示威已经做到了遵守当地法律、高度理智、自律,甚至过后不留一张小纸片!我要用行动来证明:我永远是值得您放心和骄傲的儿子!……"

华芳也参加进来:"我要告诉大家,由于害怕中国老百姓的抵制,'卖的好'跨国超市公司的总裁公开声明不再参与'撤回奥运'组织的各项活动!这确实证明了全球华人网民的巨大力量!"

……

5

第五天的上午,尽管寒风凛冽,但W国首都中心广场的喷水池前人头攒动,一片欢腾。留学生们、华侨挥舞着五星红旗,迎候奥运圣火的到来。紧靠着广场的一幢楼的墙面上安装着一块大屏幕,正在播放着历届奥运会的主题歌。原来,留学生将广场上的大屏幕广告播放权也买了下来,现在里面正在播放他们连夜制作的动漫Flash,一片中国红的海洋中烟花朵朵绽放,舞龙、舞狮和秧歌等中国传统元素不断在展现。

马旗和赖聪等人也在广场中。华芳举着"北京加油!"的标语牌。他们的脸上充满自信和自豪。

"你们这些家伙太厉害了,动漫Flash做得又快又好!"赖聪对马旗赞美道,"旗哥,今天好冷啊!"

"你如果衣服少穿了,我可以把外套脱给你!"马旗关切地回答。

"谢谢!谢谢!"赖聪回应,"不必,不必。注意到了没有?今年的政治气候更冷！春节刚过，欧美的主流舆论几乎一边倒地拿我们中国开涮！客观、公正的声音十分微弱，一些媒体以诋毁中国为荣！"

马旗表示赞同："是啊，生活是最好的教科书！我们大陆来的留学生都在说，长久以来，我们对于西方的所谓自由言论、提倡民主和人权的崇敬，是有问题的，值得认真反思！看来，将这些东西照抄照搬，是绝对行不通的！"

"这方面，我们台湾同胞体会最深！"赖聪笑道，"岛内的反复折腾，都让大陆跑到前面去了！不过，也让我的一些到大陆做生意的亲友发了大财！"

马旗点点头："肥水不流外人田嘛，海峡两边谁发财都值得庆贺！"

华芳调侃："再这样下去，马旗快变成大思想家了！"

"时间差不多了！"马旗看了看表，对在场所有的华人说，"大家静一下。今天是奥运圣火在W国传递的神圣日子，我们还是要高度警惕，共同防止'撤回奥运'组织的破坏！要保证圣火绝对安全地通过！"

华芳信心满满："火炬马上就要到达、经过，让我们一起挥舞国旗，用五星红旗来保卫圣火！"

赖聪挥挥拳头："用我们的旗杆挡住'撤回奥运'组织捣乱的步伐，用旗面蒙住他们企图抢夺圣火的罪恶双眼！"

众人齐声有节奏地呼喊："对！加油！中国！加油！北京！"

正在这时，华芳快步走过来，拉了拉赖聪和马旗袖子，并用眼睛示意，贾伊德悄悄地带着一群"撤回奥运"组织的捣乱分子试图冲进华人队伍。

马旗和赖聪会意，立即作出决定……

随着一声嘹亮的号角，奥运火炬手高举祥云火炬在护卫队的簇拥下来到台中，围着喷水池兜了几圈。

贾伊德对身边的几个"撤回奥运"组织成员嚷嚷道："火炬来了！兄弟们，快上！去抢、去夺、去打！一定会有重赏的！"

几个"撤回奥运"组织成员冲过人墙上来哄抢火炬和国旗。赖聪护着国旗，情急之下，跳入广场喷水池中，不断地挥舞国旗。

赖聪对周边的人发誓说："休想抢走五星红旗！"

多名"撤回奥运"组织成员站在边上,不敢跳入喷水池。

贾伊德命令道:"你们下去抢啊,快下去把旗帜给我抢过来呀!"

"撤回奥运"组织成员甲:"水太冷了,我有关节炎,将来谁会管我?!"

"撤回奥运"组织成员乙对贾伊德说:"是啊,老大,我有腰伤!要是跳下去,会终身残疾的!"

贾伊德发火:"行了!行了!别放屁了!你们这群只会领钱而又没用的东西!"

"撤回奥运"组织成员丙:"才给几十块钱,只够喝杯咖啡,还要求这么高!老大,那你自己跳下去呀!"

"你们都不下去……那我……我……"贾伊德蹲在地上哀叹,"我也不下去!给我100万欧元,倒可以考虑考虑!"

周边众人听了哄笑起来。赖聪在冰冷的水池里继续挥舞着五星红旗,汗都出来了。

广场大屏幕一直播放一些华人男女留学生在马路上,保卫奥运火炬正常传送的镜头,以及在W国的华人留学生站在喷水池中挥舞着五星红旗的照片和视频,还配上字幕:"数英雄人物,还看今朝!"

贾伊德挣脱人墙欲扑向奔跑中的火炬手,马旗靠近,一下子用红旗蒙住了贾伊德的头。

贾伊德被红旗蒙住后,急得团团转,挣开后,认出马旗,怒火中烧:"啊?又是你!快来人啊,揍这个家伙!"

周边众华人、众破坏分子都被叫声吸引,纷纷聚拢,后者围着马旗准备出手。

火炬队经过,众人鼓掌欢呼。摆脱了红旗的贾伊德直冲奥运火炬队,试图抢走火炬。

赖聪见了喊道:"小心!那个'撤回奥运'分子去抢火炬了!"

马旗一把推开身边纠缠的"撤回奥运"分子,直冲贾伊德,死死抱住贾伊德的腰不放。

奥运火炬队伍终于顺利离开。

众华人上前保护被"撤回奥运"分子围殴的马旗，用红旗将"撤回奥运"分子赶走。

警察这才赶到，抓住了贾伊德。

贾伊德抗议："不要抓我，不要抓我，我不是恐怖分子，'撤回奥运'组织给我钱，要我这么做的！……"

警察将贾伊德控制。

马旗头部在滴血，赖聪撕下自己的白衬衫递了过去，华芳帮着赖聪包扎马旗的伤口。

马旗血流满面，手中仍紧握着国旗："奥运圣火一定会胜利传递到北京！"

玛丽雅拨开人群，火速地向马旗冲去，用手帕帮马旗擦干血迹，哽咽道："马旗，对不起，其实前几天，我就知道是我错了！只是不好意思承认……"

马旗坦然回答："没关系的，其实那天在电视台我就感觉到了！"

玛丽雅对四周华人说："大家都看到了，我们这儿号称是最安全的地方，我们的警察镇压起骚乱来毫不手软！但是今天，在护卫奥运火炬通过时，反应却是如此迟钝！是大意呢，还是故意的？大家心里应该明明白白！"

华芳挤来与玛丽雅热烈握手："说得好！以前，都说华人是一盘散沙，可这次，华人却是空前的团结一致，所有的人都是赔了钱来保卫奥运火炬传递的！"

马旗说："或许，这也是西方意识形态战略家事先万万没有估计到的结果！"

玛丽雅接过马旗手中的旗帜，紧挨在他身边。玛丽雅真诚对他说："马旗，知道吗，自从那次电视直播后，我收到几千条短信，我国的许许多多同胞开始怀疑我们的宣传是否真实，他们希望了解真实的中国！"

马旗说："这样很好！经过风浪，中国跟欧美人民的友谊肯定会进一步加深！"

玛丽雅含泪说:"希望你能原谅我这个分不清是非,被蒙在假象中的傻姑娘!"

马旗被感动了,在美丽的玛丽雅的额角上轻轻地吻了一下,他说:"一定的!你永远是我最心爱的姑娘!"

两人紧紧相拥,众华侨鼓掌相庆。

6

这天深夜,玛丽雅发给马旗的短信上写道:"花香如茶,尽在初夏。我喜欢这样的季节,有着春的温润与美丽,有着人间至真至美的情去包容。我在这个季节,终于学会感恩。采一朵初夏的云,送给不远处的你。在时光的隧道里,我永远记得在初夏明月之下行走的你!写一首小诗,送给初夏。初夏的味道里,有着我舍不去的故乡,有着我碾不断的恋情,也有着我忘不掉的人。如果可以,来生做一棵你窗前的树,这样可以永远地被你眷顾,我也可以永远地对你含情脉脉……"

马旗立即回复:"懂爱的人,才知道珍惜。懂心的人,才知道可贵。懂珍惜的人,才能得到。懂爱护人的人,才能幸福。懂怜悯的人,才有爱心。懂感激的人,才能心善。懂付出的人,才能得到回报。懂选择的人,才能做大事。懂坚强的人,才能承受打击。懂感情的人,才能得到真爱。懂人情味的人,才能得到尊敬。人见多了,方知缘分可贵。事做多了,方知学习可贵。挫折多了,方知心态可贵。成功多了,方知勇气可贵。矛盾多了,方知胸怀可贵。委屈多了,方知修炼可贵。恭维多了,方知真诚可贵。名利多了,方知淡定可贵。应酬多了,方知宁静可贵。岁数大了,方知童年可贵。你的短信来了,我才知道,自己是多么地爱你!"

……

最后,玛丽雅的电脑屏幕上显示一条字幕:2008!让我们相聚北京奥运!

手留余香

1

一早醒来,宇萍有一个习惯,喜欢打开手机,看看有无重要的微信。

宇萍对自己的闺蜜鱼丽君转来的一段文字很欣赏——"有一种遥远叫天涯海角,有一种路程叫万水千山。有一种情意叫海枯石烂,有一种约定叫天荒地老。有一种记忆叫刻骨铭心,有一种思念叫望穿秋水。有一种爱情叫至死不渝,有一种缘分叫天长地久。有一种感觉叫心有灵犀,有一种共鸣叫心心相印。有一种喜悦叫心花怒放,有一种心情叫喜、怒、哀、乐。有一种凝望叫一往情深,有一种味道叫酸、甜、苦、辣。有一种幸福,是常常地牵挂。有一种牵挂,是远远地欣赏。有一种浪漫叫平淡。有一种懂得叫珍惜。有一种智慧,叫深谋远虑。有一种心境,叫顺其自然。"

她立即回了一句自嘲:"有一种微信叫句句扎心;有一种无人欣赏的女性,在'处女'的前面,还要加一个'老'字。"

鱼丽君马上回复:"有一种傻女人,叫自暴自弃!——千万不要这样子,再这样,我要不理你了!"

宇萍马上认怂:"好好,我投降!"

"这个靠谱!"鱼丽君说。

宇萍是80后剩女,是海曲市基华银行的副行长。剃了个"爷叔头",平时上下班喜欢穿黑色夹克衫之类的中性服装,除了抹点护肤霜,从不化妆,更不用项链、发夹、耳坠、胸针等任何女性装饰品。行里的员工背后都称她为"女汉子"。

宇萍都三十几岁了，还待字闺中，这急坏了她的妈妈李玉亚。每天，李玉亚只要见到女儿，就会喋喋不休地劝她早点嫁人，以告慰其父的亡灵。

终于，被逼得烦透了，又不想伤母亲的心，那天，宇萍只好硬着头皮，去市中心参加在玫瑰大酒店举办的"吃货相亲会"。

只见玫瑰大酒店的大门之上有一块电子屏，正滚动播出着醒目的大幅标语——"吃货相亲会"。后面，又继续播映着一条广告："本活动由海曲市妇联举办，每周六活动实行 AA 制，只需付费100元，即可无限量享受丰盛美食；如被丘比特之箭击中，一年内出示结婚证和身份证可以享受免单，欢迎参加！"门口安装着的喇叭箱里，也在播放着同样内容的广告。

两个年轻男女销售员拿着红色的爱心桌卡，站在门口热情地招呼着过往的路人来加盟："走过、路过，千万不要错过，欢迎单身男女吃货前来参加爱情配对！"

宇萍笑道："出发点不错，但是，有点媚俗！"

她走进玫瑰大酒店"吃货相亲会"的内场，首先穿过的是鲜花和彩色气球做成的拱门，里面的环境布置得十分温馨，一张张长方形的小餐桌上，都放置着漂亮的绸布穗子的台灯。一对对打扮时尚的男女，面对面地坐在餐桌两边。

入乡随俗，宇萍平静地与染着黄头发的中年男子各端来两盘菜肴，拿着红色的爱心桌卡，找到座位，面对面坐下，边吃边交谈。

黄发男首先开口："对不起，请问贵姓？"

宇萍回答："姓甲。"

黄发男有些惊讶："贾？贾宝玉的贾？"

宇萍微微一笑："路人甲的甲。"

黄发男眨着眼睛问："有这样的姓？"

宇萍平静回应："你也真是的！能否等到我们彼此确认——值得交往，然后再告诉你我的姓名，好吗？"

"嗯，矜持一点也好。"黄发男举起酒杯提议，"能否碰一下酒杯，庆祝一下我们的相逢？"

"这个可以。"宇萍平静地举起酒杯与他碰杯。

"谢谢！想冒昧地问一下，看上去你年纪也有三十左右了吧？"

"这样问，不太合适吧？"宇萍不悦地表示，"作为男士应该明白，询问这个问题是很忌讳的！"

黄发男继续发问："你为什么一直到现在还没有结婚呢？"

宇萍回怼："如果结婚了，我怎么可能来这里呢？"

"倒也是。"黄发男还是傻乎乎地盘问，"请问，你这是第几次相亲啊？"

宇萍生气地站起来："先生，你不觉得，你所有的这样的提问很不礼貌吗？"

黄发男不解："有这么严重吗？"

宇萍笑笑："既然如此，再见！"说完，拂袖而去。

黄发男认真地自言自语："也太矫情了吧！有什么不可告人的？我终于知道了，她为什么会成为剩女！当然，我也是个可怜的剩男。"然后将杯中剩酒一饮而尽。

他哪里听到宇萍离开时第一次轻声骂人道："切，白痴！"

在另一张长桌的两边，也坐着一位80后剩男，海曲大学的助教——吴黎明。他对面是一个打扮花哨的女子。吴黎明显得有些拘谨，而女子倒显得十分活跃。

女子笑嘻嘻地劝导："照理，男人应该主动点，而你倒像个姑娘，有些过分矜持。"

吴黎明吃了一口沙拉，抬头问："是吗？"

女子很大方："那我就主动点，我想知道，你和父母同住吗？"

吴黎明如实作答："是的。"

"噢，"女子又问，"那你年薪大概多少？"

"讲出来，一定令你失望，不到十万元。"

"骗人吧？怎么可能呢？听说你是大学老师，而你年纪已经不小了！"

"怎么不可能！"吴黎明反问，"老师的级别也分三六九等。"

女子起身告辞："那我到其他桌子去看看……"

"悉听尊便，"吴黎明冷笑道，并轻声自语，"我也好清净、放松一下。"

这时，宇萍托着加过菜的盘子正好来到了吴黎明的对面："请问，这儿有人坐吗？"

吴黎明用警惕的目光打量了宇萍一眼，立即回答："没有。"

吴黎明觉得面前的这个女性与众不同，丹凤眼，白净的脸，不施粉黛，不抹任何香水之类，长得很精神，虽然有点假小子气，但是其文化内涵和傲气，也是明显地渗透出来的，气质相当OK，穿着也是非常朴素。吴黎明不喜欢那种穿得花里胡哨、化妆得比较夸张的女性。吴黎明见到了一个比较素颜的人，这个就显得比较真实，他内心是有点喜欢她的。

宇萍说："那我坐了，你不介意吧？"

"不介意。"吴黎明微笑回答。

对于宇萍来说，她见到的这个男人，比较出乎她的意料。国字脸，浓眉大眼，孩儿头，老老实实、本本分分。穿着黑色的夹克衫，里面是白衬衫，谈不上时尚，还算比较得体，一看就是文人一枚。她也是比较喜欢这种类型的，以前她见到的比较多的男人，要么飞扬跋扈、不懂礼貌、不修边幅，要么就是那种女里女气、妈宝之类不大上台面的小男人。而吴黎明还是比较文雅、有内涵的那种。

宇萍一边夹菜咀嚼，一边问："那么，我们谁先打开话匣子呢？"

吴黎明叹了口气："当然是男生要主动点。我也大致知道你想问什么。我来告诉你吧，母亲已故，我和父亲呢，是住在一起的；我不是老板，普普通通的老百姓，年薪相当可怜，近十万元吧。"

这绝对是吴黎明的误判！那么，他为什么要这样说呢？因为他觉得现在社会上一般的女性都比较看重物质条件。他觉得自己只不过是一个普通大学里的助教，经济上也是比较落伍的。吴黎明想，如果你觉得我可以的话，那么咱们就谈下去，如果我这样试探你，你觉得不可接受，对本人没有兴趣，那么说明我前面对你的判断是正确的，达到了试探的目的。于是他就说了这些令对方不悦的话。

"我又没有问你这些，再见！"宇萍站起身气呼呼地离开，走了几步内心感叹，"我怎么这么倒霉，净遇上脑残的剩男！"

"何必遮遮掩掩，不都是想打听对方的这些经济情报吗？"吴黎明摇摇头说，继续自言自语，"不欢而散也罢，怪谁呢？……"

吴黎明哪里料到自己的言语是有点儿挫伤宇萍自尊的，尤其像宇萍这样已经远离"为五斗米折腰"的高端女性。宇萍觉得，刚才这个男人怎么回事？一上来就这么俗气！宇萍是不愿意接受这样一个俗里俗气的男子的。尽管外表看上去不够时尚还可以接受，但格局很小，这是宇萍万万不能接受的。

2

海曲市秋天的傍晚是最迷人的，既可欣赏到不远处层林尽染的满山红叶，又可欣赏到马路旁一片片金黄的菊花。到处可闻到桂子的飘香，又可眺望到思乡的大雁披着霞光飞归梦里的家园。

然而，对于这般美景，宇萍只有付之摇头苦笑。她突然想起某个名家写的一段话——人这一生，会遇见不同的人，有的人，成了朋友，有的人，成了过客，有的人，能陪一生，有的人，只陪一程！不管是并肩前行，还是陌路殊途，遇见了就是缘分，相处过就是福分。

她一面走，一面琢磨这段话的价值和真伪。

与此同时，在宇萍家客厅，妈妈李玉亚围着围裙，正坐在沙发上看电视，其实，她内心比女儿还要纠结。女儿去参加吃货相亲会，是老人家自己的主意。但是这一次呢，女儿居然同意了。都在奔40的人了，居然还没有一个男朋友，做母亲的怎么能安心呢？记得丈夫辞世之前，李玉亚问他有没有什么重大的事情要交代？丈夫宇中杰泪水直流说："唉呀，女儿没有嫁出去是我的责任，我不是一个好父亲啊！这样会耽误女儿的一生的啊！其他的事情都是小事情，唯独女儿没有嫁人，当父亲的有一份不可推卸的重大责任！我对你也没有什么其他的要求，唯一放心不下的就是女儿的婚事！所以，你务必把这个事情处理好，否则我在九泉之下也不会安心的。"

这几年，丈夫的这段话始终悬在李玉亚的脑海。做妈妈的为此跑了市内好多婚姻介绍所及相亲的场所。这次，女儿宇萍似乎也不想太得罪自己，所以答应去参加这样一个奇葩的相亲会。刚刚李玉亚一面在做饭，一面心里总是放心不下女儿那边会出什么状况，她一直在默默地祈祷，希望女儿参加这一次相亲会，能把婚姻大事解决了！

由于烹调时分心，她做的菜要么盐放得太多了，要么有的菜忘了搁盐。甚至于把糖当成盐，或者反过来。李玉亚只得苦笑，自己怎么会变得这么糊涂？

是啊，都说女儿是母亲的心头肉，这个剪不断、理还乱的担忧，一直在控制着李玉亚的情绪。她觉得这个饭做不下去了，于是就干脆坐在沙发上看电视，让自己分分心。然而电视里究竟在播放什么，李玉亚竟没有搞清楚。

就在这个时候，李玉亚听到宇萍开门进来，就关了电视问："闺女，回来了？"

宇萍一脸无奈和沮丧地坐在沙发上："回来了。"

李玉亚问："怎么样？看中的人有没有？"

宇萍摇摇头："没有，来的男子全是一帮怪物。"

"不会吧？怪物怎么会来相亲会？"

宇萍笑了："瞎扯什么呀？不去，心情还挺好，一去，情绪就跌入了低谷！"

"唉——"李玉亚叹了口气，指责说，"你呀，太清高了，总是对别人太挑剔！"

"错!"宇萍苦笑反驳,"我已经感到自己在廉价地推销自己了!"

"姑娘岁数大了,就是脾气古怪!"

宇萍愤愤地回嘴:"不管你怎么说我,下次,我是绝对不会再去这种鬼地方了!"

"你不去啊,我替你去!"说毕,李玉亚开始抹泪,"你爸爸临终前,反复嘱托过我,一定得把你早点嫁出去!我可是认真答应过他的呀……"

"你去瞎折腾吧!"宇萍打开电视机,寻找喜欢看的频道。她注视一下母亲,发现她在抹泪,马上不忍心了,"妈,你怎么哭了呢?"

"唉,等你将来年长了,也当上了母亲,你就会明白当妈妈的心情……"李玉亚又开始抽泣。

女儿被感动了,走上来坐在妈妈身边求饶,宇萍拿抽纸将母亲的泪水抹干,同情地说:"妈,你为我的婚姻着急,我是感恩的。但此事不是由我们个人的意志所能决定的!"

李玉亚埋怨:"你啊,自从当上了副行长,个性更强了,简直成了女汉子!谁见了你,都会躲得远远的!"

"是吗?我怎么没感觉到?"宇萍回怼。

"唉,等你成了钻石老姑娘,我就更加遭罪了!……"

"什么意思?"宇萍不解地问。

李玉亚说:"我书读得不多,但印象最深的是古今中外的文学作品中,对老姑娘性格的描写几乎空前一致。"

"说我们是妖怪?"

"那倒不至于,都说你们脾气古怪,对人刻薄,情商太低!"

"妈,你这是在赶我走啊?"宇萍气愤了,背起挎包,想要离开。

李玉亚拉住女儿的臂膀讨饶:"算我放屁!算我放屁!行了吧?"

见女儿重新坐下,母亲回到自己房间,哭了大半天。她觉得自己很无能,也很对不起自己的亡夫。孩子大了,都当上副行长了,哪里会听自己的话呢?她觉得这是自己很大的一个失败。但是又不甘心,总是觉得没有完成好丈夫的嘱托。她一边哭,一边在想还有没有其他的方法去说服女儿。毕竟,宇萍是自己的亲生女儿。她一天没有嫁出去,她一天就不得安宁。

宇萍呢,也觉得自己做得有点儿过分了,毕竟她现在跟母亲相依为命。母亲的出发点总是好的,她自己一个人这么过下去,确实也是一个问题。谁说我宇萍这个老姑娘就不渴望爱情了?谁说老姑娘就没有七情六欲了?谁说老姑娘不想生儿育女了?这些都是不对的。她觉得主要是缘分未到,时机未到。主要是不想随随便便地、廉价地甩卖自己!相信自己也没有做过什么坏事,老天爷总不至于惩罚一个善良的女子吧?

3

第二天是星期天,午饭后,吴黎明来到了这家开在市中心的健身房。这家健身房里面有跑步机、健身车、椭圆机、动感单车、划船器等等,总之,扩胸的、跑步的、游泳的设施一应齐全,而且,器材色彩各异,都是崭新的,让人赏心悦目。平时吴黎明一个礼拜来两次以上,反正也没有女友和家庭的牵挂。某种意义上讲,也是怕听到父亲劝婚的唠唠叨叨。

这天,他约好了自己的小兄弟王亦民一起到健身房里来。王亦民最近刚刚跳槽到一家银行工作。健身房除了各种器材,里面的基调是白色的,显得很干净,人也不是很多。来的男男女女基本上都是一些年轻人。当然也有一些老头、老太,他们一般不玩健身的器材,大多去游泳。据说这游泳以后,能够对自己的心血管带来很多好处。吴黎明和哥们王亦民一起在跑步机上锻炼。

王亦民问:"昨晚你怎么没来锻炼?"

吴黎明回答:"去'吃货相亲会'了。"

"'吃货相亲会'?好奇葩的题目!"王亦民笑了,开始嘲讽,"怎么,终于熬不住了,要结束单身贵族生涯了?"

吴黎明叹了口气:"唉,没办法,我父亲几乎天天给我写一封信,催我相亲去！"

"住在一起，还用写信？"王亦民大笑，"我看你情绪、脸色都不好。"

"你知道的，我每天都要备课，几乎天天在加班，所以经常见不着老爷子面。他脾气又很倔，我平时很少跟他说话。所以，他只好写信给我。"

"发短信、微信，多方便啊。"

"这些他都不会。唉——"吴黎明又叹了口气。

王亦民表示认同："哦，那写信也是个办法。但你可以不睬啊。"

吴黎明苦笑作答："不行，他说，不听他的劝告，他死不瞑目！"

"哎哟，话说得很绝啊！所以你就悄悄去了。"

"那天正好路过海河路那家大酒店，看到那里在举办'吃货相亲会'，就进去了。"

"正好路过？"王亦民捂嘴狂笑，"别吹牛了好不好？"

吴黎明警觉地问："你也去了？"

"我怎么会去那种地方？整一个傻子俱乐部！"王亦民笑道。

吴黎明承认："给你说对了，那些个剩女吧，要多傻，有多傻！"

王亦民问："没有看得上眼的？"

"没有。像做了一场噩梦！"

"我最关心的是，是否遇见美女？"

吴黎明坦承："美女是见到了一个，但是偏中性，也算是美女吧，可她被我气跑了！"

"你啊你，真是个傻瓜蛋！美女岂可轻易放过？"王亦民予以谴责，"错过机会，会后悔一辈子的！"

吴黎明回答："我不想放过她，但她那种盛气凌人的样子，使我对将来夫妻之间的和平共处，一点信心都没有！"

王亦民反问："有那么可怕吗？"

"有。我想，就学我父亲，这辈子啊，一个人过算了。"吴黎明一脸的不悦。

王亦民揶揄："你那根花花肠子我还不清楚？谁相信你能守住贞洁？"

吴黎明笑笑："那你就拭目以待吧。"

王亦民规劝："心情再差，也不要写在脸上，因为没有人喜欢看；日子再穷，也不要挂在嘴边，因为没有人无故给你钱；工作再累，也不要抱怨，因为没有人无条件替你干；生活再苦，也不要失去信念，因为美好将在明天。"

吴黎明说："有道理。你小子现在讲起话来也一套一套的，我要对你刮目相看了！"

4

这个星期天，阳光灿烂、惠风和畅，宇萍约了闺蜜鱼丽君，一起去"美丽天下"现代艺术展览馆，参观海曲市名家书画展。这个展览馆离市中心比较近，坐落在亦庄亦谐公园的旁边，是一幢二十多层的白色的现代化建筑。这里经常展出一些国内外的画作，中国书画展比较多见，偶尔也举办一些西方油画、水粉画、现代派的画展，或者摄影展。油画展中，比较吸引观众眼球的，当然是女性的裸体画。男性观众被画中曼妙的身姿和天使般的容貌所吸引。而女性观众多半羞涩地在拿画中人与自己年轻时的容貌和胴体作比较，也是感慨万千。

近年来，偶尔也出现了几幅男性的裸体像，女性观众看到这些，往往会脸涨得通红，心跳也会加速。然后，尽管内心想驻留一会儿欣赏，但怕遭到别的女性的非议或冷眼，只得匆匆离开。

比较少见的是印象派的作品，比如有几个摄影家，专门拍摄一些老墙上留下的各种痕迹，千姿百态，让人浮想联翩，称之为"水印摄影"。宇萍和闺蜜鱼丽君今天是去欣赏海曲市名家书画展的。

两人一边看，一边聊天。其实，彼此之间交换信息和看法，这是她们最看重的会面内容。

鱼丽君问："上次珠珠推荐你去的那个叫什么'吃货相亲会'，有没有看到白马王子呀？"

宇萍马上沉下脸："别提了，想起来我就生气！"

"相亲会，好事哦，各级政府都在暗中使劲、帮忙，怎么还会惹你生气了？"

"相亲这东西，什么时候靠谱过？亏我还傻乎乎地去了。"

鱼丽君停下脚步，盯住宇萍的眼睛："怎么了呀这是？像吃了炮仗。遇到什么奇葩了？"

"就没有遇上过正常的人！"宇萍气不打一处来，"一个没有教养，跑上来就问年纪；另一个更滑稽，开口就说自己年薪有多可怜，好像我指着他养活一样！"

"他们哪里知道你是银行副行长啊？"鱼丽君笑着反驳，"你肯定理解错了，人家这是以实相告，好让你提前有个思想准备。"

宇萍反问："动机没有问题？"

"应该没有问题。"鱼丽君又问，"哎，在那里，你待了多久啊？"

宇萍沮丧："没多久，话不投机半句多。"

鱼丽君劝慰："宇萍啊，我知道你是女强人，但相亲的时候不能这么强势的啊！"

宇萍终于笑问："你要我装成小鸟依人的温柔小姑娘，是不是？"

鱼丽君坦言："那倒不必。可也不能人家才说了两句话，你就一票否决了。应该多交流几句，说不定你是误会人家了呢。"

"你大概是情场老手！"宇萍调侃道，"又来给我洗脑，我可不会装哦。"

鱼丽君批评："你这样可不行，老记住自己的身价。下回我陪你一起去相亲！"

宇萍不解地问："我真有这么可怕吗？也许，你说的话有一定道理。否则，我早就在白马王子身边伺寝！"

鱼丽君笑道："你这家伙，终于吐露真言了，原来想伺寝已经想了许久了！焖烧锅啊！可平时还在装坦然。"

"越说越过分！"宇萍捶了鱼丽君肩膀一拳，"你就不想嫁人啊？还说我！"

"好了；不再互相攻击好不好？"鱼丽君好言相劝，"最近读到一段文字印象深刻，它说，人生就像是一条奔流不息的河，其实很简单：喜欢的就争取，得到的就珍惜，失去了就忘记；听花开的声音，观叶绽的曼妙。有时候，打败你的不是生活的磨难，而是'再等等'。"

宇萍讽刺道："呵呵，看你说话的样子，完全可以与神父媲美！"

"又来了，你这种居高临下的习惯得好好改改……"

5

市中心还有面积不小的开放式花园，叫玫瑰花园。它如同一块绿色的宝石，镶嵌在繁华的水泥建筑群中。那里绿树遮天蔽日，芳草萋萋，是市民特别青睐的好去处。

那边设有一个全市老百姓都知道的爱情角，或者叫相亲角，里面人头攒动，每天从白天到夜晚都吸引来大量的男女老少。通常情况是，相亲者大多由自己的父母出面。而父母中，当然老太太最为积极。她们的基本装备是，每人都拿着一个小板凳坐在那里。地上放着参加相亲者的照片及其各种条件介绍的广告。内容主要涉及各自的籍贯、年龄、收入、学历和职称，在市区或者郊区有没有房产，有没有汽车，现在是第几次婚姻，或者是第几次恋爱，性格如何，然后是对于未来对象的从相貌、年龄到经济条件等方方面面的各种要求。近年来呢，商业味儿越来越浓郁，这也是一个不争的事实。总之，虽说是相亲角又不像是，倒像是斤斤计较的贸易市场！摊位之间也有互动，但一拍即合者寥寥无几。为何？他们的做派过于商业化，过于精明，过于强势和执拗……其作风，恐怕连莎士比亚笔下的那个威尼斯商人也甘拜下风。

宇萍的妈妈李玉亚拿着偷偷从女儿书房里翻到的简历和照片，怀着一肚子期待和忐忑,来到这片相亲角。只见方圆几百米内都是和她年纪相仿的、为子女操碎了心的父母。他们大多情况下稳坐钓鱼台,以特有的自信,笑傲路人。更多的时候,则像一群蝗虫,围拥在条件好的家长周边,打探对方子女的各种底细。一旦看中目标,便使出浑身解数,无所顾忌地追逐、捕捉看中的目标,有一种"舍我其谁"的霸气,其排他性十足。所以,场面好不热闹和滑稽!

此时,一个中年女子提高嗓门,大喊一声:"我手头是个男孩,高收入,有房子。有诚意的,可以来谈谈!"

话音刚落,立即围上来一大群老头老太,七嘴八舌来打听男孩的情况,有的要电话,还有的直接把女儿的资料塞到她手中,强烈要求从速开展进一步的联系……其蜂拥而入的势头,犹如春节期间抢购火车票。

也有女人在叫喊:"不要挤!不要挤了!再挤下去,要出人性命了!"

李玉亚只得挤出人堆,拍拍胸,摇摇头自言自语:"哎哟,吃力死了,一副猴急相!怎么像是一群要吃人的饿狼?"

李玉亚来到一个竹竿搭建的拱形长廊内,只见里面的竹墙上,密密麻麻贴满了大男大女的资料,放在用各种材质做的镜框内。也有节约者,直接将资料用塑封膜封好,打两个洞,用绳子挂在墙上。展放资料的,以大龄女居多。

李玉亚嘟囔:"这么多资料,一下午我都看不完呐!"

身后有一位老先生说:"今天看不完,明天就变成全新的一批对象咯!"

李玉亚吓了一跳,转身看到一个身着浅灰色旧西装、跟她年纪相仿的儒雅男子。

李玉亚问:"老先生,您也是在这边帮孩子相亲的?"

吴家山解释:"我可不想蹚这潭浑水,我是刚锻炼好路过这儿。这里呀,365天,天天这么热闹!"

"您孩子一定成家了吧,看您这么悠闲。"

"那妹子你可就判断错误咯,我儿子三十多了,还是光棍一个!为此,我天天写信给他,催他快点成家立业,也好了却我一桩心事。"

李玉亚笑了:"儿子跟您住一起吧?还用得着写信?"

吴家山回答："他上班早，下班很晚，平时，我们父子俩很少有说话的机会。"

"噢，是这样。"

"可他不听我的！他认为，那是自己的事，不用我替他闹心。"

"大哥，还是你看得开，"李玉亚苦笑道，"我女儿也三十多了，可急坏我了。你知道的，女孩子是拖不起的啊！"

"说得对。"吴家山点头表示同意李玉亚的意见，"不过，现在的女孩啊，都对男方要求过高。看妹子你就知道了，你家闺女一定很优秀！"

李玉亚听了很受用："老先生，您的眼光确实厉害，我闺女已经做到银行的副行长了！"

吴家山赞叹："她事业上好成功啊！"

"可事业成功有什么用？她高不攀，低不就，这性格呀，要得到小伙子的喜爱，难！"说罢，李玉亚的脸沉了下来。

吴家山有所察觉，不便打听，便转移话题问："妹子，一看装备就知道了，你是第一次来吧？"

"是呀，像是刘姥姥进了大观园，从没见过这阵势。"

"这儿的确能找到条件合适的。相亲角的存在，就证明有它的合理性。当然，明摆着是当地各级政府、各个单位在背后推动。"

"这倒是。"

"这下，你就放心了吧？"吴家山提醒说，"下回来呀，你带个大点的包包，里面装好你闺女的资料，再写张大海报挂起来，好醒目点……"

李玉亚跟吴家山开起玩笑："你嘴上说不蹚相亲的浑水，但说起这一套倒像是很内行的！"

吴家山笑着说："是呀，其实相亲角什么的，我早就替儿子试过了，可惜，都以失败而告终！"

李玉亚惊讶地问："怎么会呢？"

"我儿子是大学老师，每天在学校里忙得不可开交，他和00后相处多了，总是嚷嚷着感情要自由支配，顺其自然。我是一次次地瞎起劲，唉，真是皇帝不急，急死太监！"

李玉亚大笑："您怎么把自己比作太监了？"

吴家山满脸怨气："看到儿子还在打光棍，我心里就觉得愧疚！不能传宗接代，比太监也好不了多少，觉得对不起我那老伴！"

李玉亚抹泪："我也是。当年，我丈夫过世前，再三关照我，一定要早点把女儿嫁出去……"

吴家山老先生最心软，看不得别人难过，就说："好了，好了，买菜去了。"

李玉亚感觉到这个老头很面善，就要求互相通报姓名。然后呢，两个人就分手了。

李玉亚觉得这个地方很值得一来。而吴家山老先生呢，他觉得这个老太还是挺有教养的，很文雅。除此之外也没有留下特别深刻的印象。

两人分手后，李玉亚接着回去给女儿准备晚饭。吴家山老先生也想到菜场上去买点什么东西，对付晚餐的问题。所以两人走的时候，互相也没有留下电话。

6

在海曲市繁华的大街上，一幢四五十层的豪华写字楼非常吸引眼球。它是改革开放以后造的建筑物，外墙都是黑色的大理石。走进大门，是个大厅，挂着好多异常豪华的水晶吊灯，四周有咖啡店、化妆品店外，还有几家进口品牌手表店。所卖的手表，都是来自瑞士或者美国、德国、日本的产品。最显眼的，无疑是基华银行。底楼中，就数它的面积最大，有两千多平方米。玻璃大门口，伫立着两只锃亮的铜狮子，边上，站着两个穿着黑色制服、身强力壮的保安，一看上去就觉得这家银行很有气势。

宇萍的办公室藏在银行的最里面，50多平方米，很有气派。其他银行的行长办公室里,一般都采用深栗色的家具,而宇萍的办公室跟其他的行长办公室不一样,它里面是清一色的白色进口家具。据说,这是根据宇萍的要求选购的,显得办公室里面干干净净,十分明亮。里面还建了一个小间,是她的休息室。总的感觉,确实与众不同,很有时代感和青春风范。桌子上放着电脑和一些文件夹,还有那些需要她签署的文件、报告。

此时,宇萍正在训斥自己的部下、信贷员王亦民:"这就是你做的方案?我给了你一个礼拜的时间,你却交出来这种货色!下周一就要和客户谈了,你觉得你还有脸上谈判桌吗?"

王亦民额角开始冒汗:"抱歉……这周事情实在太多了,这个方案其实是昨晚赶出来的,所以有点仓促……"

"我不要听你解释,我只看结果。工作忙不过来,是你的能力问题!这样,你先别忙其他活了,全力做好这个case,OK?"

"我明白了。"

这时,宇萍的手机忽然响起,她拿起来准备接听。

脸涨得微红的王亦民抓住机会说:"那我先出去了。"

宇萍阻止:"等等,下班前我要求你先做一个大纲交给我!"

王亦民马上回答:"好的。"

宇萍命令:"你出去吧,把门带上。"

王亦民拉上门,出去后便在心里埋怨:"女魔头每次都这么凶,怪不得到现在都找不到男朋友!"

见部下离开后,宇萍便接了电话:"您好,我是宇萍,请问找我什么事?"

电话那头一个中年女子的声音:"小宇啊,我是鹊桥婚介公司的方阿姨,你最近在相亲对不对啦?我效率是很高的呀,已经帮你物色到三个条件不错的小伙子,我跟你说,你来选一个哦!"

宇萍一头雾水:"不好意思,我从来没有托人帮我办过相亲之类的事啊?"

方阿姨说:"作为姑娘么都害羞,我理解。不过你这么大年纪了,是该着急起来了呀!再不然没人要咧!我闺女和你差不多大,孩子都上小学了!"

宇萍越听越不舒服："这些是我的私事，轮不到你指手画脚的！"

方阿姨继续："不说这些了。说要点，我手头上啊，有一个小伙子40岁了，事业有成，就是离过一次婚，但年纪还是和你蛮般配的……"

"对不起，我真的不感兴趣！"宇萍立即把电话挂了，还愤愤不已，"什么玩意儿？！"

没过多久，又有一个电话打进来，又是陌生联系人。这次，还没等宇萍开口寒暄，电话那头就率先响起一个男声："宇小姐啊，我看到你的资料觉得很不错，你周末有没有时间和我儿子约个会？不过他工作很忙的，周六晚上只有一个小时的空闲……"

宇萍还没等他说完就挂了电话，然后在手机里把两个人都拉黑了。

这个下午，宇萍收到了近十个各色口音、各种条件的婚介电话，还有好多短信也"轰炸"不断……

一气之下，宇萍把手机关了。

7

宇萍家的房子是几年前置下的，小区名字叫金楠花园，在海曲市的黄金地段，属于豪宅型的高档社区，绿化面积大，活动空间多。有20多栋十层楼房组成，每层一梯两户的豪华装修房。每个单元的面积都在200平方米以上，一般为4房2厅，是由法国顶级设计师让-皮埃尔先生设计的，外观淡雅而时尚。

打开8楼A室的指纹房锁，就是宇萍家的客厅，面积在60平方米以上，朝东的，非常敞亮。厅的外面还有一个30多平方米的大阳台，已经绿化过了，放着几把藤椅和一张白色生铁铸造的圆桌。宇萍的家里全套白色的家具，都是从西班牙采购来的。许多家用电器，比如进口的中央空调、电视机、冰箱、扫地机、电饭煲、烹调机、门锁等，都是从德国进口的，采用的都是智能语音控制，极其先进和现代。进屋只要说一声，什么都会起变化，空调、地暖、电视、窗帘……都可以通过语音命令打开或关闭。外人进来,都会惊讶不已。

朝南,一间20多平方米的房间是母亲李玉亚的卧室,大一点的房间是宇萍的闺房,本来她是想让妈妈住的,但被李玉亚严词拒绝。朝北还有一个30平方米左右的书房,里面一排奶白色书橱里,陈列的多半是全球金融、财经方面的书籍。其余,都是文学、哲学、古董鉴定、化妆、时装等方面的书籍。其实,宇萍很少有时间翻看这些书籍。除此之外,还陈列着少量的谈不上是古董的各种艺术品。边上还有一间保姆房,被宇萍改造成衣帽间。虽不比书房小,放着宇萍一年四季的行头、各种装饰品、包包、化妆品和鞋帽。母亲的东西当然很少,仅仅占了半个橱柜。宇萍家的厨房里面,各种世界顶级厨具一应俱全。烤箱、空气炸锅、电子消毒器、净水器几乎应有尽有。冰箱当然是双门的,她还花了几万块钱买了一个欧美制造的名菜自动烹调器,做出来的菜绝对正宗,色香味俱全,非常可口。但,放进去任何一样食材都要过秤,也挺麻烦、费时的。虽然,这些家用电器都是现代的、时尚的、超前的,然而,除了冰箱,基本上都是摆设,使用率极低,只能将它们视为玩具,或是某种身份的象征。

这天晚上,宇萍下班回到家,将LV包往沙发上一扔,高跟鞋往门口一甩,瘫倒在摇椅上。

李玉亚见到女儿,高兴地大声说:"闺女,你快过来看看,我今儿一天收获可不少,咱们家女儿在婚姻问题上,还是很有市场、很有号召力的!"

宇萍警惕地问:"什么意思呀?"

宇萍起身走到母亲处,才发现桌上堆了十几张照片,还有简历什么的。

宇萍问:"妈,这些都是从哪儿弄来的?"

李玉亚一脸的欢欣:"我去了趟玫瑰园的相亲角。别说,还真是个好地方,不少人都问我要你的电话呢!"

宇萍生气了:"你都给他们了?"

李玉亚还没察觉:"当然没有!我精挑细选之后,才给的!"

"怪不得!"宇萍的脸紧绷,"今儿一整天,我不停地接到一些莫名其妙的电话!"

"立竿见影啊！"李玉亚拍了一下手，拿出一叠登载广告的A4纸，"你来挑挑看，喜欢哪个？"

"妈！你就别再胡闹了好不好？！"宇萍继续呵斥，"今后，没有我的允许，不准把我的电话随便给别人！"

"你的意思，我是狗抓耗子咯？"李玉亚也生气了，"萍儿，怎么说话的你？"

宇萍铁青着脸起身离开，砰的一声，把自己关进了房间。

只剩下李玉亚一个人不知所措："发什么狗脾气？替女儿找对象，有错吗？哼！你自己没工夫，没眼光，不去挑选，我来帮你挑！难道犯法了？不可以吗？"

李玉亚再次翻看了桌上的简历，找到一个条件还不错的——长相富态，是个企业家，算得上事业有成，家里有房有车，嗯——方方面面条件比较理想。

李玉亚拍了拍桌子："就是他了！"

李玉亚拿起电话替女儿联系相亲对象："喂，您好，请问您是张凯的妈妈吧？今天下午我们在相亲角见过面的……"

李玉亚在与她的交谈中获悉，她的儿子是一个做废旧物资再利用的大老板，在海曲市和全国各地都有许多处房产，包括海南岛，基本上都是一些别墅。听下来经济是没有任何问题的，只是吃亏在两个地方，一是他的文化程度，仅仅是小学五年级；第二呢，他提的要求——跟你的女儿结婚以后，丈母娘是不能住到小两口家来的。他说，否则会引起矛盾的！

李玉亚听后很难接受，她在心里怒斥："我都已经是60多岁的人了，身体每况愈下，如果不和女儿住在一起，万一我有个三长两短，叫天天不应，叫地地不灵，怎么办？再说，我哪有那么大的胆量一个人住200多平方米这样的大房子，空荡荡的，晚上还不把我吓死？！另外，一个人住大房子也太不划算了，等于天天在烧钱。所以，这个对象没有必要见面了。"

李玉亚联系了第二个对象，是附近一个县级市副市长的儿子，是一家名酒酒厂的副总裁。平时不用上班，纨绔子弟。他要求妻子能够与自己门当户对。婚后立即辞职，当专职太太，专门伺候他。李玉亚一听，想到要女儿丢弃如此好的职业、职位和收入，简直是异想天开！打死我都不能同意，女儿宇萍也不会接受的。

至于其他对象，都卡在年龄、收入、房产、性格等诸方面。似乎也没有讨论的回旋余地，好吧，那就只好再等等、看看，以后再说了。

8

与宇萍家相比，吴黎明的家尽管地处闹市区，但档次相距较远。他的家境属于那种中低端的中产阶级家庭。原先祖上的家底还是可以的，现在是两房一厅，面积八九十平方米。虽然足够父子俩居住，但一旦成家生子，必然会显得局促。

吴黎明的家具都是十年前买的，虽说勉强也算是红木家具，但不是高贵的紫檀木做的，是采用菠萝格木材制作的。墙上挂了许多字画，那是吴黎明父亲的一些朋友赠送的，少数还是名家，大部分都是一些无名之辈的作品。当然，作品的水平并不低。家中浓厚的文化氛围，还是可以感受到的。窗帘用的是土黄色的麻纱布，虽然不是很扎眼，但是跟他们的家具还是比较般配的。客厅里面，最吸引眼球的，自然是一张两米宽的世界地图，和放在书橱上硕大的地球仪。这与吴家山老先生退休前担任几十年中学地理老师的经历有直接关系，也与吴黎明爱好国际时事有关。除此之外，还有电视柜、沙发、茶几之类。厅里显得局促，那是因为里面还放了一张面积大概有两平方米的写字台，写字台的上面铺了一块很大的羊毛毡。他的父亲经常在这上面写毛笔字，或者画画国画。在写字台后面的书橱里，放了许多吴家山喜欢看的有关各国风土人情的书。吴黎明当然深受其父亲的影响，空下来了，也喜欢翻翻其他各类书籍。

这一天，吴黎明早回家，和父亲一起在家吃饭。菜是父亲做的，一碗红烧肉，一盘芹菜，一碗番茄蛋汤，很简单。

"稀客啊！"吴家山高兴地说，"你今天总算有时间陪老爸一起吃晚饭了？"

"抱歉啊，老爸！"吴黎明说，"前段时间在忙职称考试，现在总算把材料都弄齐全交上去了，等结果就可以了。"

"这么说，你可以进步了？"吴家山关心地问。

"评审还在进行中，"吴黎明低头边吃边回应，"即便通过，也就是个讲师，中级职称。"

"你知道16楼老沈家的儿子吗？你们小时候总是光着屁股一起玩的。"

"沈俊？好长时间没见过他了。"吴黎明抬起头。

"对对，高中毕业他就出国了。上次碰到老沈说，沈俊在美国找了个洋媳妇，马上要结婚了，这不，要接老沈出去享清福呢！"

"是吗，那很好啊。"

吴家山见儿子没反应，继续说："我还听说，你大姨的干儿子最近准备二婚了，这小子吊儿郎当的，却很受姑娘待见，这才离婚不久，居然就又找到愿意嫁给他的姑娘。"

吴黎明不屑："这结婚的速度怕是赶不上离婚吧？"

"人家还比你小两岁，都要结第二回婚了！"吴家山不为所动，"而你，竟然连男人都未做过！"

吴黎明嘲讽："现在的我，不是男人？那是什么？"

"你知道我说的意思，别装糊涂！"

吴黎明放下饭碗，生气地说："你这一晚上跟我叽叽歪歪说这些是什么意思？能不能别老拿我和别人家的儿子比较，好不好？！"

吴家山也不示弱："我什么意思你听不出来吗？怪不得只能当个助教！"

"本来心情挺好的，都被你破坏了！"吴黎明起身要走。

吴家山继续发泄："三十好几的人了，事业也就这样了，难道不应该好好考虑成家的事吗？还要把光棍当下去？"

吴黎明铁青着脸反问:"我就这么点工资,谁愿意嫁给我?"

吴家山苦口婆心地规劝:"古话都说要成家立业,先成家才能后立业,老祖宗的话不会错的!"

"就知道扯些老黄历,这都什么年代了?!"

吴家山不依不饶:"之前就是太放纵你,今后相亲必须要去,女朋友一个月之内一定要搞定!否则,我死不瞑目!"

吴黎明听到这里,不再作无谓的争论了,准备回卧室:"我吃饱了,先回房间了。"

吴家山摇头叹息道:"做父亲的,多没意思啊,自己养的儿子,跟你多说几句话都不愿意听!唉……"

9

在海曲闹市区的一条小弄堂里面,有一个叫"青春健身会所"的地方,非常时髦。它除了拥有各种健身器材以外,还开了几家来自世界各地,包括中国四大菜系的餐厅,价格还算比较亲民,所以来的人络绎不绝。这里融入了当代欧美国家家庭布置的一些设计元素,壁画和雕塑有天使、神像、裸女、宠物……所以,特别受年轻人的青睐。

宇萍按照约定的时间赶到青春健身会所,看到母亲已经站在门口等候:"妈,你怎么会叫我来这种地方啊?"

李玉亚笑道:"这种地方好,又能锻炼身体,又能吃饭会客。"

"妈,发现你啊,现在越来越时髦了。"宇萍又问,"座位订好了吗?"

"座位早就订好了,人家已经在里面等你了,咱们快进去吧!"

"人家?"宇萍不解了,"你还约了别人吗?不是说好我们母女俩吃饭吗?"

"……"李玉亚语塞。

宇萍责备："妈！你怎么可以这样子？我都和你说多少次了！我说怎么突然约我出来吃饭，原来是鸿门宴啊！"

"呸——"李玉亚反击，"鸿门宴？你把妈妈当成准备坑你的楚霸王了！像话吗？"

"妈，你就是有点霸道嘛！"宇萍不悦，转身要走。

李玉亚一把拉住："别跟我嚷嚷，反正现在你都来了，没有我同意，哪儿都不准去！"李玉亚的语气不容置疑。

"要么你进去，要么我们就在这里对峙！"宇萍欲哭无泪，"妈，你到底想要做什么呀？！"

"很简单，"李玉亚坦承，"我就想让你过作为大姑娘应该有的生活！我还能想什么？！"

"可你无论如何也得事先征求一下我的意见！"

"你天天忙、忙、忙，那妈妈来帮你张罗，有错吗？你却每次都把我当成你的部下，每次都和我对着干，还扯开嗓门对我大喊大叫，我这是造了什么孽啊？！"李玉亚越说越激动，哭着蹲在地上。走过的路人纷纷侧目，不知道这对母女在为何事争执。

宇萍实在受不了母亲的哭诉和路人责备的目光，只得息事宁人："好了好了，我进去还不行么？"

李玉亚含泪："我带你进去跟人家见面，然后就在门口守着，你别想偷偷溜走。"

宇萍哭笑不得："妈，以前听说过代驾、代孕、代考，今天，你又创造发明了一项新行当——代恋！"

"你就会贫嘴！"李玉亚埋怨，"别多磨叽了，跟我进去。"

宇萍不想挫伤妈妈的心，只好跟着她走进青春健身会所里名为"艳遇"的包厢。

见里面已经坐着一位男士，李玉亚就对女儿说了声："就是这位先生，好好谈谈哦，再见！"

李玉亚转身离开后，一边走，一边嘟囔："俗话说，虎毒不食子。有母亲带女儿去参加充满杀机的鸿门宴的吗？笑话！"

包厢里，那个十分肥硕的男士起身："你好，你就是宇萍女士吧？我做一下自我介绍，我姓张，单名一个凯字，凯旋而归的凯。"

宇萍微微一笑，坐了下来："我想你应该看过我的资料了，我就不浪费时间自我介绍了。不瞒你说，其实是我妈逼我来相亲的，我自己并没有这个打算。"

此时，李玉亚已回到了宇萍所在的包间背后，隔着门玻璃对宇萍挤眉弄眼。

宇萍无奈地瞥了一下母亲，皱了皱眉："事实上，她现在正在门外守候着，怕我溜走！"

张凯笑笑："可怜天下父母心啊！看上去你妈妈爱女心切，还真是活力四射啊！"

宇萍摇摇头苦笑："真的是拿她没办法。"

这时，一位穿着一件红旗袍、披着绶带的礼仪小姐推门进来："二位，今天，我们青春健身会所举办的相亲活动呢，有一项规定，必须先携手去游泳十分钟，然后，才可以到包间，享受这里的免费自助餐。"

宇萍嘲讽道："谁想得出这样的鬼主意，我算是服了！"

礼仪小姐继续介绍："先讲一下游戏规则。第一项活动，叫作'天意搭配'。凡是安排在一个包厢里的男女青年，叫到后，一定要手牵着手，一起走到游泳池边，然后进入第二个环节，一起游泳……"

宇萍再次苦笑："想得出这样的活动，真可以称得上是挖空心思！不过，未免也太俗气了！"

礼仪小姐："这是本会所响应街道妇联、青联的要求推出的公益活动，都是为你们大龄单身男女着想，无非是为大家创造更多亲密接触的机会，也希望得到你们的支持和配合！"

张凯一脸愁容："可我不会游泳啊。"

礼仪小姐解惑："一起在泳池的浅水区走走也行。"

10

室外的夜晚，永远是神秘莫测、妙不可言的。室内的夜晚，其实也同样如此。一切，都需要创意！一切，都需要激情！

在青春健身会所游泳池边上搭建的小平台后面，有一块上书"泳池之恋相亲会"背景板，主持人辛圣殿热情洋溢地宣布："今天，我们在这里，为十对大龄男女举行一次'泳池之恋相亲会'。希望用这种比较坦诚的活动，能促成更多的青年男女速配成功，早结连理。我们的口号是——让爱情的暴风雨来得更猛烈些吧！好，下面请他们闪亮登场！"

在近百位家长、亲友热烈的掌声中，十对穿着泳裤、泳衣的青年男女手搀着手，微笑着，边招手，边向泳池走来。个别男女青年明显有些羞涩。

张凯大大咧咧拉着宇萍的纤手，往泳池走来。身材曼妙的宇萍本来感到特别尴尬，自己好歹是个企业领导，如果让同事看到一定流传成八卦！但是，宇萍迅速、意外地被逗乐了。因为，她看到边上的搭档张凯由于太过肥胖，走的时候，胸脯一晃一晃，使得宇萍像在看喜剧大片，捂嘴难抑笑意。

张凯悄悄告诉宇萍："看到你开心，我也很开心！本来我也觉得这种相亲方式很无聊，今天来，也只是为了应付我妈，打算敷衍了事。"

"那太好了，"宇萍终于放下心露出笑容，"这就好办多了，我们就一起演戏呗！"

张凯却说："不过，见到你之后，我改变了主意。我觉得你挺漂亮和有趣，还有你母亲，非常热心，也许将来和你们成为一家人，是个不错的选择！"

"自说自话！"宇萍回复，"恕我冒昧，对过于丰满的男生，我没有兴趣。"

"你这是体型歧视！"张凯驳斥，"而且，据我所知，'丰满'这个词，一般不用在男人身上。"

"Sorry,我用词不确,可我一下子,也找不到更加确切的词语。"

"再说,我也正在减肥呢。至于感情么,可以慢慢培养。我们先从朋友做起。就按照你所说的,就当是演戏好了,我们有的是见面机会。"

"机会?恐怕不会再有,"宇萍平静作答,"待会儿,我会告诉我妈——说我们不合适。"

张凯紧张了:"然后呢?你妈逼着你再去相亲。你就不怕麻烦,让这样的戏码一遍遍地上演?"

宇萍笑着反问:"我就这么不受欢迎?"

张凯一脸沮丧:"可我就欢迎你啊,为什么不给我一个机会呢?"

"除非你答应我一项建议。"

"你的建议,我都愿意接受!"

宇萍忍住笑说:"我劝你去买一个大一点的文胸来佩戴,否则,你的胸脯容易下坠!"

张凯钻入了圈套,还在认真回答:"可我没见过男人戴文胸的!"

直到主持人提醒:"请最后两位男女嘉宾进入泳池!"

他俩这才慢吞吞地跨进水池。

11

宇萍家还是那么温馨,干干净净,还洋溢着一点香味。宇萍每天都要在家里喷一点香水。

此时李玉亚接到电话:"是吗是吗?小伙子很喜欢我闺女啊,那就好,那就好,等我闺女回来我探探她的口风,我就觉得他们俩挺合适……对对对,得好好撮合他们!"

宇萍开门回家,正好听到,便笑得前俯后仰,掩着口,就往自己房间里跑。

李玉亚听到动静,就挂了电话,叫住女儿:"萍萍,相亲还顺利吗?"

"顺利。"宇萍说完就"噗"地笑出声来,"妈,你不是很关心我么,怎么不在现场,提早回家了?"

"中午不知吃了啥,我拉肚子了。"李玉亚警惕地问,"看你乐得!不会在逗我吗?"

宇萍说:"妈,我不是在取笑你,而是在笑你介绍的那个叫张凯的男生。"

李玉亚不解地问:"有什么好笑的?"

"你没见他的胸脯有多大吗?"宇萍又开始捂住嘴,怕笑出声来,"他都可以戴D罩杯的胸罩了!"

"是吗?"李玉亚惊讶了,"说明他身体挺好的,先天基础打得好,不像你父亲那样瘦弱,英年早逝。"说完,竟抹起泪来。

宇萍马上知趣地上前依偎着妈妈在沙发上坐下,递上纸巾安慰道:"妈,你的良苦用心,女儿我是感恩的。"

"我的眼力不会差的!"李玉亚关切地问,"对那个男孩总体感觉还行吗?"

宇萍敷衍:"还行。"

"还行?"李玉亚惊喜了,"还行,就是有发展机会咯?"

宇萍心不在焉地回答:"嗯。"

"那就多约人家出来见面,"李玉亚说,"女孩子也不用太矜持,建立感情,还是要自己争取的。"

"我知道了。"宇萍起身边说边回了自己房间。

李玉亚自言自语:"这丫头,没谈过恋爱,不好意思了吧?不管怎么样,至少这次没拒绝就是好事!"

于是,李玉亚便开心地给张凯的母亲打电话:"张凯的妈妈吗?我是宇萍的母亲,告诉你一个喜讯,我女儿说,对你儿子的感觉还行!只是……"

张凯妈紧张地追问:"只是什么呀?讲下去啊……"

"就是,就是……"李玉亚吞吞吐吐,"你儿子那个……胸脯……有点过大。"

"哎，宇萍妈，我得给你纠正一下用词，"张凯妈不悦了，"男人那地方叫胸肌，不叫胸脯好吗！"

李玉亚坚定地回答："对对，是胸肌，但脂肪如果过多呢，还能叫胸肌吗？"

张凯妈反驳："男人那块地方永远叫胸肌，懂不懂啊？"

李玉亚说："哦，懂了懂了。"

张凯妈警告："另外，我们都是当母亲的，对别人子女的长相、生理说三道四，这合适吗？是否太过分了？"

李玉亚吓得马上挂断电话。

12

你有没有留意过男人和女人聚餐的差别？讲出来非常有意思。

这些年，大部分老百姓兜里有了钱，所以上馆子去吃吃喝喝已经成为市民生活的一种常态。过去的百货公司里面，基本上以购物为主，而现在的商业中心，却以买东西为辅，品尝美食为主。各种各样的餐厅和小吃来自全国各地，甚至来自全世界。坐在里面的吃客，大部分为白领女性，男性白领只占少量。还有一个司空见惯的现象：男人喝酒、吃饭的时候，往往以议论国事或者社会上的各种各样新闻为主。而女性的餐桌上讨论的主题往往是穿着、化妆品、首饰的真伪，或者是议论一些明星的八卦，甚至是单位里面的一些领导，特别是女性领导的兴趣爱好、怪癖等。就餐饮的情况而言，如果这一桌上大部分是男同胞，偶尔有几个女性的话，这个桌面上显得比较文明，菜肴一般吃得比较慢。男爷们在女性面前往往比较斯文，不失风度。而男爷们儿边上的女性一般都一下子变得像林黛玉，吃东西很少，很文雅。然而，如果这一桌上全是女性的话，那吃菜的情况犹如风卷残云，各种美食很快就被一扫而空。

这些都是调侃的话。现在是星期天中午，我们不妨去观察一下吴黎明和他的好友王亦民面对面饮酒时的一些情况。

王亦民乐呵呵地拿起酒杯:"老兄,来,来,我敬你一杯,恭喜你晋升为讲师了!"

吴黎明举杯回应:"谢谢!来,我干杯,你随意!"

王亦民立即表示:"哪儿的话,我也干了!"

"总算结束了小媳妇的生涯,"吴黎明感慨说,"现在可以理直气壮走上讲台开讲,以后可以大展身手了!"

王亦民恭维:"老哥上课的质量,加上这颜值,一定会大受学生的青睐和欢迎!"

"看你,狗嘴里永远吐不出象牙来!"

"以后给我留个第一排的座位,我要好好用镜头记录一下,看看哪个美女对我们吴老师特别有好感,这些视频资料以后为你选择嫂子提供决策咨询!"

吴黎明笑道:"你怎么弄得像个特工!"

王亦民表忠心:"还不是为了让你这个大龄剩男早点摘帽,为了你,弟我早就豁出去了!"

"哈哈哈哈……"两人一阵大笑。

引来餐厅里所有顾客的注视。

13

早晨金色的阳光照进了辈辈宠物店内。关在各种笼子里的狗狗时时在狂吠,而猫咪们则对此似乎很反感,实在烦透了,会"喵喵"地提几声抗议,但狗狗充耳不闻。

李玉亚正在向店主打听宠物的不同价码,女店主微笑着一一详细介绍。

李玉亚听了摇摇头感叹:"哎呀,宠物确实不错,就是价位高了些。你想啊,买个鸡才几十块,买个进口名牌狗狗,居然要花两万块!"

女店主笑着解释:"不高的,还有更贵的呢!买宠物,其实就是买一种精神大补药,价钱是无法估量的。想想看,是不是这样?"

"好像有点道理。"李玉亚说。

女店主耐心地开导:"所以,阿姨,您先坐下来喝杯茶,再仔细想想,到底要不要买?"这时,吴家山也进得店来。

见了李玉亚,吴家山立即打招呼:"哎哟,李小妹,你在买宠物啊。"

"是啊,"李玉亚微笑着说,"吴先生,您也进来看看!"

"来,叔叔,也进来坐坐,"女店主热情地将李玉亚和吴家山安排坐下,立即递上两个茶杯,"请喝茶。"

吴家山问:"李小妹,你说,老年人为什么要买宠物呢?"

李玉亚答:"唉,这还用问?怕孤独呗!"

吴家山平静地说:"说到点子上了!尽管我们都有子女,但他们白天都在上班。我们好孤独哦。"

"谁说不是啊,女儿每天下班都是很晚,回家后,跟你说不上几句话。"李玉亚埋怨,"你稍微说她几句吧,她就跟你怄气,立即躲进自己的房间,还把门锁死!"

女店主拿了一杯茶也凑上来聊天:"都说女儿是妈妈的小棉袄,其实是个伪命题。我养的是女儿,我心里最清楚。真的,还没有狗狗来得体贴!"

吴家山附和:"我儿子也是这副德行!总之,我真正感觉到,我们老年人一个个都成了精神乞丐!"

"深有同感!"李玉亚说,"唉,我们在为子女代恋,他们还不领情!还常常顶撞我!"

吴家山开始来劲:"我们虽然老了,但也是人啊,对不对?我倒不明白了,我们的感情世界,有谁来关心过?"

李玉亚附和:"是啊,我们单身老人,生病了,经常连个给你倒杯开水的人都没有!只好自己挣扎着照顾自己咯!所以,想买个宠物回去。"

女店主迅速发话:"对对,阿姨说得太对了!买个宠物回去,找到精神寄托,这是天大的好事！阿姨,您想买哪一款宝宝？我可以给你打点折的。"

吴家山提醒:"很贵的,要花去你半年多的养老金呢！"

李玉亚犹豫了:"是吗？我再考虑一下……"

女店主表示不认同:"不贵的,宠物是心灵大补药！万把块的补药吃几天就没了,宠物可以陪你十几年！多划算啊！账要这么算！"

吴家山反驳:"我们老年人之间多多地沟通,就不孤独了,就可以省下那笔买宠物的冤枉钱！"

女店主反对:"怎么是冤枉钱呢？宠物会顺着你,可你们老年人待在一起,一句话不合,会争吵,甚至打架！"

"那倒不见得,"李玉亚说,"老吴的话是有道理的,值得研究……"

吴家山拍拍李玉亚的肩膀:"李小妹,我请你去对面点心店吃碗馄饨,商量一下再过来。"

李玉亚点头答应了。

女店主热情地说:"你们的餐费由我承包！"

两人向女店主道谢离开,来到了对面的馄饨铺,要了两碗虾仁鲜肉馄饨,面对面坐了下来。

吴家山说:"我裤子太长了,想去找个裁缝给我剪短两寸。刚才正好路过宠物店,看到你在宠物店里,我估计呢,你要买宠物。所以我就进来了。"

李玉亚点点头,注视着对方。

吴家山侃侃而谈:"但是你有没有想过,买了宠物,也会带来诸多问题。"

李玉亚摇摇头,继续注视着对方:"我从来没有养过宠物,我怎么知道它会带来问题？"

"我太太呢,以前是养过宠物的。宠物确实会给主人带来各种好处,尤其能够帮助你解决孤独的问题。但是带来的麻烦是你始料未及的。先说如果你的狗狗得了狂犬病,一旦咬了人,就可能在几个小时里面让你中毒,会死掉的。"

"啊？这么可怕啊！"

"还有,这个宠物呢,它会传染各种各样的疾病。我太太曾经被狗狗传染了好几种疾病,都是送医院里面才抢救过来的!"

"还有这事?"

"另外呢,你还不知道,自从有了宠物呢,我们就不能出去旅游了。出去办点事儿,你一定得带着它走。如果不带着它,它会发狗脾气,把家里的好多家具都咬坏。最要命的,如果买的是雄狗,它到了发情期,就到处闯祸,甚至于对女主人也会有攻击!"

"啊?!"李玉亚吓得目瞪口呆。

"如果你买的是雌狗,它也会来大姨妈,搞得家里面脏兮兮的。总而言之,这个买宠物的事情,你一定要想明白。最要命的是狗狗一旦死去,哎呀,那可是要了你的命的!你会伤心好几个月,甚至于好几年。你不犯重病,才是怪事。我太太就是这么死的……"吴家山开始哽噎。

李玉亚听了,更是吓得魂不附体,她说:"还会有这种事啊?我都没有听说过。是的,我得考虑周全。谢谢您善意的提醒!"她感激而又深情地看了吴家山一眼。

吴家山似乎也感受到了这种信任的目光。以至于两人在品尝沾着绿色葱花的馄饨时,都只有感动,竟无语凝噎。

14

吴黎明成为讲师后,这几天晚上,他都十分认真地备课,希望自己的第一堂课可以上得很成功。

这天夜里,他回到自己的房间,看见桌上照旧摆着父亲给他的信。

吴黎明打开一看,默念起来:"长期单身的致命危害——容易被癌症盯上;增加了患心脏病及猝死的风险;至少少活10年;也容易患抑郁症;老了易患痴呆症!"

吴黎明叹了口气自语:"老爸又不知道从哪里抄了这种文章,真是受不了……"

吴黎明翻翻之前的信，还是父亲的笔迹——"单身的99个大坏处！看了还选择单身的都是佛祖"；"每一个成功男人的背后都有一个伟大的女人"；"爸爸给你推荐的各种相亲活动，你一定要去哦，我的良苦用心，请儿子务必不要辜负了……"

吴黎明摇了摇头苦笑，把信收好放到一边，继续专心备课。

而吴黎明看不到的基华银行副行长办公室里，也没消停。

上午，才开始办公，宇萍就收到张凯发来的微信："今天晚上有空一起吃个饭吗？希望能赏脸！——张凯。"

宇萍不耐烦地发微信回复："今天要加班，没空。"

张凯马上又发来："这是你第五次拒绝我的邀请了，而且连理由都一模一样。"

"我的想法应该早就和你说清楚了，我现在没有谈恋爱的想法。"宇萍礼貌地答复。

这时手机响了，李玉亚正巧打电话给宇萍："萍萍啊，最近和张凯相处得怎么样啊？"

宇萍回答："还不错，妈，以后上班时间，能不能别打电话过来问这些私事？"

李玉亚责备道："你难得准时回家，回家后又常常直接躲进自己的房间。我又抓不到你人，不打电话怎么办！我怎么听张凯他妈妈说，你们根本没一起出去约会过？"

宇萍说："我工作忙，你又不是不知道。"

李玉亚严肃批评："你真的就忙成这样？连谈恋爱的时间都没有？你这样，怎么找得到男朋友？"

宇萍不耐烦道："我们约了今晚见面的。"

"真的？你不是在糊弄我吧？"

"当然是真的,妈,我不和你说了,要开会了。"

李玉亚叮嘱:"那你晚上好好表现啊,别冷冰冰的,要像个热情的大姑娘!"

宇萍答应:"好,我的妈!挂了。"

然后,她无奈地给张凯发了短信:"今天我不用加班了,一起吃晚饭吧,地点你定。"

几乎同时,在基华大学教室里传来一阵爽朗的笑声,讲课的老师正是穿着浅蓝色西装、系着深蓝领带的吴黎明。这是他以讲师身份上的第三堂课。

上座率是出奇的好,学生们个个聚精会神。有的托着腮帮子认真听课,有的边听边记笔记,有的举手回答问题,也有用iPad笔记本悄悄拍摄吴黎明,课堂气氛甚是热烈。站在讲台上的吴黎明也是神采奕奕。

吴黎明并没有注意到父亲吴家山正坐在学生们中间,也在听他授课。

吴黎明:"同学们,讲到这里,谁能给我总结一下刘邦成功的原因?"

吴家山低沉而有力地说:"我知道答案,让老夫来答!"

吴黎明惊讶地看到自己的父亲居然出现在教室里。

周围的学生也是一阵骚动,同学甲:"这是谁呀?怎么一大把年纪了也挤进来听课?"

同学乙:"不是我们学校的吧?以前听说有蹭饭的,没听说有蹭课的,哈哈……"

不等吴黎明反应过来,吴家山就抢先答道:"刘邦能成功呢,就是因为他有老婆!"

同学们一听,都哄堂大笑起来。

吴家山面不改色,继续说:"刘邦很早就成家立业,比起项羽这样的小年轻,就要成熟稳重,善解人意。所以,像张良、韩信这样的智囊、大将们才愿意投靠他,协助他成就伟业!"

吴黎明尴尬道:"这位同学的答案虽然是另辟蹊径,但逻辑是奇葩的!谢谢您，请坐吧。还有同学有其他答案要和我们分享吗？"

这时，"丁零零……"下课铃声响起。吴黎明在讲台上整理课件，并认真解答跑来问问题的几个学生的疑惑。

吴家山则坐在原位等待。直到同学们陆陆续续离开，整个教室只剩下这对父子二人。

吴黎明皱起眉头发问："爸，你怎么跑到学校来捣乱啊？"

吴家山平静地说："在家抓不到你人，只能到学校来跑一趟了。"

吴黎明埋怨："那你也不用像刚才那样瞎说啊，这里可是大学讲堂啊！你这样，弄得我多尴尬？！"

"我可不觉得自己说错什么。"

"怎么没错啊？楚霸王不是也有老婆虞姬吗？可他不是照样丢了江山吗？"

吴家山强辩："我是时时刻刻在关心你的成家立业，有错吗？"

吴黎明低头无语。

吴家山不再追问，反而喜滋滋地问："我看见学生都挺喜欢你的。"

吴黎明说："作为讲师，在讲台上讲课，太有成就感了！"

吴家山沉下脸："可作为父亲，你年过三十，还未成家，为父我觉得太没有成就感了！今后，你更会没时间来处理个人问题。"

"备课，的确花了我不少的时间，可我要对学生负责啊！"

"那你的终身大事就放弃了？"

"近期，我真的没有时间去考虑这种私事！"

"没时间也得抽出时间来！你现在没时间，之后评上副教授岂不是更没时间了？"

吴黎明摊摊手："大概也只能如此了。"

吴家山急了："你的终身大事不能再拖了！"

"我觉得现在和学生们在一起很充实，很有成就感，我不想改变现状！"

"你要是这种态度，那我只能去找你们系领导了，让他们少给你安排点课程。"

吴黎明火了:"你这是无理取闹!学校领导才不会理你呢。"

吴家山不为所动:"相信你们学校领导应该是通情达理的!你啊,还是不够孝顺。以前,我生病了,你往往不能够在我身边照顾。以后啊,我看你还怎么为人师表?"

"唉——"吴黎明叹息,"从没见过这样的父亲,明明好好的,居然来拖自己孩子的后腿,不让他好好发展自己的事业!"

吴家山自信作答:"今天让你开眼了!对付臭小子,我有的是招数!"

15

当天晚上,宇萍没有爽约,来到明光电影院。硕大的银幕上正在放映一部好莱坞爱情片。

宇萍看得直打哈欠,一副快要睡着的样子,这时身旁却传来抽泣声。张凯拿出手帕一边擦眼泪一边说:"怎么会这么感人,呜呜呜,他为什么还要分手?他们明明这么相爱……"

宇萍听到这番话,莞尔一笑,睡意全无,内心在说:"没想到这个人高马大的男人,居然喜欢看爱情片,还这么感性,简直比我还要有女人的三尺柔肠!上帝啊,这个世界怎么颠倒了?"

看完电影,张凯邀请宇萍去吃夜宵,被宇萍婉言谢绝。宇萍拦了部出租,直接走人。

张凯发誓说:"我会穷追不舍的!"

几天之后,星期天的下午,张凯又通过其母约宇萍去郊外的海曲游乐园。

宇萍又去了,她对张凯说:"我最喜欢坐跳楼机了,够刺激!你呢?"

张凯吞吞吐吐回答:"我?我都还行……"

宇萍和张凯排队准备坐跳楼机，随着前面的队伍越来越短，张凯也越发紧张，冷汗一滴滴地往外冒，一句话也说不出来。等轮到他俩的时候，张凯突然说："我还是不要去了，你自己去吧。"

　　宇萍问："怎么？你怕了？"

　　张凯回应："我不是怕，我有恐高症！天生的！"

　　宇萍笑道："那这个游乐园里有哪样你是可以玩的？你恐高还约到这边！真正的'太囧'！"

　　两个人只好选择放弃。瞎逛了半小时后，宇萍推说自己身体不适，又告辞了。

　　宇萍回到家里，已经黄昏时分。妈妈已经做好晚饭在等她回来。

　　李玉亚笑着说："最近和张凯经常出去，我看你们很谈得来嘛。"

　　宇萍回答："妈，我不想再听到这个名字了！"

　　李玉亚赶紧追问："怎么啦？欺负你了？昨天不还好好的吗？"

　　"欺负倒是没有。"宇萍认真地说，"我实话告诉你吧，我和他出去，只是被你所逼，不得不演戏！可是我现在连戏都没法演下去了！我对他根本没有感觉，嫌烦，现在更是多了几分厌恶！"

　　李玉亚驳斥："你瞎说什么！人家张凯妈妈刚刚电话过来说，她儿子很喜欢你，说对你样样都满意，还想多见见你，希望进一步发展关系呢！"

　　"我管他们怎么想？反正我是再也不会和他出去了！"

　　"你又乱使什么小性子？！人家张凯多好啊，事业有成，相貌堂堂！你还想找什么样的人？你这么大岁数了，还能找到小鲜肉吗？"

　　母亲的话刺痛了宇萍，平时十分坚强的她，此时也满含泪水，大声说道："没人要我，就一个人过！反正我养得活自己！我的事，以后不用你管了！"

　　李玉亚哭了，抓住女儿双肩吼道："你再跟我说一遍！"

　　宇萍见母亲大怒，不敢再去刺激她了，坐在沙发上玩起手机来。

　　李玉亚抹着眼泪说："我不管你，谁管你？！现在当了行长，翅膀硬了，我说什么你都不要听了！"

宇萍轻声回答："我们做这种无谓的争吵多浪费时间。我先回房间了，明天一早还要去开会。"

进了房间，宇萍蒙着被子痛哭起来，她开始反省。要说自己没有七情六欲，是一个不正常的女性，这是一个完全错误的判断！正像以前古今中外的诗歌里面所说，哪个少女不怀春？她自幼在心目当中就有白马王子，只是因为学业、工作太忙，没有发现一个自己看得中的男生来追求过她。确实，自己的感情世界里面荒芜一片。这些年，随着母亲的不断催促，她也开始留意周边，是否有看得中的男性来追求自己？但是年龄过了三十以后，一直没有人来追求过自己。当然，也跟自己当了副行长有关，领导上也要求他们做行长的，必须要有点威严。这样一来，跟异性亲密接触的机会，也几乎没有了。她觉得，这就是造成自己目前这种窘况的主要原因。其实到了晚上，自己一个人躺在床上休息的时候，包括在梦境中，自己内心还是有七情六欲的煎熬和渴望，只是不为人家所知而已。回到现实生活当中，她一直没有发现有任何异性对自己感兴趣的信号。有时候觉得自己有点像登上了月球的宇航员，看看四周都是空空荡荡的，荒芜一片。

16

海曲市的深夜，还是比较安静的。这个城市一天喧闹下来，现在到了它休息的时光。

但是，马路上有时候偶尔还是有几个小青年在飙车，由于在排气管装了声浪器，所以，摩托一发动，排气管的声音特别响亮，打破了城市的沉寂。

吴黎明在自己的卧室里看完父亲写给自己的信，莞尔一笑，就将信件搁下，打电话给王亦民："哥儿们，睡了吗？一起出来喝一杯好吗？"

王亦民正在书桌上打字："睡什么呀，我正在替我们银行的一个项目改方案呢！"

吴黎明抱不平："这都几点了啊？已经半夜了！"

王亦民沮丧作答："行里那女魔头又发威了呗，不说了，说多了，心头都是泪！"

吴黎明问："这么严重？一个大男人，内心居然如此脆弱！"

"不说了，告诉我，大半夜找我，有什么大事要商议？"

"还不是我的终身大事呗，我爹硬要我出席周六上午天鹅湖举办的相亲活动，我想请你一块去，行吗？"

王亦民讥讽："这么快就从上次相亲的核打击后，心态恢复了？"

"别拿我寻开心，"吴黎明追问，"那你周末有没有时间？"

王亦民回答："周五我就能把方案定了，周六我陪你一起去！估计会来不少美女，好像还有点意思。"

吴黎明表示感激："不愧是我的好兄弟，够意思！那你加紧干，我不打扰你了。"

那边宇萍家也没有在休息。李玉亚悄声走到女儿房间门口，贴耳倾听，听到女儿在床上轻微的鼾声，便打开门蹑手蹑脚地走到沙发旁，从女儿的包包里掏出了她的手机。一边掏，还一边注意女儿的动静。拿到手机后，李玉亚迅速回到自己房间，心虚的她生怕女儿突然开门看到她正在"图谋不轨"。

李玉亚点了开机键，发现女儿手机需要输入密码才能打开。她自问："打开手机的密码是哪几个数字？是女儿的生日？自己家的门牌号？"

李玉亚试了几次，都不对："唉，看来是没办法了，还是把手机放回去吧。"

这时宇萍突然敲门："妈，你怎么客厅电视机开着就回房间了？"

李玉亚慌乱地把手机放到背后，支吾道："是……是吗？我忘记了，你关下吧……"

"真是的！我关了，"宇萍说，"我去洗澡了。"

李玉亚松了一口气："吓死我了！"

这时,女儿的手机电话铃声突然响了起来!又把李玉亚吓了一大跳:"真是要了老命了!拿个手机这么吓人呢!"

李玉亚拿起手机一看,来电的竟然是"鱼丽君"!好啊,正要找她!真是踏破铁鞋无觅处,得来全不费功夫。浴室里水声哗哗地传来,女儿在洗澡,应该不会发现,李玉亚接起了电话。

鱼丽君:"亲爱的,怎么这么久才接电话?"

李玉亚:"丽丽啊,还记得我吗?我是李阿姨啊,宇萍的妈妈。"

"是李阿姨啊?怎么是您接电话啊?"

"萍萍正在洗澡。正好我有事想和你商量。"

"找我商量?出了什么事了吗?"

"还不是宇萍的婚事嘛。你是她好朋友,你知道的,她也老大不小了,到现在连个男朋友都没有!"

"阿姨的心情我理解,平时我也常劝她,让她多给自己与男孩子接触的机会,但这种事情,终归是急不得的啊。"

"不急不行啊!我一年年在老去,而她至今还是孤单一个人!作为母亲,你知道我有多担心、多着急。要是哪一天我先走了,她一个人,以后怎么过啊?!"李玉亚越说越动情,竟抽泣起来。

鱼丽君的鼻子也发酸了:"哎呀,阿姨,你不要哭啊!那我能做点什么帮到您?"

李玉亚说:"不好意思,想起这事就有点控制不了……我的话,宇萍也不听,我越是帮她张罗,她就越反感。所以我想,你们是好闺蜜,你劝她的话会比我效果好。"

鱼丽君回答:"嗯,我会尽量开导她的。"

"是这样的,这周六上午啊,在天鹅湖有个相亲活动,你能不能拉着宇萍一起去?"

"这……我也没把握能拉得动她呀。"

"你们俩不是经常出去玩的吗?你周末约她去游乐园就行!"

鱼丽君有点同意了："阿姨，你得把一切都谋划清楚了哦？那我尽量试着配合。"

"太麻烦你了！"李玉亚高兴作谢，"我知道你是我女儿两肋插刀的好闺蜜！这事就靠你了！"

挂了电话，李玉亚趁女儿还没洗好澡，又把手机悄悄放回了女儿的包里。

17

周六上午的阳光明媚动人，让整个人的心情都明亮起来。天鹅湖游乐园门口挂着气球标语："邂逅你的爱，丘比特在园中等你哦！"

两个亮丽女子的出现引起了很多男士的注意，她们正是宇萍和鱼丽君。宇萍穿的是黑色的男式学生装，里面是白衬衫，鱼丽君穿的是花花绿绿的裙服。前者，女汉子范儿十足；后者，小家碧玉型，甜美可爱。

在公园门口，鱼丽君随手向设摊的志愿者要了两张号码券。

宇萍告诉鱼丽君："为了你的邀请，今天我把行里的值班都推掉了。"

鱼丽君笑答："谁让我们是闺蜜呢。"

宇萍问："你怎么约在这儿啊？今天这里好像有活动？这么多人。"

鱼丽君回答："Bingo！答对了，今天游乐园有游园相亲会哦！"

宇萍警惕了："什么？又是相亲会！鱼丽君，你还是不是我闺蜜？明知道我最讨厌相亲……该不会是你存心约我到这里的？"

鱼丽君劝解："哎呀，相亲没有那么可怕啦，是我想相亲啦，你就当是参谋，陪我好不好？"

宇萍转身要走："我不要！"

"你怎么那么倔？咱们还是闺蜜呢！"鱼丽君一把拖住宇萍，"我不管，来都来了，拖也要把你拖进去！"说完，将手里的另一张号码券递给了宇萍。

远处，李玉亚和吴家山拿着俄罗斯军用望远镜，躲在冬青树后，正鬼鬼祟祟地注视着这一切。

吴家山问："哪个是你闺女啊？"

李玉亚答："穿黑衣服的那个。"

吴家山笑道："远看还以为是个小帅哥呢！"

李玉亚苦笑作答："谁说不是呢！天天打扮得像个男人！"

鱼丽君拉住宇萍："不是我要说你，怎么又穿成这样？"

宇萍回嘴："怎么了？我觉得挺好看的。"

"你难道没有看上去温柔点的、有女人味的衣服吗？"

"这你不懂了，既然在银行当高管，就不能穿得太女人味了。否则太显软弱了，底下人不服。"

鱼丽君埋怨："你真是的，也不必学中性人呀！记住，在生活中，你永远是一个女性！"

"是吗？"宇萍并不服气。

用气球和鲜花搭建的简易舞台上，男主持人在《今天是个好日子》的歌声中上场。

主持人开始讲话："各位来宾，各位帅男美女，上午好！热烈欢迎大家的光临和参与本场相亲会！你们在进游乐园的时候是不是都领到了一个号码？这个号码是男、女嘉宾一一对应的，游园相亲的规则就是，到场的嘉宾需要找到与自己相同号码的有缘人，然后一起携手完成游戏，最后完成一幅3D立体拼图。最先按要求完成的那对男女青年，将赢得我们赠送的价值8000元的双人赴新马泰旅游大奖！"

吴黎明和王亦民也出现在前来相亲的人堆里。

王亦民对吴黎明说："奖品很诱人哦，那我们就分开各自寻找自己的有缘人吧！"

吴黎明调侃："你怎么看着比我还兴奋啊？急吼吼的！"

"哎，我也单身很久了，就你一个人需要女朋友啊？"

"你这家伙，原来是只焖烧锅！"

王亦民笑道："彼此彼此！"

王亦民跑到人堆里，找了一会儿一无所获，找到一个扩音喇叭，拿起来大喊道："请问谁是52号？52号在哪儿？听到请回答，52号？"

宇萍听到喊声对鱼丽君说："咦？52号，不就是你吗？"

鱼丽君回答："是哦。"

宇萍笑道："还不快去，找你的有缘人去吧！"

鱼丽君提醒："你号码也有了，等叫到也要主动点哦。我看着你呢，可别溜了哦，好好配合！"

宇萍推开她："快去吧，这么啰嗦！"

鱼丽君刚走开，手机铃声忽然响起："宇行长，不好了，今天刚开门，我们的VIP贵宾张总带了一帮人来闹事，您快过来看看吧，别的顾客都被吓跑了！"

宇萍："怎么回事啊？好好，你们先别报警，我现在马上过来！"

宇萍急急忙忙地要跑出游乐园，却撞见正在"监视"她的李玉亚。

李玉亚："不许动！萍萍，你怎么这就要走了啊？"

宇萍："妈？你怎么会在这里？"

李玉亚："这么好的活动，你干吗又要溜走！"

宇萍："银行有急事，我必须赶回去处理！"然后想小跑离去。

被李玉亚一把拉住："能有什么急事，你给我回到座位上去！好好相亲！"

宇萍将自己的号码交给母亲："既然你如此喜欢代恋，就将代恋进行到底！"宇萍说完，就跑远了，李玉亚大喊："哎，萍萍！你给我回来！"

鱼丽君朝着声音源头跑了几步，看见一个打扮休闲的阳光大男孩，于是手拿着52的牌号一边挥手一边叫他："我是52号！我在这儿呢！"

王亦民转头，只见微风吹起女孩的一头长发，大大的眼睛，笑起来很好看，王亦民的脸一下子红了。他跑过去跟鱼丽君握了握手，感到对方的手柔软得像棉花："你好，我叫王亦民，很高兴认识你！"

鱼丽君也是怦然心动："我叫鱼丽君，相逢有缘，请多多关照！"

王亦民高兴地说："嗯，加油，争取把旅游大奖拿到手！"

"好！"鱼丽君愉快回应。

两人相继走上舞台。

"好！"主持人说，"第一关，是知识问答。请52号有缘选手回答第一道题——在中国的四大名著中，哪位小鲜肉最有女人缘？"

王亦民脱口而出："贾宝玉呗。"

主持人予以肯定："答对了！那么，我国古代形容女子貌美有'闭月羞花之貌，沉鱼落雁之容'的赞誉，请问'沉鱼'说的是哪位美女？"

鱼丽君回答："西施！"

主持人："都答对了！刚才52号两位有缘人轻松过关。"

台下一片欢呼声。

主持人："接下来，我们请出54号两位有缘人来参加第二道游戏'纸杯传递爱'。我先简述一下游戏规则：要求男女嘉宾用牙齿咬着水杯，男嘉宾把自己水杯中的水倒给女嘉宾咬着的水杯，女嘉宾再倒入量筒，累计达到1000毫升才算过关。"

吴黎明举着54号牌，挽着自己的有缘人——一个体重超过180斤的小胖妹登上舞台。吴黎明有些哭笑不得，他对小胖妹说："你太有……实力了，等会儿不会有什么需要体力的游戏吧……"

小胖妹很诚恳："对不起，本人虽然富态，其实还是长得挺标致的，你一定要仔细端详哦！"

王亦民咬着水杯，与鱼丽君四目相对，目光触碰的那一刻，两个人都害羞地躲开了。但是，这样一来，水就更难注入。王亦民咬着杯子说："你别动，看着我的眼睛！"他也看着鱼丽君的大眼睛，慢慢地将水倒入鱼丽君的水杯中。几次下来，效果很是不错，还差最后一次传递就能达标了！

王亦民有些急于求成地把自己杯中的水一下子注入鱼丽君的杯中,但鱼丽君并不能承受这么大的冲击力,松开了杯子,水顺势都翻到了鱼丽君身上。

王亦民急忙道歉:"对不起!对不起!我帮你擦擦。"他掏出纸巾往鱼丽君身上擦拭。而对方并没有拒绝,还很配合。

鱼丽君善解人意地表示:"没事,只是点清水而已,我们继续!还要赢大奖呢!"

这一次,两个人表现得很完美,顺利过关!

吴黎明和小胖妹也算是配合默契,小胖妹力气大,吴黎明可以一下子把水注入她的水杯中,一次传递的水量比别人多,速度也快,进度追了上来。只是每次吴黎明一旦跟她对视,小胖妹就笑得停不下来,虽然笑着,但杯子还咬在嘴里,就是抖个不停,大部分水都洒落在了外面……

主持人宣布:"最后一关是'猪八戒背媳妇'。请男嘉宾背女嘉宾跨越障碍,抵达幸福的终点!"

王亦民和鱼丽君领先一步来到了这里。王亦民平时经常健身,身上肌肉不少,鱼丽君又十分苗条,王亦民背她一点儿难度都没有。跳轮胎、跨水塘、跳高坡,喂饼干,王亦民以迅雷不及掩耳之势抵达终点!默契满分的两个人如愿地从主持人手里拿下了旅行大奖,台底下男女老少一片掌声和欢呼。

当吴黎明看到第三关的时候,果断选择了放弃,背起小胖妹对他来说都是一个太艰巨的任务了。

吴黎明对下台来到自己身边的王亦民说:"恭喜恭喜啊,居然真被你小子拿到大奖了!等会儿去哪儿喝酒庆祝一下?"

"谢谢!是该庆祝庆祝,"王亦民继续说,"不过委屈你了,我要和我的有缘人一起庆祝!"说完,转身对着鱼丽君说:"你晚上有时间吗?顺便我们筹划筹划这大奖怎么用?"

鱼丽君欣然接受:"嗯,可以呀!"然后四处张望都没有看到宇萍,猜想她八成又溜走了。

王亦民对吴黎明说:"今儿个就委屈你自己独处了!"

吴黎明笑答:"好啊,你这个见色忘义的家伙!"

18

基华银行大办公室,即便是白天,工作日室内也是灯光全开。

宇萍走过下属办公桌,看见王亦民在查阅餐厅信息,便悄声走过去,在他背后说:"下班打算吃什么好东西啊?"

王亦民吓了一跳,胡编道:"是给客户订餐用的,查查哪家评价好。"

宇萍冷笑一声:"最好是这样。"

而后,宇萍又转身对着全体员工说:"公司的规章制度大家都是知道的吧?我再提醒大家一下,要是被我抓到上班时间干私活,这个月的奖金就别想拿了!"

说完,宇萍走回自己的办公室,打电话给鱼丽君:"亲爱的,明天有什么活动吗?"

鱼丽君本就温柔的声音更温柔了三分:"我……明天……要陪男朋友的,不能陪你了!"

宇萍感到震惊:"什么?男朋友?你什么时候交的男朋友?怎么从未跟我说过?!"

"就是前几天游园相亲会上遇到的有缘人。才刚刚把关系确定下来。"鱼丽君回答,"你也太不够意思了,请你来帮我相亲当参谋,结果活动一开始,你就开溜了。"

"我跟你解释过了,我单位里出了点状况,要我立即过去解决,没有办法。"宇萍继续打听,"对你男友感觉如何?"

鱼丽君认真作答:"我也没想到会有这么巧的事,这大概就是缘分吧。"

"狗屁!"宇萍嘲笑道,"多半是急不可耐吧?"

"随你怎么想。"鱼丽君回复,"亲爱的,这次不能陪你了。再过一段时间吧,抱歉哦。不过,我为你树立了一个正面的榜样,通过相亲找到了自己的幸福!你也不要老让你妈妈代恋哦!"

"唉——"宇萍长叹,"好好好,不让母亲代恋,就沦落到现在这样的境地,已被自己的闺蜜抛弃了。"

此刻,在栖霞公园的阳光下,宇萍的妈妈一边散步,一边似乎产生了某种心理感应。

她自言自语:"女儿好像在怨我呢!"

正在打吴式太极拳的吴家山看到了路过的李玉亚,立即停下上前打招呼。

吴家山关切地问:"妹子,这么巧,闺女的终身大事有着落了吗?"

李玉亚停下脚步:"我正为这事犯愁呢。之前给她物色了一个条件很好的小伙子,她偏偏不要;上次天鹅湖的相亲你也知道的,她借口银行有急事,居然偷偷溜走了!"

吴家山同情地说:"哎,你家闺女真是很棘手啊。不过我家儿子也是,虽然每次相亲都会乖乖配合,但也是心不在焉,结果,总是无功而返。"

李玉亚牢骚满腹:"真不知道现在的小年轻都是怎么想的。他们年纪都这么大了,自己却一点儿不着急,害得我们忙得团团转!"

"谁说不是呢!"吴家山也有同感,他突然拍拍李玉亚的臂膀,"李小妹,我告诉你哦,我儿子的小兄弟王亦民,好像与你女儿的闺蜜鱼丽君好上了!"

"是吗?"李玉亚大吃一惊,"我那天去追女儿去了,倒是没看到。"

19

都说家庭是心灵的港湾,这话在大多数情况下是正确的,但在有些场合并非如此。我们不妨去看看吴家父子的交谈。

那天夜里,吴黎明家客厅里,父子俩在吃晚饭。

吴家山放下筷子："黎明，有件事想和你商量一下。"

吴黎明头也不抬，埋头吃饭："你不说我也知道，肯定又要让我去相亲？"

"没错，我最近帮你物色到一个不错的女孩子。明晚你没什么事吧？安排你俩见一面。"

"你又从哪儿找来一个歪瓜裂枣？"

吴家山生气了："歪瓜裂枣？人家可是银行的高管，不知道有多优秀！"

吴黎明不屑："切，还不是嫁不出去的主？"

吴家山严词发问："别那么多的废话，你去是不去？"

见父亲生气了，吴黎明怂了："我去啊，还有别的选择吗？"

"没有。告诉你，这次别想应付了事！"

"我哪儿敢啊？要不你又要闹到学校去了。"

"来，来，"吴家山拉着儿子来到客厅一角，玻璃橱里端放着吴家山亡妻的照片，"你擦亮眼睛看看！"

"妈妈的照片。"吴黎明问，"爸，你又要干什么？"

吴家山正色地说："我要你当着你妈的面发誓，认真对待这次相亲！"

吴黎明轻声埋怨："爸，没必要这么严肃吧？"

"昨晚你妈托梦给我了，她说，她到现在还没有去投胎，就是放心不下你！你这个大学老师，什么时候才能懂点事啊？"

"托梦？爸，你能不能编个像样点的借口啊，我妈干吗不直接托梦给我呢？"

吴家山威严地命令："少废话！不许对你妈妈不敬！快发誓！"

吴黎明只好答应："好好好，我发誓，这回一定认真参加相亲！"

关于心灵感应的传说，星星点点，可以见诸古今中外的各种史料和文学作品。有人说是迷信，有人说是个例，也有人说是真实存在。反正仁者见仁，智者见智，总之，不要轻易否认。

在另一头宇萍家客厅，母女俩看着电视，似乎在上演同样的一幕。

宇萍劝母亲："你别白费口舌了，我谁都不见。"

"你这孩子怎么这样任性！"李玉亚哀求道，"我跟你保证，这是最后一次了！"

"真的？"

"我什么时候骗过你？"

宇萍捂嘴笑道："自己骗完了就忘记了？要不要我提醒你，上次……"

李玉亚信誓旦旦："要不要我给你写张保证书，这绝对是最后一次！"

"保证书就不必了，用点高科技武器，"宇萍从包里掏出手机，"你再说一遍，我把你这段话录下来！"

李玉亚呵斥："臭丫头，真把你妈当贼防了！"

20

傍晚，下班电铃一响，基华银行的员工们冲进更衣室，脱下灰色的西装和裙服，纷纷离去。

王亦民推开副行长宇萍办公室大门："副行长，没什么事，我先走了。"

宇萍叮嘱："可以。我让你写的那份稿子，明天下班前一定要交给我！"

"好的。您不走？"

"我还有一份文件要加班处理一下。"

墙上的时钟在滴滴答答走动，宇萍抬头一看自语道："糟了！距离约会的时间只剩下半个小时了！"

于是，宇萍急上电梯，匆匆来到地下车库，刚上车发动，却怎么也发动不起来。宇萍自语："糟糕！大概电瓶坏了！"

宇萍果断放弃了开车，转而决定"绿色出行"，冲出地下车库，到马路上叫了一辆新能源出租车。

下班高峰时间，路上非常堵，车子一辆挨着一辆。宇萍乘坐的出租车堵在路上行动迟缓。时间一分一秒在流逝，红灯好不容易跳成绿灯，不一会儿，绿灯又跳成红灯，依旧没有过了这个路口。

宇萍急了："今天路况这么糟！这要堵到什么时候？"

出租车司机自信地："下班了嘛，小年轻们都要出门约会、玩闹。估计前面出车祸了。"

宇萍："师傅，要不你前面靠边停车，让我先下吧，这样太慢了。"

出租车司机："嗯，我懂的，我懂的，急着要去见男朋友了吧？！"

宇萍没有应答，付了车费就下了出租，径直向地铁站走去。

地铁站台上也挤满了人，宇萍看到一位工作人员拿着电喇叭站在凳子上呼叫："由于本条线路发生设备故障，请各位乘客换乘其他交通工具。我们为您带来不便感到十分抱歉！"

宇萍暗暗叫苦："怎么这么倒霉？什么不好的事都被我撞上了！"

宇萍随着人流离开了地铁站。

假定可以搭乘无人机，这时候我们可以看到老爷叔餐厅里的景象——

吴黎明穿着西装，比上课还要正式几分，提早十分钟来到了约定的餐厅。这件浅蓝色西装是十年前他刚毕业求职时买的，还好这么多年过去，他也没有发福，只是款式有些陈旧了。他没有发现有异性来到他的身旁。他自嘲道："是在考验我呢？还是我注定是个光棍的命？……"

在海曲市马路上，明亮的路灯下，宇萍快步向公交车站走去。

路过一个路口，一个盲人挂着探路棒正要过马路，可对面分明是红灯，盲人用探路棒左点点、右点点，摸索着向马路中间走去……宇萍也顾不得很多，连忙跑过去把他拉回："老人家，前面是红灯，现在不能过，危险！"

盲人忙表谢意："哦哦，谢谢你啊，我上个月突然看不见了，到现在都还不太适应当一名盲人呢。"

宇萍问："那您的家人呢？怎么让您一个人出来，多危险啊！"

| 179

盲人答:"老伴不在啦,儿子工作忙,一年到头碰不到几次人啊!"

宇萍听后于心不忍:"老人家,您要去哪儿呀?我送你过去吧!"

"那怎么行,你还有事要忙呢。"

"不打紧的,我的事哪有您的生命安全重要啊!"

"那太谢谢你了!"

"没关系的。"宇萍一路送盲人回了家,等到回到公交车站,天色更暗了。

宇萍大声叫苦:"糟糕!离约定的时间已经过去40分钟了。"

在老爷叔餐厅,吴黎明一等就是40分钟。咖啡已经喝了三杯,却还是未见有人来赴约,他强按怒火给父亲拨去电话:"爸,我等到现在,怎么还是没人来啊?"

吴家山也感到吃惊:"啊?大概有什么事耽误了?也许,人家姑娘在考验你呢。记得刘邦手下的高参张良从黄石公手里拿到兵法书籍的故事吗?"

"这个故事当然家喻户晓咯,"吴黎明愤愤地说,"但总不见得也要叫我等三个晚上。"

"不会的,再等等看!"

"真是的,这人也太不靠谱了!"

宇萍还在海曲市马路上疾走,内心暗叫不好,现在只能跑到车站去了,于是背着包踩着高跟鞋奔跑了起来。

宇萍突然惊叫:"啊——"

伴随着一声惨叫,宇萍左脚一崴,身子差点失去平衡摔倒在地!原来,细长的鞋跟卡在了窨井盖的小孔里,这一下还卡得很不巧,任宇萍怎么挣扎都拔不出来。几次努力之后,宇萍脱下鞋子狠心一使劲,没想到娇弱的鞋跟就这么折断了!

宇萍自语:"天啊,我托朋友从美国带回来的CHANEL就这么阵亡了!这是我最喜欢的鞋啊……"

宇萍千辛万苦来到公交站，没想到上面显示还需要等20分钟下一班车才到来！

宇萍仰望苍天发问："今天到底是得罪了哪路神仙？诸事都不顺啊！真该看了黄历再出门的！"正好见一辆出租车路过，拦了就走。

司机问："请问，去哪里？"

宇萍说："去老爷叔餐厅。师傅，在不违规的前提下，请加快速度！"

在老爷叔餐厅里，吴黎明等得实在不耐烦了，自语："就算是老爸介绍的，这么不守时的人也绝对不是什么值得信赖的人，还是不见为妙！"说完，立即起身离开包间，往餐厅门口走去。

宇萍也终于历经千辛万苦地赶到了老爷叔餐厅，她着急地往里走。突然横向蹿出了一个服务生端着饮料和色拉，宇萍想要躲避，侧身一让，却一头栽入一个厚实的胸膛！宇萍忙不迭地想要起身，却忘记了自己左鞋跟已经折断，刚站起来又向后倒去，想要抓住身边的东西保持平衡，就一把拉住了刚刚躲过的服务生。服务生一下子也失去了平衡，手里的托盘倾斜，饮料被晃倒，液体都泼翻在了吴黎明的身上！

吴黎明对宇萍光火了："晦气！你这人是怎么回事？"

"对不起！对不起！"宇萍道歉，"不好意思，我不是故意的！"

旁边的服务生也连声致歉，帮助吴黎明清理身上的污渍。

"你是……"吴黎明这才看清眼前这个女子的面容，感觉有点眼熟，"我想起来了！是上次在玫瑰大酒店遇到的那个高傲的女士！"

"原来是你！"宇萍也认出了吴黎明，"不过，你怎么说话的？我又不是故意的！"

吴黎明打量着宇萍，今天晚上的各种遭遇让宇萍原本精致的妆容变得比较凌乱，鞋跟还少了一个："你的这副打扮倒很是特别，不知道是失恋了，还是受了什么刺激？"

宇萍反诘："你自己就很好吗？穿着上世纪的衣服来约会，怕是再待一会儿,你的纽扣就要掉了!"

吴黎明笑笑,说了过头话:"你这么难缠的女性我还是第一次见到!"

宇萍毫不退让:"我都已经道歉了,分明是你先出口伤人!"

"对不起,都是我的错!"服务员打起圆场,然后劝道,"两位,你们这样争吵会影响到其他客人用餐的……"

"万分抱歉!"吴黎明说,"我这就离开,你们好好招待这位鲁莽的女士吧。"

"哼,"宇萍回应,"虚伪。"

吴黎明没有再说什么,加快脚步离开是非之地。宇萍也转身朝约定好的包间走去。推开包间的门一看,里面果然空空如也。

"这人一定和我八字不合,见不到也好!"宇萍默默地说,一脸的沮丧。

21

宇萍回到家里,已经是半夜了。一夜未睡好,清晨赶到银行开会,传达中央经济工作会议的重大决策,要求与会者关闭手机,认真听取。

会议结束后,宇萍回到办公室打开手机,便铃声大作。

宇萍接到母亲的电话,李玉亚质问女儿:"打了你一上午电话,为什么不接啊?"

"对不起。"宇萍如实告诉原因,"刚才在开会。"

"宇萍,你昨天约会是不是爽约了?怎么回事?!"

"妈,我去了。只是我到的时候,他已经走了。"

"放屁!"李玉亚怒火未消:"你迟到了!人家可是有情有义,等了你一个多小时呢!"

宇萍只得承认:"对……约的是七点,可我到的时候将近八点半了……但我不是存心的!路上遇到很多事耽误了,电话里也说不清楚。"

"你这个小姑娘是怎么做事的？明明答应好的，还迟到这么长时间！你这是在存心折磨人家啊？"

"你是我的母亲，怎么能质疑我的人品？我从小到大，从来最讨厌食言的人，你却这样说我！简直是对我的侮辱！"

"你还跟我大小声！"李玉亚严厉批评不减，"那你这个礼拜什么时候有空，我再安排你们见一次？"

"还是那个姓吴的？"宇萍已经泄气了："我看还是算了吧，上次为了见他，我都倒了大霉了！"

母亲毫不退让："不行！"

"妈，我已经很烦了，你能不能不要再逼我做我不想做的事了！"

"我不逼你能行吗！你要是不去，你今天也别回来了，我和你断绝母女关系！"

"你又要拿这个来压我？"宇萍也不服软，"断绝母女关系最好，那样就没人天天逼我相亲去了！"

李玉亚怒了："你！你说什么？你这是要气死我啊！"

"哐当！"电话那头传来一声巨响！

宇萍惊呼："妈？你怎么了？说话呀！"

没有应答。

宇萍一边焦急地冲出办公室，一边拨打了120："喂，120吗？我母亲好像在家里摔倒了，你们能派人去看看吗？地址是……"

宇萍驱车赶到自己家小区门口，只见医生正把母亲运上急救车。

宇萍哭着急问医生："我妈情况怎么样了？我是她女儿，你们带我一起去医院吧！"

坐在救护车上，宇萍一边看着已经昏迷、正在吸氧的母亲，一边泪如雨下地回忆起妈妈在养她到大的过程当中的点点滴滴——印象深刻的事情太多了，因为自己小时候体弱多病，妈妈经常请假带着她去就医，然后又请假在家

| 183

里陪她过好康复的每一天。记得那次中考，自己一连发了好几天高烧。考试一共三天，妈妈每一天骑着自行车送她到考场。路上要有十多里路，有两天冒着瓢泼大雨。送她到考场后，并不是很健壮的妈妈还要背着她爬到四楼的教室。由于距离太近，妈妈大汗淋漓的样子深刻在自己的脑海！考试结束，妈妈饿着肚子等候在学校门口，然后用自行车载着她去吃她最喜欢的鲜肉小馄饨……想到感人的一幕幕，宇萍泪如雨下，心如刀绞，觉得自己对待妈妈太过冷漠，回报太少，伤害过多，因而非常内疚……

经过抢救，母亲病情平稳了，被送进了特需病房，主治医生对宇萍说："送来的时候，你母亲血压达到了170。还好及时救治，不然随时有中风甚至心肌梗塞的危险！"

宇萍哽咽着自责："都是我不好，不该在电话里和她吵架的！"

医生批评："你们这些年轻人啊，现在连家长都说不得，动不动就大吵大闹的，不像话！你以后不能再和你妈妈吵架了，多顺着她，不要让她生气，她一大把年纪了，经不起折腾！"

"医生，我知道自己错了，"宇萍抽泣，"以后，我会报娘恩的……"

医生轻声赞同："你是行长，这是最起码的。"说毕离开了。

宇萍自责不已。她一直守在母亲的病床前，直到母亲终于睁开了眼睛。

宇萍惊喜道："妈！你终于醒了！快要吓死我了！"

李玉亚问："我怎么躺在这儿啊？"

宇萍汇报："你都不记得了吗？这里是医院，之前和你通电话，你突然晕倒了。"

"晕倒了？"李玉亚有些虚弱地说，"我想起来了，都是被你这个臭丫头气的！"

宇萍含泪讨饶："妈，我错了！我不该那么不懂事，到现在还让你操心，我真的是一个不合格的女儿！以后，我都听你的，一定好好地找男朋友！求你别再吓我了，好不好？"说完，宇萍动情地扑倒在母亲怀中，像个小女孩那样啜泣起来，边上的护士也开始抹泪。

李玉亚动情地说："尽管你认错了，妈妈还是要规劝你，你常常情绪不好，只能说明你格局太小；你如果心大了，任何事都是小事；你心小了，任何事都是大事。格局越小，情绪越糟；格局大了，情绪就顺了；比控制情绪更重要的，是修炼格局；控制情绪，提升眼界，修炼心境，做一个有大格局的人。"

宇萍含泪问："这么有水平的话语是谁教你的？不过我觉得蛮有道理的。"

李玉亚也是老泪纵横，摸着宇萍的头："那就好，那我才能放心啊。闺女，你是行长，快去上班吧，我好了，没事的。"

宇萍擦干泪水："那我走了，有事及时打我电话，我会立刻赶过来的。"

然后，宇萍给护士留下电话，依依不舍地离开了。

少顷，吴家山带了水果、牛奶什么的，大包小包一大堆，来看李玉亚。

见李玉亚醒着，吴家山放下礼品，欣喜地打招呼："妹子，醒啦？"

李玉亚惊讶："吴大哥，你怎么来了？"

"听说你病倒，吓死我了！"吴家山真诚地说。

李玉亚听了心头一热，差点掉泪："给您添麻烦，让您操心了！"

"别见外了，"吴家山说，"你住院了，我能不关心嘛！好啊，住特需病房，有腔调！肯定是你女儿孝顺！"

李玉亚咧咧嘴："还说孝顺呢，我都是被她气出毛病的！"

吴家山安慰："不至于吧？"

"家丑不可外扬。"李玉亚挥挥手，"不过多亏了这次生病，我女儿总算是答应我好好去相亲了！我呢，一下子毛病也全好了，医生说再观察几天，就可以出院了。"

吴家山高兴地说："太好了！你女儿毕竟是个孝顺的乖孩子啊。"

李玉亚平静下来："我女儿平时一直很听话，唯独相亲这件事，老是和我对着干，不过现在总算答应配合了。"

"也算是因祸得福，真是羡慕你啊，要不我也生场病，让我那臭小子也听点话？"

"别胡说，哪有诅咒自己生病的！"

"不是胡说！这是高招啊！妹子你想，如果我去弄张假的医院证明，说我得了重病，我那儿子再不给我找个媳妇，我能瞑目吗？"

"呸呸呸，您别说这些不吉利的话行吗？！"

吴家山听不进去："还有你，你也得继续病下去，不能这么快好。你病好了，你女儿又要不听话了！"

李玉亚点头："对啊，这是有可能的。"

吴家山继续开导："所以啊，我们老年人也要学会保护好自己。既要帮子代恋，也要让自己的精神生活充实、健康！"

李玉亚深有感触："非常有道理！确实，不能将宝完全押在子女身上！"

吴家山兴奋地说："看到你解开了心结，我要回去做饭了。让我们握手告别！"他向李玉亚伸出了双手。

李玉亚激动地回应。两双手紧紧相握，两对眼睛直勾勾地对视，都不肯松开。诚如柳永的词所言："执手相看泪眼，竟无语凝噎。"

吴家山回到家里，已是华灯初上时分。

见儿子在看他放在写字台上自己的体检报告，吴家山故作惊讶问儿子："啊？我的疾病报告单怎么在你手里？"

吴黎明一脸严肃："是在你写给我的信里发现的。"

吴家山自责："我年老糊涂啦，本来想瞒着你的，没想到夹到信封里去了，我都没发现！"

吴黎明急问："爸，这到底是怎么回事？你身体好好的，怎么会得这种病？"

吴家山坦白："你工作忙，我没时间和你说，最近我总觉得心脏不舒服，就自己跑去医院检查，没想到……"

吴黎明疑惑："心脏？可上面写的是前列腺啊？"

吴家山装糊涂："啊？是吗？反正机器老旧了，零件一个个都劳损了！"

"医院是不是搞错了？我现在带你再去医院复查！"

"我不要去医院，看到抽血什么的，就害怕！"

吴黎明奇怪地看着吴家山："不至于吧，以前杀鸡杀鸭你都敢干的，怎么？……"

吴家山有些慌张地胡编道："现在回归成老小孩了，怕见血。医生说啊，最重要的是静养，只要我每天开开心心，那比吃药打针有效得多！"

吴黎明半信半疑："有这种事啊？爸，这种大事你怎么不找我商量，我得找医生问清楚，你到底得的是什么毛病。"

"这些你就不要管了，自己的身体，我自己最清楚了。我现在唯一的心愿就是，你赶紧给我找个媳妇，让我在有生之年看到你成家！否则，我死不瞑目啊！"

"哟哟，罚什么咒啊？不过，你有病了，我哪还有心情谈情说爱啊？！"

"你要是不答应，那我现在就离家出走，就让我自生自灭吧！"

"好好好！我答应找个媳妇，还不行吗！"吴黎明向父亲保证。

"这还差不多！"吴家山解开一个保暖布袋，拿出好多食品盒，亲切地说，"我买了好多网红食品，咱们爷俩好好品尝一下。"

22

整个社会似乎都在关心大龄青年的婚姻问题，机关、企业、街道……都行动起来，创造各种机会，来解决这一社会问题。在这样的背景下，便自然而然地迎来了在茉莉花公园的所谓"轿车相亲会"。

那天，上下天光，惠风和畅，芳草萋萋。公园里人头攒动，当然，大多数是中老年人。

一块粉红色200平方米左右、图案温馨浪漫的背景板，边上布满了彩色气球。上书"轿车相亲会"。下面是一排广告语："车小可容蜜语多，牵手或将芳心获！"台上还放着两个抓阄箱。大喇叭里不断地播放激动人心的号召语："轿车相亲会，是我们幸福街道妇联、团委与立即汽车品牌联手举办的一项公益活动。热烈欢迎单身大龄男女前来参加！凭身份证在本项活动的秘书处登记过的青年男女，都可以通过抓阄，被安排进汽车里，进行15分钟的感情交流、谈情说爱。机会难得，万勿错过！"

背景板前，十辆崭新的各色新能源轿车排成两排，甚是气派。一些长期热衷于帮子女代恋的老头老太都前来助阵。吴家山和李玉亚又不期而遇。

吴家山主动打招呼："大妹子啊，你也来了？"

"来了，来了！"李玉亚热情回答，"吴大哥，谁想出汽车相亲会这种绝招的？我真是佩服得五体投地！"

"也是工会、妇联他们的一片好心，无非是让小青年变成干柴烈火，携手同行！"

"倒也是。您儿子想成为干柴吗？"

"他哪里是干柴？再这么下去，快成废铜烂铁了！但他敢不从，我就死给他看！你女儿呢？"

"我也对她放出狠话，如果不去，我就出家当和尚去！"

吴家山纠错："你不是当和尚，应该是当尼姑吧？"

李玉亚笑了："对对，是尼姑。修女也可以。"

吴家山开始一脸严肃："我反对！"

李玉亚提问："为什么？"

吴家山急切地说："你去当尼姑了，那我怎么办？！"

李玉亚听懂了吴家山的意思，脸微微红了："倒也是的……"

在一辆小车内，宇萍和一位陌生男子对话。

宇萍主动打招呼："你好，我叫宇萍，请问你怎么称呼……"

"不好意思，我先接个电话啊。"相亲男甲回应宇萍，然后对着手机说，

"喂，怎么回事？哦，那个楼盘啊，我跟你说，现在没到火候，绝对不要开盘，跟他们耗着！对对，再屏住一两个月，必涨50%，到时，是否开盘，听我的！挂了。"

相亲男甲放下手机，对宇萍说："对不起啊，公司准备上市，事太多，太忙。您说，您说。"

宇萍不以为然："那我先自己介绍下吧，我现在就职于一家银行……"

相亲男甲打断宇萍的话："对此我不感兴趣！"

宇萍讥讽地："你大概对在这么个狭小空间里，有些亲密的接触感兴趣。"

相亲男甲："聪明，给你猜对了！主办单位举办今天这个活动，就是有这个意图。"

宇萍笑笑："也太恶俗了吧？"

相亲男甲反驳："别装好不好？关于女性是否成为白领，我先表个态，我觉得，女人结了婚就应该把工作辞了，安心在家带孩子最重要！所以，不必成为白领，我绝对养得起你！首饰、包包、鞋子，随便你去买！"

宇萍笑复："那我告诉你，我是属于那种宁可不结婚，也要当高级白领的女性！"

相亲男甲一脸狐疑："哦，你不会是从外星来的吧？"

另一辆小车内，双方接触时，也有类似的疑问。

吴黎明与相亲女甲在一起。冷场了几十秒。因为吴黎明对于相亲女甲太过浓妆艳抹不太接受，刺鼻的香气使他受不了，准备打开车门。

他立即被相亲女甲制止："别，别！"她打量了一下吴黎明，"冒昧地问一个问题，可以吗？"

吴黎明坦荡回复："你问吧。"

相亲女甲居然问："你是否有男科方面的疾病？"

吴黎明吃惊："可以明确地告诉你，我是一个健康的男人！"

"那你为什么见了我这样年轻漂亮的女子，一点冲动都没有？还想打开车门……"

吴黎明笑了："我在内心埋怨我父亲，怎么把我赶到这样的地方来相亲？！"

"这种地方不好吗？可以让你们男人搞些小动作，又不至于让别人看见。"

"你是否对小动作有所期待？"

"都什么年代了，难道不可以吗？"相亲女甲冷笑道，"咱们换个话题吧，请问你有房吗？"

"是这样，我家就一套房，我现在和我爸同住。"

"也就是说你没有单独的婚房咯？"

吴黎明平静地回答："嗯，可以这样推断。"

相亲女甲："没房好呀！你来看看我们的项目，中环内绝无仅有的稀缺房源，70到200平方米任你选择，首付只要30%。"

吴黎明吃惊："哦，原来你不是来相亲的，你是中介，来推销房产的！"

相亲女甲："是呀，角色可以任意切换。男方若有钱，我们可以谈相亲事。碰上男方条件差的，我们可推销各种档次的房产，包括家装和其他各种服务！"

吴黎明转过脸看着窗外："我的天，相亲会，商业味变得这么浓重！"

相亲女甲发出疑问："你是否来自外星啊？"

时间，永远是翻篇的能手。这不，社会各界给力的婚介活动又来了。

几天后，天时楼盘销售处的门口大屏上在播放着公益广告："各位路人，将在星期天上午九点整，本房产的大型绿地上，举办八分钟帐篷相亲会。有诚意参加的大龄男女青年，可携带身份证，前来报名。"

鱼丽君路过见了拍手叫好，马上掏出手机给李玉亚打电话："宇萍妈，对，我是鱼丽君啊。星期天上午九点整，有个帐篷相亲会。对对，一定得动员您女儿来参加哦！"

李玉亚问："你跟她直接说不行吗？"

鱼丽君坦承:"她呀,这段时间,因为在相亲事上,我捷足先登,对我有意见。所以……"

李玉亚明白了:"行,行。我跟她说。"

王亦民骑着电瓶车路过,见了大屏上的广告,立即刹车,掏出手机,打了起来:"吴黎明吗,这里有个活动,最好来看看……"

几天后,天时楼盘的中央绿地上,搭建了八个相亲帐篷。在蓝天白云、彩旗飘扬的映衬下,煞是好看。

绿地上,六张红布的圆桌旁,十几个工作人员在忙活着,他们组织并带领着一对对前来参加活动的剩男剩女,进入以不同名字命名的帐篷。许多家长和亲属也来到不远处的树荫底下,心情复杂地注视着进入帐篷的一对对男女。

李玉亚又带着望远镜出现在他们身后,看着女儿和一个男子一起进了一个名叫"爱丽舍宫"的绿色帐篷,她的内心五味杂陈,自语:"谁想出'帐篷相亲'这种鬼名堂,我算是服了!这不明摆着鼓励人家乱搞男女关系吗?"

边上一位老太听见了不屑地批评道:"封建脑子!都什么年代了?"

"对对,我太落伍了!"李玉亚认怂,"不过,八分钟,也不至于出啥事。"

老太不依不饶:"就是嘛!就说我那闺女都快成老姑娘了,可还从来没有做过人呢!我倒是欢迎男人吃吃她的豆腐!"

李玉亚扑哧一笑:"要是以前啊,这种论调,恐怕只有在疯人院里才能听到!"

在另一片绿荫底下,出现了戴着遮阳帽和墨镜的吴家山。他从包里掏出望远镜,也在眺望那个叫作"爱丁堡"的橙色帐篷。

"爱丽舍宫"帐篷内。宇萍第一次和一个陌生男子贴得如此近,打破了彼此的安全距离,便往后挪动想要增加彼此之间的距离,但效果并不显著。

相亲男乙:"宇小姐,离你这么近,还是一点儿瑕疵都没有看见,你真的太漂亮了！"

宇萍平淡作答："哦……谢谢。"

相亲男乙打探："是不是去韩国做的？"

宇萍起身："哦，我要告辞了。"

相亲男乙急了："对不起，对不起，我不八卦了，总行了吧？"

宇萍重新坐下："下不为例哦！"

"好，我们谈正经的。宇小姐不会没谈过恋爱吧？看你紧张的样子可真可爱！"相亲男乙边说边伸手摸了下宇萍的脸。

被宇萍推开："你做什么！别动手动脚的好不好！"

相亲男乙马上住手："抱歉抱歉，有些失礼了。但我想主办方搞帐篷相亲，不就是鼓励年轻人有些肌肤接触吗？"

宇萍埋怨："那也要看人家愿意不愿意。"

"对对，我们应该互相了解一下，再进入下一步。请问，宇小姐是在哪里工作啊？"

"我在银行工作。"

"这么巧？"

"你也是银行的？"

相亲男乙回答："我以前在银行待了8年呢，现在改行种菜了！"

宇萍笑道："你这跨度也太大了些吧？"

相亲男乙介绍："你不知道，现在的人都讲究健康，有机蔬菜什么的，市场不要太好！"

在"爱丁堡"帐篷里，也很有趣。吴黎明不太自在地跟相亲女乙在一起，相亲女乙倒十分放松，她身材臃肿，看上去年纪偏大。

相亲女乙先打招呼："帅哥，你好呀。"

吴黎明皱着眉说："你好……阿姨……"

相亲女乙不悦了："你好讨厌，什么阿姨，人家还是黄花大闺女呢！"

吴黎明尴尬道："这样啊？抱歉！"

此时一只不大不小的虫子不知道从哪儿冒出来，飞到相亲女乙的胸口上，停在那里。

吴黎明指着她的胸口提醒道："你那里，你那里。"

相亲女乙娇羞地说道："哎哟，你往哪里指啊？"

吴黎明见虫子还在前进，伸手想把虫子取下来，被相亲女乙用手挪开。

相亲女乙羞答答地说道："你怎么这样子的啦？对人家动手动脚的！人家还没有自我介绍呢，你就这么猴急！"

"不是不是，你误会了，我是想说，有只虫子爬在你胸口……"

"哎哟，你的心思都被我发现了，还找什么借口呢？人家又没说不愿意咯。"

相亲女乙说着说着就扑到了吴黎明怀中，吴黎明紧急一让，她扑了空。

吴黎明解释："你真的误会了，我对你没有任何非分之想，我发誓！"

相亲女乙嗔怪："你这个人真没劲，不像个男人！"她低头突然看到一只大虫子爬在胸口，惊慌失措地大喊大叫，"啊啊啊啊啊，救命啊！"

相亲女乙一边叫喊一边冲出了帐篷。

远处观战的吴家山气得擂了一下自己的大腿："唉——都是帐篷惹的祸！"

另一边的"爱丽舍宫"帐篷里。

宇萍和相亲男乙有了共同话题，气氛缓和了不少，李玉亚也松了口气。

相亲男乙说："没想到我们两个还是有很多相似之处的嘛，宇小姐，你现在应该放松不少了吧？我想，我们该进入下一步了。"相亲男乙突然牵起了宇萍的手。

宇萍紧张地问："什么下一步？你要干什么？"

相亲男乙："你不知道帐篷是派什么用场的吗？这里这么私密，没人看得到，你就不要假装矜持了好不好？"

宇萍警告："你别过来，别耍流氓哦！"

已经靠近帐篷，在旁边偷听的李玉亚冲了进来，一边喊一边打："你个小王八蛋！干什么！想吃我女儿豆腐！？"

相亲男乙见情况不妙，连连讨饶："阿姨，你误会我了……哎哟，哎哟，我再也不敢造次了！"

李玉亚急问女儿："萍萍，没事吧？"

相亲男乙趁机溜走，李玉亚想要追上去继续追责，宇萍拦住："妈，别追了！"

李玉亚愤愤地说："怎么能不追！就该把这种人关起来，免得祸害其他小姑娘！我还得找主办方问问，你们找来的都是什么人啊？！还有，什么帐篷相亲会，这不是怂恿人家犯罪吗？！"

宇萍看看手表笑道："要犯罪，也不可能！你看，八分钟也到了，主办方的这种算计也太精准了！"

李玉亚检讨："也怪我太性急，以为拣到篮里全是菜，一看到相亲会，就急着动员你来参加！"

宇萍如实相告："我也是着急想找个男朋友让你放心……不对啊，妈你不是应该在医院吗？怎么自己跑出来了？"

李玉亚一愣："我？我这不是担心你吃亏吗？"

宇萍笑着点穿："你一直在监视我！前几天你还那么虚弱，刚刚又是骂人，又是打人，中气十足的样子！妈！你是不是一直在骗我！"

李玉亚假作无辜："听妈妈解释，不是你想的那样！"

宇萍平静相告："其实你没病，害我担心了那么久，以后，你说的话，我再也不相信了！"说完，也不顾母亲感受，跑开了。

李玉亚追赶："你给我回来！"

吴家山见了匆匆赶来，拦住李玉亚："大妹子，怎么啦？"

李玉亚趴在吴家山的胸口，哭诉道："当老姑娘的妈妈太难了！呜——"

吴家山也顾不上旁人的目光，轻轻地抱着李玉亚说："别哭，别哭，好事多磨嘛。"

23

心理咨询中心每天都不乏前来就诊的病人和陪同的家属。

门上贴有"心理咨询中心3号门诊室　主治医生：那良"的招牌。宇萍经过乔装打扮，戴了一副深黑色镜框的眼镜，戴上长波浪假发，正在向身穿白大褂的那良讲述病情。

宇萍说："医生，我快要崩溃了！不知道该怎么办才好。"

那良相当自信："有我这个心理专家在，没关系的，慢慢说吧。"

"我母亲，她一直逼我参加各种相亲会！那些相亲会，要多恶心就有多恶心！我真的不胜其烦！"

"可你妈都是为了你好，你也的确处于谈婚论嫁年纪的末端期，为什么没有结婚的打算呢？"

"一方面我现在正是事业上升期，我不想让恋爱、结婚分散自己的精力；另一方面，我的确还没有遇到对的人。"

那良说："于是每一次相亲后，几乎每晚都要被吓醒！然后，就是长时间的失眠！"

"都让您猜到了！"宇萍承认，"是的。我妈居然装病，逼我去相亲，我觉得她已经走火入魔了！"

那良平静地推断："所以，你陷入了既不想去相亲，又不想辜负你母亲一片好心的两难境地。这是焦虑症的早期症状。还好，发现得及时，完全可以治愈！我给你开两个药方。"

宇萍信任地说："请说！"

那良继续指导："第一，你可以先放下工作和相亲的烦恼，给自己放一个长假，出去旅游，让自己换一个环境，换一种思绪。其次，我给你开点解除烦恼的中西药，如何？"

宇萍点头赞同："好的，好的。"

"作为心理医生，我还有一个忠告。对于女性来说，一个合适的婚姻，往往可以让她一辈子远离心理疾病！"

"哦，这我还从未听说过……"宇萍坦陈。

当天夜里，在离家不远的咖啡厅里，吴黎明邀请小兄弟王亦民来聊天。

王亦民兴奋地告诉吴黎明："听说我们银行的女魔头最近请了年假。好啊！这样我总算能过几天没有心理压力的好日子咯！"

吴黎明不太清楚，便问道："女魔头？就是你提起过的上司？"

"就是她，这么大年纪了也不结婚，估计是没人能忍受她的怪脾气！"

"留点口德吧，我跟她也算得上是'同为天涯沦落人'。"

"男女可不一样哦，男的年纪大了单身，那是'钻石王老五'，很吃香的！"

"哪有我这么穷的王老五！不说这些不开心的事了，我下礼拜要去趟苏州。"

"去苏州？天堂啊！"王亦民笑着提醒，"那儿出美女的！"

"那边有个宋代历史人物研讨会，要我演讲的，"吴黎明回答，"谁还有心思去注意美女。"

王亦民一本正经感叹："我的意思是，你如果有方向了，我这儿就可以歇菜了。"

宇萍家平时即使在白天，也不大有人来串门。

李玉亚一个人坐在沙发上抽泣，这时音乐门铃响起，李玉亚急忙起身开门，站在门口的竟是吴家山。

李玉亚赶紧把眼泪抹去问道："吴大哥，您怎么来了？"

吴家山回答："我这不接到你的电话就赶过来了嘛。到底怎么了？"

李玉亚哽咽："我不想活了，女儿离家出走了！这下，我该怎么办啊？"

吴家山耐心劝导："你先坐下，慢慢说，慢慢说。"

李玉亚如实道来："之前您不是让我继续装病嘛，有一次闺女相亲，我偷偷跟着她，被她发现了！她说我骗她，就很生气，留了张条子离家出走了！也没告诉我去哪儿，打她电话也不接，真是急死我了！"

"你别瞎想，她是去散心，想明白了自然就会回来。这样知书达理的女儿，你不用担心的！"

"你是站着说话不腰疼！我只不过是想让女儿有个好归宿，结果弄成这样！你说我是不是做错什么了？"

吴家山搂着李玉亚的肩膀安慰："你当然没有做错了，做父母的任务就是让儿女幸福啊！"

李玉亚也没推开吴家山，反而依偎在他厚实的胸口上："可是女儿都不要我了，没指望了，还是出家当尼姑去！省得再为这些事闹心！"

"说这些傻话干吗？"吴家山继续规劝，"我还不是一样，儿子永远指望不上。我看啊，以后干脆别管他们的事了！把自己的日子过得潇洒、自由就好了。"

李玉亚抹着泪："我怕我自己忍不住要管啊。"

吴家山说："我们越管他们，他们越叛逆。干脆放手，以退为进，说不定会有好的结果。我们得把我们的退休生活，过得精彩一些！"

李玉亚瞪大眼睛看着吴家山："我们？"

吴家山予以肯定："是的，我们！为了把儿女拉扯大，我们已经苦熬了十几年，应该结束孤独了！"

李玉亚点头："说的也是啊。"说完，更紧地依偎在老吴的胸口。真的，自从老伴去世后，她已经多年没有这样的安全感、踏实感和温暖感了……

24

在中国一直有"上有天堂，下有苏杭"一说。苏州之美，自不待言。这些年，这座古城完全跟上了现代化的节奏。人口急速增加，好多国际名牌商品都在这里设店。

吴黎明来到市中心四处闲逛，对于这些世界品牌不感兴趣，看到一家外文书店，毫不犹豫地推门进了店，找找自己感兴趣的书看看。当他行走在书架间，意外看到一个正在翻书的女子似乎有些眼熟，此时女子也仿佛感应到什么，瞥了一眼吴黎明。

吴黎明一惊："怎么又是你？"

宇萍笑道："真是冤家路窄啊，我都躲到外地了，你怎么也会尾随而来？"

吴黎明被逗乐了："真是奇怪，说得好像我在跟踪你似的。"

宇萍的嘴也很厉害："最好不是！"

吴黎明问："你外语一定不错吧？"

宇萍微微一笑说："马马虎虎。"

"谦虚了，"吴黎明说，"为了摆脱'跟踪'之嫌，我应赶紧离开。"

"悉听尊便！"宇萍说。

现在的苏州也成了不夜城，光怪陆离，美不胜收。

宇萍独自坐在喧嚣的福临酒吧的僻静处，点了一杯鸡尾酒、一份披萨和一份水果，慢慢品尝。孤独的她沉浸在自己的世界中，不理身边的嘈杂，一边喝着洋酒，一边想着心事。

直到一曲音乐飘进她的耳朵里，宇萍才回过了神。只见酒吧中间的舞台上，驻唱的乐队撕心裂肺地唱着："原谅我这一生不羁放纵爱自由，也会怕有一天会跌倒，背弃了理想谁人都可以，哪会怕有一天只你共我……"

随着歌声，宇萍的思绪又飘到了远方，想起往事，想到了母亲，泪水居然不自觉地流了下来。

突然一个男声打断了宇萍的思绪："嘿，真巧啊，我们又遇到了。"

宇萍回过神来，立马擦掉眼泪，转头望去，又是吴黎明："是你？真是阴魂不散啊。"

"阴魂就阴魂，"吴黎明也不争吵，笑问，"我可以坐下吗？"

"随意，这里又不是我的地盘。"宇萍平静作答，随即叫服务员，"给我再添一份同样的。"

服务员回答："好咪！"

吴黎明坐在宇萍的对面："其实我早就看到你了，本来不想和你打招呼的，但是，你好像和我一样，很喜欢这首Beyond的《海阔天空》。"

"你怎么知道我喜欢？不过，的确如此，我还是学生的时候，就最喜欢听这首歌。"

"他们的歌声里仿佛有无穷的力量。"

宇萍惊喜："没错，是这样，给当时弱小的我很大的鼓舞。"

服务员给吴黎明端来了同样的酒和菜。

吴黎明突然问："随便问一下你，刚刚为什么会流泪呢？"

宇萍又喝了口鸡尾酒，有些微醺，竟对着"死对头"说出了自己的心事："那还是在我上初中的时候，本来我们一家三口生活得很幸福，可是我爸突然得了癌症，妈妈一个人要承担起养家的重任，还要支付巨额的医药费，每天从早忙到晚，要打两三份工，很辛苦。可是，没过多久，爸爸还是走了，只剩下我妈一个人，把我拉扯大。那时候，我就发誓，将来一定要赚大钱，让我妈过上好日子！"

"哦。"吴黎明若有所思。

宇萍无奈一笑，继续说："可是讽刺的是，我现在那么努力工作，都是为了我妈，她却根本不理解我，还说我就是因为太专注于工作，才找不到男朋友！"

吴黎明附和道："没想到你坚强的外表下，还有这样的过往，其实我家也是单亲家庭，我爸也是成天嚷嚷着让我成家立业，父母都是一个样子。"

"是呀,我记得我们第一次见面是在一个相亲会上。"

"对对。我们还真是同病相怜,来,我敬你。"

宇萍和吴黎明碰杯后又喝了一大口,说:"我知道我妈是为我好,但相亲真的是不靠谱。"

吴黎明又表示同意:"谁说不是呢!这一次次遇到的人,也真是大开眼界了。"

宇萍笑道:"一语中的,我懂你说的!"她一下子觉得对方也很儒雅,并非不可接近。

吴黎明也笑道:"我们之前有过很多误会,不如从今天开始重新认识吧!你好,我叫吴黎明,口天吴,黎明就是早上的意思。大学讲师。"

宇萍回复:"你好,我叫宇萍,宇宙的宇,萍水相逢的萍,真是不打不相识啊!"

吴黎明主动提出要留下联系方式,宇萍愉快地答应了。

两人分开后,吴黎明第一时间给宇萍发了一条短信:"缘分是一首歌,是一种美丽,它浅浅地滋润着柔柔的心,一次遇到,一种心情,温暖了潮湿的季节,一首诗,一段文字,让生命精彩,让缘分美丽,无须承诺,无须誓言,守候不变,人生路上有你、有我,请珍惜今生的遇见!珍惜遇见的缘分。"

宇萍回复:"同意!谢谢!"

25

两天之后,吴黎明下班回到家,发现父亲身着一件老款的西装,系着领带在照着镜子,还往头上喷着"摩丝",一看就是在精心打扮。对此,吴黎明多少感到有些意外。

吴家山见到儿子,主动打招呼:"回来啦?等我热下汤你就可以吃饭了。"然后一边哼着小曲,一边端起汤锅放在灶台上。

吴黎明马上进行猜测:"爸,你今天大概不跟我一起吃饭吧?"

吴家山回答:"你一个人吃吧,我约了朋友谈事,喝点小老酒。"

吴黎明继续推测:"爸,你最近大概很忙吧?好久都没问我的事了,是不是不关心你儿子了?"

"问了你也没句实话,我干吗自讨没趣啊?"

"那你最近身体怎么样?不去看病了?"

吴家山把汤端上桌:"看什么病?现在身体倍棒!哎,吃好自己把碗洗了,我有事走了。"然后又去照了照镜子,往自己的衣领上喷了点男用香水,出了门。

吴黎明自语:"最近老爸真的好奇怪,这么大年纪了,突然时髦起来,会不会在谈恋爱?这事与我关系密切,得关心一下此事哦。"

没想到星期天,吴黎明的老爸邀请儿子到甜蜜咖啡店的露天观景平台去喝咖啡。

吴黎明没去过那地方,只得跟老爸朝着咖啡店的露天观景平台走去。

吴黎明问:"爸,你说有什么事情要宣布啊?我这是要和谁碰头?"

"你哪儿拣来那么多的问题,"吴家山笑道,"等会儿就知道了。"

吴家山带着吴黎明到达约定的地点,发现李玉亚已经到了,端坐在那里。

吴家山高兴地说道:"妹子,你已经到啦!给你介绍一下,这是我儿子,吴黎明。"又对吴黎明说,"儿子啊,跟李阿姨打个招呼!"

吴黎明疑惑地执行着父亲的指令:"李阿姨好!"

李玉亚起身示意:"你好你好,小伙子长得真精神!快坐吧。"

三人落座,吴家山问:"你闺女今天没来啊?"

李玉亚说:"去洗手间了,一会儿就过来。"

说话间,宇萍就回来了,看到妈妈身面多坐了两个人,之前妈妈跟她说起过,今天是来见她的一个朋友,就马上打招呼:"您就是吴叔叔吧?您好,我叫宇萍,"见到了吴黎明,深感惊讶,"咦——你怎么也在这儿?"

吴黎明也有些惊讶，他自嘲道："我，我是阴魂不散，阴魂不散，呵呵……"

宇萍嗔怪："别这样，好不好？"

李玉亚打量两人，笑问："怎么，你们两个认识啊？"

吴家山提醒："你忘了，我们不是安排他们见过面，相过亲吗？"

李玉亚说："可我记得那次萍萍不是说，两人没见到面吗？"

大家不由得相视一笑。

"别说我俩了，"宇萍说，"妈，言归正传，你把我们约出来究竟是要宣布什么事？"

吴黎明红着脸问："不会又是要给我们两个相亲吧？"

李玉亚否认："不是，我们约你们两个小辈出来，是想说……哎呀，老吴，还是你说吧！"

吴家山牵起李玉亚的手，稍有些忸怩："我们，我们两个想结婚，征求一下你们的意见。"

吴黎明大惊："爸！你说什么？！"

宇萍也吓了一跳："这也太突然了吧……"

"是有些突然，"吴家山继续介绍情况，"我们两个呢，商量过了，决定选一天把结婚证领了，婚礼呢，就不办了。"

李玉亚微微有点羞赧："对于老吴的意见，我是同意的。"

宇萍有点恍然大悟了："等等，这信息量有点太大了！我男朋友还没着落，我妈却要结婚了，这也太戏剧化了！"

吴黎明缓过神来："我没有意见，我爸和李阿姨都还年轻，一个人孤孤单单的，两个人可以互相照应，是一桩好事啊！我举双手赞成！"

宇萍白了吴黎明一眼："你倒是想得开，口气真大！"

李玉亚坦白："之前我的生活里只有女儿，一直围着萍萍转，但是前段时间发生了那么多事，我也看开了。儿女自有儿女福。萍萍啊，以后，我就不再追着你催婚了，我要好好享受夕阳红了！"

宇萍讽刺："妈！看来，你比基辛格还要会装，把全世界都懵了，真是令人佩服得五体投地啊！"

吴黎明规劝李玉亚："李阿姨，你别理她，我觉得你和我爸特别般配！"

宇萍坦陈："我倒也不是不同意，就是一时之间没法接受……"

吴家山说："其实我们已经决定在一起生活了，只是通知你们一声。真正要和你们商量的是，我俩结婚之后，应该会搬到一块儿住，但是目前呢，你们两个都和我们老的住在一起，我们想，要么在两家轮流住，要么我们出去租房子住？"

李玉亚潸然泪下："说实话，要离开萍萍，我是舍不得的！想等看到萍萍嫁人了，我才放心。所以女儿啊，我想请吴叔叔搬到我们家来住，我们家还算宽敞，不知道你怎么想？"

吴黎明抢先："那家里就剩我一个人了，我爸也省事了，从今往后啊，不必再开伙仓了？"

宇萍揶揄："一个大男人，早就该自力更生了！"

吴黎明反唇相讥："说得轻巧，别忘了自己！"

李玉亚连忙阻止："好了好了！你们俩怎么还吵起来了！要不这样，小吴也搬到我们家来，我把书房腾出来，这样方便互相照顾！"

"谢谢美意！"吴家山急忙摇手阻止，"这样不太好吧，对宇萍来说也太不方便了。"

宇萍有点难堪："对啊，家里一下子多了两个男人……"

吴黎明马上谢绝："李阿姨，你的好意我心领了，不过还是不要麻烦你们了吧！"

李玉亚说："怎么会麻烦呢？你想想，你们都住过来，你们家的房子可以租出去，还能贴补家用呢。我听说你饭也不会烧，你一个人待家里，每天吃什么呀？"

宇萍悄声对母亲说："妈，我要去趟厕所，你陪我一起吧！"

李玉亚不解："怎么又要去了？"

宇萍制止："别啰嗦，跟我走吧。"

说着，宇萍拉着李玉亚下了露台。

看着母女俩走远，吴黎明对吴家山说："老爸，您今天的做法，儿子真是佩服得五体投地！"

"怎么样？老爸给你做榜样了！"吴家山自豪地说。

"是啊，是啊，"吴黎明继续讥讽，"常言道，姜还是老的辣！"

在甜蜜咖啡店厕所门口，李玉亚问女儿："拉我过来做什么？有什么话不能当他们面说？"

"妈，你要寻找自己的幸福我支持，"宇萍提醒道，"但你不能一点戒心都没有啊！随随便便让他们父子俩住进来，妥当吗？"

李玉亚驳斥："一家人住一起有什么不对啊？住一起才能培养感情啊！"

"你真是很傻很天真！所以世界名著里说啊，恋爱中的女人智商为零！"

"你到底要说什么？"

宇萍据理力争："第一，距离产生美，住在一起非但不能培养感情，还会增加矛盾！第二，你有没有想过，他们父子鸠占鹊巢怎么办啊？"

李玉亚不解："你担心小吴抢了你房子啊？"

"防人之心不可无！"

"你这小姑娘真是的！那妈妈答应你，第一，房产证交给你保管；第二，不把老吴的名字写上去；最后，也不让小吴住过来就是！"

宇萍马上又制止："不行不行，小吴住过来是可以的。"

"着急了吧，大学教师也是不错的！"李玉亚瞥了女儿一眼，"你啊，就是心眼多！"

"我是说，最好呢，做个婚前财产公证。"

"好了，好了。这下，我终于明白了，你为何成老姑娘的原因了！"

宇萍生气了："妈！你也这么唱衰我！"

李玉亚无奈地开导："想想看，我和老吴还有多少年可以活？房子将来都归你的。你说你孝顺,你就不能让我这个老太婆晚年过上几年称心如意的日子?"

宇萍陷入了沉思。

26

宇萍家里,忙得不亦乐乎。

小说如果用一组快割镜头介绍,可以简约得多,不妨试试:从整理房间到收拾行李,在一番忙活之后,李玉亚、吴家山、宇萍和吴黎明四个人总算开始了他们的"同居"生活。李玉亚和吴家山两个人,每天一起锻炼、一起做饭、一起看书读报……感情越来越好;四个人最多的时候是一起吃晚饭,宇萍聊聊奇葩客户,吴黎明谈谈学生们的趣事,气氛甚是融洽。

某个阳光明媚的周末早上,宇萍一觉睡到自然醒,像往常一样先到浴室洗了个澡,然后裹了浴巾就出来了,走到餐厅,看到吴黎明正面对她坐着吃早餐。

听到声响的吴黎明抬起头来,宇萍大叫:"啊啊啊啊!"

吴黎明阻止:"你鬼叫什么呀?又什么都看不到。"

宇萍红着脸转身快步回房间,慌乱之间却自己绊倒了自己,宇萍眼看着地面离自己的脸越来越近,手却拽着自己的浴巾不敢放手!就在这危急时刻,吴黎明一个箭步过来,一把拉住了宇萍的浴巾,终于止住了宇萍下跌的趋势!

宇萍大声说:"你再扯就要把我的浴巾扯下来了,你快点放手!"

"我放手你可就摔下去了!"吴黎明辩白,"好心没好报!"

吴黎明说着放了手,只听扑通一声,宇萍应声摔在了地上:"啊呀!好痛!"吴黎明立即奔上前将宇萍抱了起来。

此时的宇萍五味杂陈,与其说是有点小害羞,还不如说是被宠的兴奋、感动、新奇和被异性接触、关注的某种欣喜……

而吴黎明在这个过程当中，一方面被自己所谓的绅士风度的展现感到有点得意，另一方面，也闻到了宇萍身上散发出女性特有的香味，这使得吴黎明的内心狂跳不已，这种激动是他从未感受过的，作为一个正常的男人啊，说在身体接触年轻女性时一点感觉都没有，这个肯定是在骗人。他兴奋地跑进了厨房，把自己仅有的那几个做拿手菜的手艺都要展现出来。一边干活，竟吹起了口哨——小曲《今天是个好日子》。这是吴黎明从未有过的举动，他领略到了一种非常美妙的感觉，以至不断地露出笑容……

宇萍换了一身浅绿色的套裙走出房间，只见餐桌上摆好了热腾腾的瘦肉皮蛋粥、糖醋小排、炒菜心和刚煎好的荷包蛋。

宇萍有点惊喜，轻声问："这是你做的啊？"

"嗯，刚刚做的，"吴黎明幽默作答，"算是抚慰女神受伤的心灵。"

"谢啦！"宇萍从容坐下，一边品尝，一边夸奖，"咿，皮蛋粥里还记得放点胡椒粉，荷包蛋还是流黄的呢！你不是不会做饭的吗？"

"煎荷包蛋是我的拿手绝活好不好？虽然，其他的都是在网上学的，厨艺基本上属于三脚猫。"

"味道确实好！有大厨的风范！"

吴黎明瞅了瞅宇萍："我看你额头有点泛红啊，敷点冰块吧，肿起来可就难看咯！"

宇萍一边用手摸了一下，一边起身去照镜子："肿起来了啊？啊，疼！都怪你不知道怜香惜玉。"

吴黎明狡辩："明明是你自己叫我放手的……"

宇萍嗔怪："那你也不能让我真的摔在地上啊。"

吴黎明无奈地摇摇头，起身从冰箱里取了点冰块出来，用塑封袋装好，然后找来一块毛巾贴心地帮宇萍贴在她的额头上："太冷了吗？"

宇萍有点小感动："谢谢啊，挺舒服的……"

宇萍突然警惕地环顾四周，这才发现，家里怎么只有他们两个人："我妈和你爸呢？"

吴黎明平静作答："你自己看纸条，我起床他们就不见了，就留了这张字条。"

宇萍拿过纸条读了起来："萍萍、小吴，我们俩报了旅行社，去乌镇玩两天，这两天你们自己照顾好自己，勿念！妈妈。"

宇萍责怪："妈妈竟然一声不响地就自己跑出去潇洒了？"

吴黎明回答："是啊，老年人的爱情同样疯狂！我们被无情地抛弃了。"

宇萍微怒："那这两天的三顿饭都要我们自己解决？"

"看起来也只能这样了，唉——"吴黎明叹息，"突然有一种难民的感觉。"

"也没那么严重好哦！"宇萍被逗乐了，"那我不吃了，就当是减肥。"

"你想成仙啊？两天不吃东西？"

"那就叫外卖吧！或者出去吃。"

"要不我们先试着自己做做看，不行再说？"

"可以啊，我看好你哟，荷包蛋大师！"

吴黎明坚定表态："我就不相信我这堂堂大学讲师，还能被小小的厨艺难倒了！"

宇萍顺势鼓励："说得对，不就是做顿饭吗？我来当你下手。"

吴黎明接口："好啊。"

宇萍感慨："仔细想想，我妈和你爸三十多年把我们拉扯大，太不容易了，现在他们也该寻找自己的情感世界了！"

吴黎明附和："说得对啊！我们上班后，他们一直过着十分孤独的生活，等于在做我俩的用人……"

27

江南的山川之美，举世皆知。浙江的山岭一般都不太高，被绿色植被所覆盖，如诗如画。绿色丛中，偶尔也可以看到片片枫叶和各种各样的鲜花，非常漂亮。高速公路犹如一根根金链，串起这绿山丘陵。有时候，也可以看到一些零零星星的欧式别墅和一些养殖农场，经过一些村镇的时候，不仅可以看到非常现代化的公寓，各有特色的高楼，也可以看到很多各种颜色的现代轿车。这几年高速公路发展得很快，往往不是三条车道，而是五六条车道，宽阔得可以滑行飞机……

旅游车上的乘客都穿得整整齐齐，特别是中老年女性，大概为了拍照的需要，大多都穿得非常花哨。她们往往都戴着进口的帽子，涂脂抹粉。相比之下，男爷们穿得比较随便。当然也有个别比较苗条的老汉，居然穿着白色的西裤，上面是红色的衬衫，显得非常时髦和性感。

吴家山和李玉亚相依而坐，尽兴地饱览窗外的江南美景。

吴家山问："玉亚，怎么突然想要去乌镇玩呀？你喜欢乌镇吗？"

"你怎么反应这么迟钝？"李玉亚笑答，"我们出去玩只是表象！"

"我懂的，其实，我们早就该拥有两人世界了！"

"瞧你老不正经的！我是在给他们两个小辈创造独处的机会！"

"他们？我儿子和你闺女？"

"你一点儿都没察觉吗？"

"什么啊？"

"你儿子和我闺女有戏！"

吴家山疑惑："不会吧？我看他们见面就吵架。"

李玉亚笑道："你不懂，这就是缘分呀，欢喜冤家都是这样的，吵着吵着就吵到一起了！"

"我看你是爱情片看多了。"

"就算是吧，我就是要给他们创造机会，让他们互相了解。"

吴家山埋怨："你也真是的，不久之前还在说不操心小辈的情感世界了。"

李玉亚自信满满："反正，我直觉他们俩很合适！不信，我们拭目以待。"

吴家山将李玉亚的手捏得更紧了。

李玉亚深情地看着老吴，然后紧紧相依……

有句老话叫作："说到曹操，曹操就到。"此时的宇萍家出了点状况——厨房飘出滚滚浓烟，宇萍跑出来咳个不停："咳咳咳咳……"

吴黎明跟着跑出来："你跑什么呀！"

"呛死我了，"宇萍质问，"可你怎么也出来了，放着锅在烧就不管了？"

吴黎明笑答："我把火关掉了，哪像你，就只顾着自己逃命！"

"再不逃可要出人命了！跟你说别放那么多油吧，你还不相信，油溅得到处都是。"

"就会动张嘴，你行你上呀！"

宇萍妥协了："行行行，不和你吵了，进去看看你的杰作吧。"

此时，厨房里烟散去了不少，但是充斥着一股焦味，打开锅盖一看，鸡翅膀都煎得发黑了，这道菜的烹调完全失败了。宇萍和吴黎明看着厨房的一片狼藉和各自的狼狈模样，无奈地相视一笑，几乎异口同声地说道："我们还是出去吃吧！"

出了豪宅，宇萍和吴黎明一前一后，像排着队往小区大门口走去。

宇萍马上退到吴黎明身边笑着嗔怪道："啊呀，你这个大学讲师成了我的跟屁虫了！没想到你比我还封建！"

吴黎明红着脸对身旁的宇萍说："不瞒你说，我还没有过相同的经历！"

见门口站着一个保安，正瞅着他俩，宇萍笑骂："想标榜自己的处男身份吗？我要让你破防！"说毕，竟大大方方挽住吴黎明的臂膀行走。

吴黎明的脸红得像苹果，心脏狂跳，手臂僵硬，但也感受到从未有过的欣喜。

"行长好！"保安向他俩敬礼！

宇萍也没放下挽住吴黎明的手，反而大方打招呼："今天你值夜班啊？"

天清气朗，今晚的月亮分外圆。宇萍的家这会儿又有了较大的动静。

原来，吴家山和李玉亚结束乌镇之旅回来了，宇萍和吴黎明开门迎接。

宇萍酸溜溜地说："你们总算想到要回来啦。"

李玉亚问："这两天你们过得挺好的吧？"

宇萍继续讥讽："好的，你们以后就环球旅行吧！别管我们两个小的了！"

李玉亚拍了拍女儿的臂膀："还生气哪？"

吴黎明则把吴家山拉到书房里，说悄悄话。

吴家山问："怎么啦？"

吴黎明反问："你忘记明天是什么日子啦？"

"明天？"吴家山拍拍脑袋，"哦！我的生日啊！你小子还记得啊！"

"我哪年不记得？！"

"今年要送什么礼物给我啊？"

吴黎明回答："你不是一直想看话剧吗，我买了两张票，至于你是要和你儿子看，还是要和你老婆看，就看你自己选择了。"

吴家山诘问："怎么听着有点吃醋啊？"

吴黎明催促："快选择一个。"

吴家山说："儿子孝顺我，当然要和儿子一起看！你一张，我一张。"

吴黎明答："这还差不多。明天我上完课直接去，我们剧院门口碰头，不见不散！"

第二天晚上梅华剧院门口。身穿羽绒服的吴黎明依照约定来到剧院门口，见人流不断涌来，他在寻找父亲吴家山的身影，但张望了许久也没有见到。这时，远处走来一个熟悉的身影，竟然是穿得比较单薄的宇萍！

吴黎明上前打招呼："宇萍？你也来看演出啊？"

宇萍一脸蒙："咦？我妈要我陪她来看的啊。你还约了谁一起来啊？"

"我爸呀，这不，今天是他生日。"

"这样啊，这其中怕是有什么猫腻？"

"麻烦你把票给我看看。"

宇萍从包里取出门票递给吴黎明看。

吴黎明惊讶："这不是我给我爸的票嘛！怎么到你手上了？"

"我说我妈怎么这么奇怪，好端端约我看话剧，原来又是骗我的！"

"他们两个这是有预谋的作案啊。"

"是呀，这么大年纪了还像小孩一样恶作剧！"

吴黎明问："那你愿不愿意赏光和我一起看完这部话剧呀？"

"既来之，则安之，那我们就一起进去看吧。"宇萍又一次大大方方挽住吴黎明的胳膊往剧院大门走去，"浪费戏票多可惜啊！"

"所言极是！"吴黎明的心美滋滋的。

演出结束后，马路的人行道上尽是散场的人流。吴黎明和宇萍随着人流，一起回家，看完话剧后两人都兴奋不已，边走边聊。

宇萍说："最后的结局太赞了，完全出乎意料！"

吴黎明说："但回过头来想想，之前有很多蛛丝马迹指向这个结果。"

"嗯，布置得相当巧妙！骗过了所有观众，却是最合乎逻辑的结束。"

"女主角太完美了！"

"男主角的表演也很有张力啊！"

"我之前看过他俩演的另一部话剧，演技也是没得说，我有视频，推荐给你看。"

"好呀。"宇萍因感到冷，蜷缩了一下说。

吴黎明关切地："气温突然降低，感到冷了吧？"

宇萍回答："有点。"

吴黎明脱下羽绒衣给宇萍穿："你穿吧，当心着凉。"

"那你呢？"

"我没关系，心头很热！"吴黎明哆嗦着说。

宇萍提议："还是我钻进来吧。"

吴黎明重新穿好衣服："那也好，只是委屈你了！"

宇萍钻进羽绒服："好暖和啊！"

吴黎明激动地回应："是吗？我肯定会冒汗！"

"有点难为情吧？"宇萍笑问。

"有点。"吴黎明坦白。

两人依偎着行走，特别缠绵。

到家以后，宇萍洗漱完毕，躺在床上怎么也睡不着，她发了一条微信给吴黎明："做人如草，踏实就好，风来，吹不倒，雨来，淋不跑。做人，就要做一个让人放心的人，无论认识多少年，都能由衷地感叹一句，认识你真好！"

吴黎明立即回复："谢谢你的认可！人与人之间，最大的吸引力，不是你的容颜，不是你的财富，也不是你的才华，而是你传递给对方的信赖和踏实、真诚和善良，一种正的能量。人生，并不全是竞争和利益，更多的是相互成就，彼此温暖！"

"我身上还留着你的体温呢！"

"我脑海里还充满着你的芬芳……"

28

这些年，这些职场上的白领小年轻，只要是休息，或者商量点事儿，都喜欢去喝咖啡。

现在的流行词，即所谓的"大咖"，不知道是否跟这种年轻人的新习惯有什么联系？

而传统的喝茶，比较少有人问津，除了那些上了年纪的人还是喜欢喝茶，虽然，这个城市里面还是有些茶馆的，但是并不多。而每幢写字楼里面都有好几家咖啡店，现在这已经成了一种时尚。当然咖啡也确实能带来精力充沛、提神醒脑等一些好处。但对于糖尿病人，咖啡不加糖吧，吃口苦涩，并不讨人喜欢；加了糖吧，又容易导致血糖高涨，这确实也是一个难解的矛盾。

休息天下午，在"灵魂咖啡店"的小包厢内，我们又见到一对熟悉的年轻人，宇萍和坐在对面的"失踪"很久的鱼丽君。

宇萍一见面就埋怨："死丫头，总算想到要搭理我了！"

鱼丽君满脸堆笑："今天找你，是想请你帮我个忙。"

宇萍"余怒未消"说："不会这么没良心吧？找我居然不是赔罪，而是要让我帮忙！"

鱼丽君打哈哈："哎呀，好闺蜜还计较这些嘛！"

"真拿你没办法，你说吧，什么事？"

"我要结婚了，你愿意做我的伴娘吗？"

宇萍一口咖啡差点喷到对方身上："啊？你要结婚了？这么快啊？！"

鱼丽君大方回答："嗯，就是和上次游园相亲认识的那位。"

宇萍起身佯装要走："这闺蜜没法当了，都没经过我把关就敢私定终身了？！"

鱼丽君拉住宇萍："好姐姐，别生气嘛，我今天也叫他过来了，专门带给你看看！"

"少来这一套，"宇萍铁青着脸，"我要是说他不行，你会和他分手吗？"

鱼丽君狡黠一笑："他还会带他的哥们来，做我们的伴郎。"

宇萍冷笑道："经过面试，再下结论！"

"你把你们人事科的专业用语竟然用到这事上？"鱼丽君拨打手机，"我把他们叫来！"

"叮叮当当……"咖啡店门口的风铃响起，提示店员又有新客人上门了，但一看到这进门的两个人后，宇萍一下子愣住了，手里的不锈钢调羹也掉到地上。

"吴黎明和王亦民！"宇萍脸色大惊，内心在说，"但愿吴黎明不会是鱼丽君的男朋友！"

鱼丽君挽着王亦民的胳膊介绍："这就是我的男朋友，王亦民。"

宇萍拍拍胸脯，舒了口气。

不过进来的两个男人可就尴尬透了。

王亦民口吃道:"领导……领导好,您怎么也在这儿啊?"

"亲爱的,你们认识啊?"鱼丽君有点惊讶,指着宇萍介绍,"这就是我跟你说的闺蜜啊!"

王亦民坦陈:"你怎么不早说,她可是我的顶头上司!"

"我也大吃一惊啊,真是无巧不成书哦!"宇萍马上平静下来,"这么说,吴黎明,你跟他还是好兄弟呢?"

王亦民惊恐万状,最好钻入地缝,逃之夭夭。

鱼丽君也被惊傻了,指着吴黎明问宇萍:"他,你也认识?"

宇萍扭头捂嘴笑了起来。

吴黎明也颇感意外:"呵,认识你之前,已从王亦民那儿对他的领导的事迹有所了解。"

王亦民打了吴黎明一下:"瞎说什么呀?!"

宇萍止住笑意:"不用问,也猜得到对我没几句好话!"

王亦民求饶:"领导,我错了,以后再也不敢放肆了,求你别棒打鸳鸯啊!"

宇萍笑笑:"开个玩笑,我又没生气。我们四个这么有缘,是上天的眷顾。我们坐下聊聊你们婚礼的细节吧!"

宇萍叫来服务员:"再增加两杯拿铁!外加四个水果奶油蛋糕!"

宇萍家现在热闹多了,宇萍下班回到家,立马感受到了,你看,摆了一桌丰盛的晚餐,还放着一瓶法国葡萄酒和四个高脚酒杯。

宇萍高兴地问母亲:"今天是什么好日子啊?做了这么多菜。"

李玉亚笑答:"你别看我,今天这些菜啊都是小吴做的,跟我没有关系。"

宇萍说:"妈,你别骗我了,他哪儿会做这么多菜呀,我又不是没领教过他的厨艺!"

吴家山从厨房里又端了一个菜出来:"宇萍你回来啦,那我们开饭吧!"

"今天，怎么有点神神秘秘的？"宇萍感到有些莫名其妙，便继续追问，"到底为啥事啊？"

吴家山夹起一块咖喱鸡块给宇萍品尝："闺女，你尝尝，对不对你的口味？"

宇萍狐疑地咬了一口："这样子看上去倒是不错，味道嘛……嗯，居然还不错！"

吴黎明围着围裙走出厨房，一语双关说："看来，努力果然是有成果的！"

"这菜真的是你做的？"宇萍惊讶道，"你什么时候偷偷学会做这么多菜的呢？"

吴黎明笑道："正是你的批评和鼓励，促使我这些天经常到学校食堂大厨那里取经呢！"

吴家山说："这小子啊，以前都是我伺候他的，不知道怎么一下子变成家庭劳模了！"

李玉亚笑了，也是话中有话："都说男人好在女生面前逞能，看来是有道理的！"

宇萍脸红了："妈，别起哄行不行？"

吴黎明说："爸，等等哦，还有一道菜是特意为宇行长准备的。"

宇萍问："还有啊？"

吴黎明再次走进厨房，端出了一大碗菜，放到桌子正中间的位置，然后掀开盖子："宇萍，当当当当，surprise！"

宇萍惊叫："是红烧肉！"

吴黎明说："尝尝看！"

宇萍夹了一块，只吃了一口，眼泪就在眼眶里打转："是最好的饭店里这道菜的味道！你是怎么做出来的？"

吴黎明有点得意："本来区区小事，何足挂齿？现在坦白，我在这道红烧肉里加入了我的爱。"

宇萍有些不相信自己的耳朵："你说的意思是……"

吴黎明当着李玉亚和吴家山的面对宇萍表白:"爸爸,阿姨,我继续坦白,我喜欢宇萍!宇萍,不知道,你是否愿意做我的女朋友?"

宇萍的眼泪不停地流着,分不清是惊喜呢,还是感动,巨大的幸福来得太过突然,她不知该说什么才好,只是微微地点了点头。

吴黎明兴奋地跑过去抱住了宇萍,吴家山和李玉亚见了,也相视而笑,欣慰地拍手。

宇萍显然还还没有适应目前的变故,吃完饭,竟独自回到自己的闺房,靠着沙发啜泣起来,是幸福?羞愧?茫然?担忧?……

留下的三个人面面相觑。

吴黎明立即发了一条微信给宇萍:"怎么了?亲爱的,哪儿不舒服?"

宇萍稍后回复:"牵挂值得牵挂的人,牵挂牵挂着你的人,感恩牵挂你的人,回应牵挂你的人,珍惜牵挂你的人,因为,只有牵挂你的人,才是生命中最温馨的暖意!尘世间,唯有你牵挂和牵挂你的人才是生命中最重要的人,其他,不过是随缘过客……"

吴黎明看了,激动不已。

29

基华银行副行长办公室里,宇萍打手机给鱼丽君:"亲爱的,抱歉,这次我要放你鸽子了。"

鱼丽君拿着手机:"什么意思呀?"

宇萍说:"我恐怕不能做你的伴娘了。"

鱼丽君问:"什么?你有工作要忙啊?"

宇萍回答:"不是工作,是我也要结婚了!!"

鱼丽君惊叫:"真的啊!那太好了!恭喜恭喜啊!"

"另外,"宇萍停顿了一下,"你也通知你的达令……"

鱼丽君不解地问："还有狠招啊？"

"谈不上是狠招，"宇萍继续说，"请王亦民也另请伴郎？"

鱼丽君不解："什么意思啊？不能变通吗？"

"以后跟你解释，我马上要参加一个紧急会议！"宇萍立马将电话挂了。

鱼丽君这个下午非常烦恼，她本来想追问闺蜜为什么要抢在自己前面结婚，以至不能够做自己的伴娘。另外，居然叫自己的男朋友也不要去当伴郎了，这个对她来说也太突然了！而且，之前几乎没有什么风声。话说到一半，也没有解释清楚，宇萍就把电话挂了，鱼丽君感到非常失落。

思来想去搞不明白，鱼丽君立即给王亦民打了一个电话，把他约出来。

晚上，他俩在一家西班牙人开在商业中心里面的小餐馆，一边喝着红酒，一边聊起这个事儿。

王亦民说："我估计，宇萍和吴黎明已经领了结婚证了。"

"啊？落手也太快了！"鱼丽君有点出乎意料。

"其实，宇萍的意见是对的，你想啊，哪有法律上已经结婚的人，再帮我们做伴郎伴娘？"

"这个说法有道理。"鱼丽君承认。

"所以要理解宇萍这个电话的意思，不要想偏了。"

鱼丽君点点头。

"其实好闺蜜也好，小兄弟也罢，是一辈子的事，不能因为一些小小的变故，损害这种十分难得的关系。"王亦民说。

"有道理！"鱼丽君表示认同。

王亦民说："我倒有一个主意，我们干脆也早点去领证，把自己的婚礼跟他们的婚礼放在一起办，这样就更热闹了！"

"这是喜上加喜啊！"鱼丽君说，"这绝对是一个好主意，我去跟宇萍沟通一下。"

金海大酒店修剪整齐的碧绿草坪上，用鲜花搭成的拱门显得分外美丽，幸福的大门里是一条红色的地毯，来宾们盛装坐在地毯两边纯白的椅子上。

白色的亭子下，婚礼主台之上，吴家山和李玉亚，吴黎明和宇萍，还有王亦民和鱼丽君，六个人同时结婚，接受着所有人的祝福，三对伉俪经历了自己独一无二的婚礼！

上台之前，宇萍问母亲："妈，我突然有个疑问，以后我是叫你妈妈还是称你婆婆？"

吴家山也有疑问："对对，以后我叫吴黎明儿子呢，还是叫他女婿？"

李玉亚笑了："你们这几个书呆子，怎么叫都没错！大家心里明白就行了！"

吴黎明跟进："这叫亲上加亲！"

随后司仪高呼："请六位新郎新娘闪亮登场——"

乐队高奏《婚礼进行曲》，礼炮、金屑、气球升腾、交响，三对新人在一群白衣少女的簇拥下登上舞台，向所有来宾挥手致意！

修车匠老程

古镇街的晨光总是来得慢些。青石板路上的露水还未干透，老程的修车铺便吱呀一声推开了木门。五十六岁的程白晨握着门把手，指节上的油污渗进掌纹，像朵开败的墨菊。蓝布工装洗得泛白，袖口磨出毛边，却总在左胸口袋别着支钢笔——那是国企下岗时发的纪念品，笔帽上的"第五毛纺厂"漆字早已剥落。

铺子进深五米多，靠墙立着三排工具架，梅花扳手与老虎钳在晨光里泛着冷光。门口堆着几辆待修的电瓶车和自行车，最显眼的是辆"二八杠"，后座绑着块褪色的红绸布，车主是巷口卖豆浆的李婶。老程蹲下身，指尖划过车胎纹路，突然瞥见车胎上有颗深陷的黑色半英寸螺丝钉，显然是昨夜他在巷尾撒的那把螺丝钉中的一颗。老程把它扔进他的工具柜最下层的铁盒里，里面还躺着许多没撒完的这黑色半英寸螺丝钉。

"老程叔叔，给咱车打个气呗。"穿蓝白校服的男孩推着车晃进来，车筐里的各种书本哗哗作响。老程起身时撞响了头顶的木楼梯，二层搁的夹板发出不堪重负的呻吟。楼上传来咳嗽声，是小姨子秀芳在哄五岁的外甥女。他喉头滚了滚，弯腰打开充气泵，给男孩的轮胎打气，橡胶管的裂缝处漏出嘶嘶的气声，像极了他这些年漏风的良心。

入夏后的傍晚，鸣蝉太多，有几只稚蝉不小心粘在了滚烫的柏油路上。老程蹲在铺子角落，借着台虎钳的阴影，正用螺丝刀撬开电瓶上的封胶，连续制作了十几只劣质的电瓶。重新贴在包装箱上的"正品保障"四个烫金字，在幽暗、肮脏的店堂里，还是显得格外刺眼。师傅临终前的话突然在耳边响起："白晨，手艺人的手是秤，称的是良心。"他指尖一颤，螺丝刀划破了掌心，血珠滴在电瓶上,像朵开错了季节的红梅。

"老程,换电瓶呢?"隔壁五金店的王老板探进头,老花镜滑到鼻尖上,"听说你这阵子生意不错?"老程慌忙扯过抹布盖住电瓶,笑道:"哪有,混口饭吃呗。"

王老板的目光扫过地上的包装箱,镜片闪过一丝异样:"我表舅上周在你这换的电瓶,据说续航少了一半。"

老程的后背骤然绷紧,嘴角却扯出夸张的笑容:"老哥别开玩笑,我这都是从正宗的品牌厂家直接进的货!"

暮色漫进铺子时,老程站在门口,看着自己投在地上的影子被夕阳拉得老长。巷口的路灯突然亮起,照亮了他藏在裤袋里的玻璃罐——里面装着白天从顾客车胎里拔出来的螺丝钉,颗颗闪着冷光。他摸了摸胸口的钢笔,冰凉的金属触感让他打了个寒颤,突然想起妻子总说:"等攒够钱,咱去租间大点的房子住,把二层搁拆了,别让我外甥女老是碰头。"

那场火是在秋分后的第七天烧起来的。老程跟着纺织厂的老工友在不远的亨闲酒店喝了半斤黄酒,回家时,路过巷尾的梧桐树,忽然闻到焦糊味。他跟跄着跑过街角,就看见自家铺子腾起橙红色的火焰,木楼梯在火舌中发出噼里啪啦的爆裂声,像极了当年国企厂房拆迁时的爆破声。火焰蹿了出来,正向二楼蔓延。

"秀芳!小丽!"他疯了似的往前冲,被消防员拦住时,二层搁的楼板突然坍塌。火星子溅在他脸上,灼烧的痛比不上心口的空洞——妻子总说要换的木板,此刻正裹着浓烟砸向地面,而他藏在床底的劣质电瓶包装箱,正在火中蜷曲成黑色的怪物。

警笛声与哭喊声交织中,他看见消防员抬出五具焦黑的躯体,最小的那具手腕上,还戴着妻子去年给外甥女买的珍珠手链。王老板站在人群里,对着警察低声说着什么,老程突然想起下午刚换的那批电瓶,包装箱上的防伪码还没撕干净。

看守所的月光是冷的,像把淬了冰的刀。老程蜷缩在铁床角落,盯着墙上的日历——距离火灾发生已过去三十七天。手腕上的表停了,指针永远指向凌晨两点十七分,那是消防队员确认死亡时间的时刻。

"程白晨,有人探视。"管教的声音惊醒了他。铁栅栏外,王老板抱着个纸箱,镜片上蒙着层白雾:"老程,你委托的事办了。"纸箱里是叠得整整齐齐的蓝布工装,还有那支钢笔,笔帽上不知何时被人用红漆描了"良心"二字。王老板顿了顿,又说:"你那修车铺,街坊们凑钱给收拾了,墙上'柳暗花明'的招牌……烧剩的木匾,我给收在门后了。"

老程的手指划过工装袖口的毛边,突然摸到张纸条,是妻子的字迹:"给小丽攒的奶粉钱,藏在工具箱第三层。"墨迹被水晕开,像团化不开的泪。他忽然想起火灾前那晚,妻子摸着他手上的新茧说:"等小丽上幼儿园,咱就把铺子扩扩,你也别再半夜出去……"话没说完就被外甥女的哭声打断,此刻却在记忆里格外清晰。

监外执行的老程回到乡下时,正是清明。田埂上的蒲公英开得肆意,他背着蛇皮袋,布鞋踩过潮湿的泥土,裤脚很快沾满草籽。村口的老槐树还在,却比记忆里矮了许多,树下坐着的老人眯起眼:"这不是老程家的娃吗?"声音像块磨旧的粗布,蹭得他耳膜发疼。

祖屋的木门挂着把生锈的锁,推门进去,墙皮剥落的地方露出泛黄的奖状——那是他当年在纺织厂当先进工作者时贴的。土炕上堆着半袋玉米,窗台上的搪瓷缸里,泡着不知谁送的胖大海,水色浑浊如他这些年的日子。

第二天清晨,他扛着铁锹出现在村道上。坑洼的路面上,昨晚新填的土被雨水泡得松软,脚踩上去直打滑。路过张大爷的麦田时,老人挂着拐杖站在田埂上,目光扫过他磨破的袖口:"修路人啊,得把心埋进土里。"老程低头看着铁锹上的泥,突然想起铺子墙上的工具,每把都曾被他擦得锃亮,后来却沾了太多不该有的污渍。

三个月后的谷雨，村道终于平整了。老程蹲在新修的石桥边，看着自己映在水里的倒影——头发白了大半，额角的疤痕在晨光里泛着粉白，像道新生的伤口。身后传来自行车的铃声，是村小的李老师，车后座绑着给孩子们的作业本。

"老程，帮看看车链子。"李老师递过车，突然指着他别在胸口的钢笔："这字写得不错，给咱教室写幅标语呗？"老程摸着笔帽上的红漆，想起在看守所里，用指甲在墙面刻下的"悔"字，每笔都深可见骨。他接过粉笔，在教室黑板上写下"手艺人的手是秤"，字迹歪歪扭扭，却比当年在国企写的标语更重千钧。

秋分那天，村口老程的便民铺开张了。木板搭的货架上，整齐摆着修农具的零件，墙角支着辆二八杠，后座绑着新缝的蓝布垫——那是张大爷的女儿从城里寄来的。阳光穿过窗棂，照在他新换的蓝布工装上，左胸口袋里的钢笔闪着微光，笔尖正对着墙上挂着的木匾："柳暗花明"四个大字，是用火灾后剩下的焦木拼的，缝隙里填着新漆，像道愈合的伤疤。

"老程，给咱修修锄头吧。"隔壁大嫂挎着竹篮进来，篮底躺着几个摔裂的搪瓷碗。老程接过锄头，指尖划过刃口的缺口，忽然想起五年前那个深夜，他蹲在巷尾撒螺丝钉时，裤脚也沾过这样的泥。

老程利索地三下两下帮隔壁大嫂的锄头修好了。

大嫂掏出十块钱递给老程，老程拒收，他认真地说："不用，一举手之劳的事。"

大嫂看着老程胸前的钢笔，随口道："听说你以前在城里开修车铺？"

他手一顿，笑道："是啊，后来铺子里着了把火，把该烧的不该烧的，都烧干净了。"

暮色漫进铺子时，老程坐在门槛上，看着远处的青山。山脚下的蒲公英乘着晚风飞起，像极了当年妻子发结上的红绳在风中飘起的模样。他摸了摸口袋里的玻璃罐，里面装着白天帮村民修自行车时捡的螺丝钉，颗颗干净发亮。远处传来李老师教孩子们的歌声，跑调的旋律混着泥土气息，却比任何时候都清亮。

古镇街的故事早已被岁月掩埋，可乡下的风却记得，有个修车匠曾在晨光里埋下过种子——不是螺丝钉，不是玻璃屑，而是一颗在灰烬里重生的心，正在泥土里慢慢发芽，抽出名为"救赎"的枝条，在每个清晨，向着阳光生长。

候 鸟

21世纪20年代之初，此时的中原一带还处于隆冬季节，到处都是冰天雪地，寒气逼人。呼出去的气，瞬间都变成乳白色的，犹如儿时见到的糖棉花。路上，空无一人。更见不到以前叽叽喳喳的鸟类，它们早就逃离此地，飞南方去了。

在北部湾边上的广西北海市及其毗邻的区域，却是春意盎然。这里的气温一般都在20摄氏度左右，到处是柳丝飘拂，芳草萋萋，花香扑鼻，非常适合人们旅游。男男女女都穿着五颜六色、时尚的夹克衫或薄薄的毛衣。爱打扮的女人脖颈上往往还佩着一抹飘逸的丝巾。她们嘻嘻哈哈用手机互拍着，穿梭在青山绿水的翠荫丛中。头上各种鸟儿在盘旋，树上无数的鸟儿在鸣唱，似乎在为人们伴舞和伴奏。它们中大多数是候鸟，再过几个月就会飞回北方。

在北海市近郊的一条马路上，一对老夫妻驾驶着一辆白色的房车慢悠悠地朝前方驶去。从八成新的房车的外貌上看，算是比较时髦的，一点不扎眼。这对老夫妻轮流地做着司机，驾驶着这辆车，行驶在绿油油的丛林旁，伟岸的高山峻岭之间。得益于这些年精修的各种公路和精准的北斗导航，他们开车时很轻松，一点也不觉得吃力。

他俩也像候鸟一样，来自北方。男的是徐如一，是江南X省Y市艺术学院编剧专业的副教授；朱燕莉在当地最著名的昆剧团担任作曲。十年前，两个人先后退休了。由于演出市场不景气，他俩退休后，来找他们干活的人很少。他们也只答应临时性的帮忙，谢绝了长期的邀请。

他俩早在2020年之前，就花了50多万元积蓄，买了这辆中高档的房车，而且使用频率甚高。他们的动机或许与大多数房车车主不一样，他们的出发点是：忘却现实，放飞心情！

一路之上，他们经常用郑板桥的"难得糊涂"的警句，提醒着对方。

和平的国度里，温暖宜人，真好！唯一遗憾的是，他们一般整天都得戴着口罩！——一切皆因新冠病毒的肆虐！

而活跃在房车里的人，大多是不会受此规定约束的。

"春眠不觉晓。"握着房车方向盘的徐如一背诵道。

坐在副驾驶位子上的其妻朱燕莉立即接龙："处处闻啼鸟。"

然后两人相视莞尔一笑。

是温情流露？还是苦中作乐？

唉，一切说来话长。

老两口才六十多岁，且都才华横溢，却不想再去"创业"、不想再出去折腾了，这到底是为啥呢？

并不完全源于演出市场不景气这样的客观原因，而是他俩有两块心病——儿子出国后，仿效现在一些欧美的年轻人，居然也奉行独身主义——可以同居，但绝不结婚！尤其不想要孩子！对此，徐如一和朱燕莉非常反感和后悔。早知如此，为何让儿子出国呢？这是他俩的心病之一；最让老两口痛心疾首的是女儿徐黎的现状——不但离婚，而且还放弃了他们最喜欢的外孙。最让他俩痛心绝望的是，徐黎居然患上了严重的精神分裂症！医生判断，可能无法逆转！

不啻晴天霹雳！……

两亩地都荒凉了！老两口渐渐地彻底失望了，还是眼不见为净为妙。他们开始带着一些食物和各种生活用品，驾着房车到处游山玩水，过起候鸟般的生活，哪儿温暖，哪儿好玩，就驶向那儿，可谓浪迹天涯，放飞自我。

徐如一和朱燕莉认识于20世纪60年代末期那个特殊的年代。他们是在去江西插队落户的时候认识的。两个人都是文学青年，在几乎没有文学的年代，因为共同爱好文学，两人很快地就好上了，还结了婚。可以说是"苦中作乐"。

当时，上山下乡的知识青年在一起，开头还蛮起劲地谈论一些革命的口号和大道理,但很快就回到残酷的现实。因为生活在这种穷乡僻壤,大家都非常无聊,每个人变得像动物一样,关注的是一日三餐;内心又不时受到青春期生理欲望的冲击。男生女生概莫如此。整天在一起发泄着自己对前途的迷茫、不满和对于艰苦劳作的抱怨,都觉得自己的未来毫无指望,地球好像快到了末日。

而徐如一和朱燕莉他们两个在一起呢,经常喜欢回忆一些中学里读过的经典文艺作品,谈论甚至背诵一些世界著名的文学大师作品的情节、片段。对于他们来说,文学经典作品里面的故事和蕴含的思想,是黑夜里的明灯,是窒息的狭小空间里注入的清新空气,是饥饿时遇到的美味佳肴……让他们忘却漫长的痛苦、无聊和无奈。

那是冬天的一个暖阳普照的下午,生产队里暂时没有活干,放假。于是,徐如一和朱燕莉互递了一个眼色,然后悄悄地来到附近一座小山后一个灌木丛里。穿着破破烂烂工作服的他们,用两张报纸垫在身子底下,立即情不自禁地开始牵手。

徐如一抱歉地对朱燕莉说:"如果我这样做……伤害到你,你是可以拒绝的……"

而含着眼泪注视着徐如一的她,却用柔软的手捂住他的口说:"不要这么说,你在我身旁,我觉得自己现在是这个世界上最幸福的人!"

受到鼓励,徐如一一激动便拥抱了朱燕莉,很快两个人热吻起来。

等到太阳快下山了,两人才遗憾地分了手。为了不让别人知道,徐如一叫朱燕莉先走,自己特意绕了一大圈回到村里。

后来,他们俩经常在这里幽会。都处于青春勃发期,不久之后的一天晚上,他俩还在这里偷食了禁果。

徐如一当晚在日记里写道:

在黑暗的星空下,
我许下誓言,

愿为你点亮，
每个黑夜的灯。
你的笑容，
是我心中最温柔的风，
吹散了苦涩和忧愁，
带来了希望。
在时间的长河里，
我愿做你的一叶小舟，
穿越岁月的波涛，
与你同航。
你晶亮的眼眸，
是我灵魂的港湾，
你让我在爱海中漂泊，
找到了方向。
让我们在爱的诗篇中起舞，
在每个晨曦与黄昏，
编织梦想。
你是我的诗，
我是你的篇章，
在炽热的爱情里，
我们永远不散场。

  徐如一立即把这首诗抄在一张小纸片上，在第二天下地劳作时，悄悄地将这张纸片塞到朱燕莉的手里。朱燕莉立即收下，脸微微泛红。休息时，她避开众人，躲到草丛里，掏出纸片阅读，一边看，一边激动得身体有些颤抖，眼泪也唰唰地流了下来。她想对徐如一说："我也同样地爱你！只是我们现在太穷困了，没有成家的任何条件！……"

听到了集合的哨子，朱燕莉擦干了眼泪，赶紧回到干活的地头。

女知青陈丽娟问她："谁欺负你了？怎么哭了？"

朱燕莉平静地回答："沙子吹进眼里呗……"

终于熬过了特殊年代，1977年10月21日，国家宣布恢复高考。徐如一和朱燕莉看到了希望。他俩都急于要摆脱困境，所以四处请教，拼命复习。同时，积极报名高考。

功夫不负有心人，到了同年12月12日，经过三天的考试，徐如一和朱燕莉双双考取了省艺术学院。徐如一被编剧专业录取；朱燕莉考取了作曲系。为了不影响学业，两人决定，毕业以后，两个人立即结婚。

四年以后，徐如一留校在编剧系工作；朱燕莉则被分到剧团当作曲。两人在各自岗位上佳作迭出，都相当受欢迎。

徐如一和朱燕莉结婚第二年的秋天，朱燕莉就生下了女儿徐黎。朱燕莉克服了妊娠、生育、哺乳……一系列的麻烦、拖累、生理折磨，完成了好几部戏曲的创作，绝对精神可嘉。

两年以后，朱燕莉又生下了一个儿子，取名徐龙。

朱燕莉自然是经历了千辛万苦，但工作中收获不错。她作曲的几部戏都屡获大奖，口碑甚佳，她在国内戏曲界声名鹊起，被同行追捧了二十多年，邀请她前去作曲的剧团越来越多，她俨然成了业界的大咖。

好事可以成双，同样让她欣慰的是，一对儿女都很有出息。先说女儿徐黎，从小就是一个又漂亮又乖巧的孩子，是徐如一和朱燕莉的开心果。徐黎小学和中学都是在重点学校读的书。到了高三，徐黎又不负众望，考取了省里最有名的音乐学院。徐黎选择的专业是作曲系。也是自幼从母亲那儿学习和继承了许许多多的音乐基础理论，所以徐黎在大学里的成绩遥遥领先。徐黎毕业以后，在省的电影制片厂音乐合成部工作。这个部门是专门为每一部电影配制最感人、最恰当的音乐和主题歌的，其业内地位和职业的显赫自不待言。再说弟弟徐龙，也是聪明过人，书读得很好。根据当下的社会风气，徐如一和朱燕莉打算在他初中毕业之后，就把他送到欧美去留学。

徐如一两口子对未来的家庭生活和前途充满了希望。聪慧的徐黎，被父母视为至宝，他们把全家未来的希望都押在作为家中老大、长得如花似玉的徐黎身上。他们觉得自己的这个女儿，将来一定能够出人头地，自然不能随随便便地嫁人。要嫁，就一定要嫁给一个既有水平又有前途的帅哥。徐如一夫妇俩把他们的想法托付给好多的好友。

机会出现在徐黎入行后的第二年，经电影厂一位老法师介绍，徐黎认识了电影厂的年轻摄影师辛志。这个帅哥个子一米八四，国字脸，浓眉大眼，整天乐呵呵的，非常阳光。徐黎是一见中意，她其实是个在恋爱方面一片空白的姑娘。择夫君的知识方面，她还停留在古代村姑的水平上。所以，一见如此阳光的帅哥，就怦然心动，含着羞就答应了下来。而辛志是个初中生，只因舅舅是电影厂的副书记，才破例在厂里当上了摄影师。辛志当然对面前这位如花似玉的高学历姑娘相当满意。于是，一切都是那样顺利，他们顺顺当当地谈了半年的恋爱，就决定要成家了。这也是双方父母的一致意见。

尽管是姐姐徐黎的大喜日子，弟弟徐龙因为在法国读研适逢考试，时间冲突，来不了了。全家都感到非常遗憾。正应着了当下一句流行语，"孩子一旦放他出国，就是白养了"。就别指望在父母需要他的关键时刻，能够派得上用场。

徐黎的婚礼是在市中心的皇家大酒店举办的。电影厂的大多数领导和著名演员都来了。其原因看了前文就可略知一二。徐如一两口子都觉得很有面子。因为，这个宴会厅，许多外国政要元首都来过，参加过各种风味的宴会。在这儿举行婚礼是非常吉利的，显得既高雅又神圣。

婚礼那天，来的人特别多。新郎新娘的父母一共包了三十多桌，还嫌不够，所以又增加了几桌。他们委托了市里一家名气最大的婚庆公司来策划、主办这场喜事的全过程，其中包括所有场面和细节的拍摄、记录和最后的剪辑合成。电影厂除了几个身体不好的以外，几乎所有的领导都到场了。各个部门的一些领导，一些著名的导演和演员，他们都曾经是一些家喻户晓的电影的主创，或是男女主角、配角，都经历过大世面的，才艺也特别多。所以婚礼上的节目之丰富、之精彩，也让在场的观众大呼过瘾。双方的父母，当然都觉得很有面子。所有的来宾都认为辛志和徐黎是一对金童玉女，大家都通过各种方式，给予这对新人很大的期望和祝福。

宴会大厅门口和婚礼舞台两旁各有一个大屏幕，里面播放着婚庆公司为新郎辛志和新娘徐黎做的视频、短片。既有他们从小到大的照片，还有最近特意拍的充满爱情和浪漫的多条片段，比如两人在江边，在山坳里，在公园里，做着各种各样浪漫的动作。这些视频拍得还是很有水平的。他们两个，按照摄影师的要求，穿各种各样的服饰入镜。当然，最后新娘一定穿的是白色的婚纱，象征着婚姻的圣洁和浪漫。

各方客人都早早来到了婚礼大厅门口，他们先在大红的签到簿上签上自己的大名，然后，向负责收款的新郎辛志的孃孃辛如莎送上一份份子钱。辛如莎一边在笔记本上记下来人的姓名及份子钱的金额——这是当地的一种婚礼的风俗，一边告诉来宾就坐的桌号，并给予每位来宾一个抽奖的号码。

然后由婚礼的工作人员把客人带到新郎、新娘的面前，大家一起站立在喜庆的背景板前面合影留念。

来宾们不断发出"金童玉女"的赞叹。新郎、新娘及其父母听了感到非常受用、开心。

江南一带的大城市的婚礼，流程通常都差不多，婚礼可设定开始的时间，但不"咬定"，为何？因容易发生变化。所以，婚礼开始的时间，往往以双方主要长辈、重要领导到场的时间，作为开场的最佳时间。结果，婚礼于傍晚的18点18分正式开始。

婚礼的主持人，请的是一个四十多岁的男子，他是电视台的一个小编导，名叫黄文思。平时一有空，他就悄悄地客串婚礼的司仪，挣点外快。当然他也是辛志的好朋友。他先介绍了新郎新娘的名字和职业，吹捧了他俩所取得的辉煌成就，然后宣布婚礼开始，新人登场……后面的进程，大家都司空见惯。

婚礼进行得相当完美。尤其是庆贺性的节目精彩纷呈，这里就不一一赘述。

但是……完婚后的日子未必圆满。

小青年在谈恋爱的时候，往往看到的都是对方的优点，把结婚以后的生活想象得十分美满和浪漫。但是结了婚以后，每天都面对着一些实际的生活问题，油盐柴米菜。更加麻烦的是，小夫妻拿各自挣的钱归谁管？家庭的各种支出，比如买东西，到底以谁为主？这个钱怎么分担？还是各自为政？这些都是需要认真对待的。另外，在双方都健康的前提下，各种琐碎的家务，两人如何分担处理？还有，婚后跟双方父母的关系和赡养，如何分担处理？跟朋友之间、同事之间的人情经济关系……都是非常棘手的问题。徐黎和辛志在上述问题上，往往意见相左。

徐黎从小到大，都是所在学校和单位的优等生，这种良好的感觉，一直延续到夫妻关系之中。两人在时好时坏地混了一年之后，徐黎生下了一个女孩，起名春波。名字是徐黎起的，还是有点诗意。生育以后，徐黎很快就觉得自己很吃亏，产假一休就是三个月，业务当然撩在一边。每天从早忙到晚，几乎没有休息的时间。首先时时要给孩子喂奶，但徐黎的奶水明显不足，只好买奶粉来做补充。其次，还要不停地给女儿换尿布。完了，还要给孩子擦洗身体。这些工作干起来都很累。

徐黎生了孩子以后觉得自己方方面面都亏了：尤其要命的是，自己的少女身材蜕变成了大妈！由于生育，气血亏了一大截，所以拼命地想补充一些营养，结果人胖了五十斤，腰粗膀圆，以前的衣服都穿不下了，都得重新买！每次见了熟人，都会得到一句善意的提醒："徐黎啊，你发福了嘛，少吃点哦。"

而辛志既不会赚大钱，又不会做家务，这使得徐黎非常看不惯，觉得自己"贱卖了"。还要带孩子，一天忙到晚，吃不好睡不好。每天，他俩都在为油盐酱醋吵闹，还为谁带小孩起争执。

那么，喜欢孙辈的公婆为什么不来帮忙呢？这是因为徐黎脾气不好，婚后见了公婆，爱理不理，还常常指桑骂槐。所以，公婆唯恐躲之不及。徐黎愤愤地说："以后，就别想见到你们的孙女！"

而这段时间，徐黎的父母正在忙于自己创作的一部新戏《爱情悲欢》上演,这部戏是省里重点扶持、拿去搏奖的。所以根本就没有空闲的时间到女儿家帮忙。徐黎每一次求救,都遭到父母的拒绝。

于是,徐黎就深信了坊间的那句名言:"嫁出去的女儿,泼出去的水。"只好立足于自力更生了,徐黎心中的怨愤也油然而生。

有一天下午,喂好小孩之后,徐黎长长地叹了口气说:"还金童玉女呢!我现在都成胖大嫂了!"

在一旁打扫的辛志反唇相讥:"那你当初就不应该嫁给我!做一辈子老姑娘多好!"

徐黎:"是啊!嫁给你,是我一生所犯的最大的错误!"

辛志想反驳,甚至想上去揍徐黎一下。但他马上制止住自己。他并不想伤害她。毕竟,她还在抚养自己的女儿!虽未动手,辛志内心却痛苦至极。

当然,辛志也恨自己笨手笨脚,觉得自己不擅长带小孩,经常不小心,弄痛了孩子,因此遭到徐黎的痛斥。于是,便想请个保姆。只好一个月忍痛花万把块钱,请了一个保姆,40岁,还要管她吃管她喝。但这个女的,只有小学文化,语言极其粗俗。而且缺少专业护理知识,除了会给小孩喂牛奶、换尿布、晾晒衣服,其他都做不来。

过了一个月,徐黎和辛志商量后,把这个保姆辞退了。其实,经济上难以为继,也是辞掉保姆的重要原因。

但这之后,徐黎忙得不亦乐乎。孩子呢,聪明得很,徐黎一离开她,就哇哇地哭起来……总而言之,家里被弄得一地鸡毛。而辛志根本没有家庭卫生知识和育婴方面的经验,所以家里面弄得像个狗窝。两个人经常为家庭琐事而争吵。双方的父母,虽然有时候也过来看看,但看到小两口当着他们的面也会争吵,于是,老人来得越来越少。

有了小孩之后,各种各样的矛盾接踵而至:比如如何科学地养护小孩、如何喂食,如何进行学前教育……

徐黎遇到的问题更多,为了不致胸部下坠,保持好优雅的身材,不愿意继续喂乳;徐黎原本有洁癖,现在已经弄得邋里邋遢,必须反转才行。于是,又开始注重穿着打扮。然而，这使得辛志的母亲非常看不惯，于是，婆媳矛盾又来了，已经龃龉了好几次。这又使得小两口在处理与公婆的关系上意见严重相悖。

徐黎和辛志在文化、教养、心理等方面的差异，在婚后的生活中越来越多地显示出来了。徐黎毕业于音乐学院，在她的头脑里，什么事情都是高大上的，在每一个生活细节上绝对不能容忍马马虎虎的处理，再加上她还有洁癖⋯⋯而辛志呢，只有中学文化水平，人又老实，平时生活中大大咧咧，毫不讲究，不到衣服上脏得油迹斑斑，他是不会洗的。为此，常常遭到徐黎的辱骂⋯⋯

辛志的待人接物也比较粗糙。婚后有好些亲戚朋友来拜访他们，由于智慧不足，把控无力，经常闹出一些笑话。比如，在婚后第二年的冬至，辛志举办女儿的"满岁宴"，结果，因为冬至是中国人心中的鬼节，造成大部分亲友缺席，只来了四分之一的宾客，这引起了徐黎的极大反感和鄙视⋯⋯

在一些家事的处理上，也发生了一些冲突⋯⋯甚至引起了徐如一夫妇与亲家的暗斗。但是，谁能料到，几年后，徐如一夫妇对她充满希望的女儿，居然变成了一个患焦虑症的病人！这使得老两口非常痛苦。徐黎脾气越来越古怪，甚至不让自己的父母来看望外孙女。

徐黎跟辛志父母的关系处理得更加糟糕，经常以各种借口，拒绝公婆来探望自己的儿子和他们的孙女。为此，辛志经常与徐黎争吵。

终于，婚后第三年的有一天，徐黎向辛志提出："为了结束我们之间天天的战争，我们还是分手吧！"

"你的意思是要离婚？"辛志似遭雷劈，怯怯地问，"那孩子归谁？"

徐黎脱口而出："她姓你的姓，自然归你！"

逻辑上似乎没有问题，但徐黎怎么忘记了民间一句颠扑不破的真理——"儿女是母亲的心头肉"？

徐黎想得太简单了，为了自己脱口而出的这句话，她将付出悲惨的代价！其实，在说这句话之前的那些天来，她的心灵深处都一直在考虑，该改换门庭了。不是吗,现在同事、朋友之间,离婚的人很多。但她哪里晓得坊间的一句俗话——"生过仔的女人豆腐渣。"

几天之后,拿定主意的辛志和徐黎到民政局去办理了离婚手续。

唉,这就应着了坊间一直流传着的一句话:"婚姻,是爱情的坟墓!"

辛志虽然沮丧,但也有如释重负的庆幸。他的父亲辛迪萌将孙女紧紧地搂在怀里,哭着说:"也罢,连自己亲生的孩子都能狠心舍弃的女人,早点与她分手,未必是件坏事!"

辛志的母亲许彩霞含泪哽咽:"也许是件好事,从此往后啊,我可以放心大胆地抱抱自己的孙女了!"

而徐黎的父母听到女儿离婚的消息,如同五雷轰顶,觉得脸面全无。

徐如一唉声叹气了整整两天,嘴里老是念叨:"完了,完了,这也太亏了吧!?"

朱燕莉泪流满面,她不说一个字,整天哼着各种哀伤的中外乐曲,甚至哀乐……

远在法国留学的徐龙,听到姐姐的婚姻状况,吓得发誓:以后再也不敢考虑结婚问题!他想不明白,自己的姐姐,婚前是如此优秀的音乐人,婚后,竟活成这种样子!这简直让他目瞪口呆。

于是,徐龙自认为吸取了教训,他只想把自己的生活过好,变得非常超脱,爱吃什么就独自去吃什么,而不必去征求别人的意见。总而言之,这样可以天马行空,独往独来。而不是像那种后面有挂车的卡车,开起来很累,不断要去顾及后面拖车的状况。

总而言之,他觉得做单身最可靠,自己爱怎么打点自己,就怎么打点自己,而不需要去听从别人的意见,受别人的制约。徐龙觉得独身主义是人生的最高境界,多么幸福,没有任何的牵累,眼不见为净。徐龙干脆居住国外,不想回国。

徐龙的这些想法使得老两口非常失落,每次试图说服他,结果碰了一鼻子灰,老两口逐步丧失了对自己子女的任何希望。

离婚后的徐黎,刚开始的几个月,觉得自由自在,心情很好。可是后来,随着不断有关心她的同事问她:"徐黎,听说你离婚了?"

"你们的家产是怎么分的?"

"女儿还跟着你吗?"

"啊?你怎么连女儿都不要了?将来老了怎么办?"

"要不要帮你介绍个男朋友?"

……

这些所谓的关心,一年来,搅得徐黎头脑发胀,彻夜难眠。她开始精神恍惚,苦不堪言。父母得知后,送她去精神卫生中心医治,遭到她的严词拒绝。几个月后,因在市郊投河自尽,被好心人救起。痊愈后,被转送进精神病院。徐如一夫妇迅速赶到精神病院,不久后获悉,女儿徐黎的精神分裂症不可逆转……

悲痛了几年之后,徐如一夫妇为了自得其乐,为了消除和忘却精神上的痛楚,老两口就买下了这辆房车,过起候鸟般的生活,游遍祖国的辽阔大地,寄情于山水之间……

后 记

中短篇小说集《候鸟》，于2025年年中付梓，已经是本人创作并出版发行的第16本书了。

43年前，我从上海师大中文系毕业，分配在本市一所区教育学院执教中文专业。1983年夏天，我经过招聘考试，考进了上海市广播电视事业局，担任了上海电视台名牌栏目"大舞台""大世界"的一线编导。在漫长的导演生涯中，我利用工作之余，前前后后共创作过五六十部大戏的剧本，公演过的大戏近十部。其中，1989年我创作的一部大型滑稽戏《光明使者》，曾巡演全国包括首都在内的一些主要城市，荣获原上海文化局颁发的"演出超千场奖"。另一部大型沪剧《女人的眼睛》于1999年由中央电视台戏剧频道向全国直播，还在次年（2000年）央视举办的"全国优秀电视戏剧展播"评比活动中，荣获一等奖。

退休之后，除了在两所大学担任过客座教授以外，更热衷于文学创作，我除了写了几部电影、电视剧剧本外，开始将主要精力用于创作一些中短篇小说、长篇小说、散文和诗歌，先后加入了上海作协和中国作协，还自编自导了两部电影。其中，网络大电影《代驾血谜》（长度67分钟）曾于2017年3月28日荣获第20届好莱坞电影节最佳故事短片金奖。长篇小说《浪迹天涯》、中短篇小说集《风铃》现正在喜马拉雅有声读物平台上热播，均已获得近十万读者的青睐。

长期在媒体工作的经历，和退休以后拥有更多的创作时间和精力，使我更倾向于通过自己的文学作品，来歌颂真善美，鞭挞假恶丑，并度过自己的余生。

然而，文学创作是一条永无止境、充满曲折和坎坷的道路。尤其是当下,世界正遇到百年未遇之大变局,信息不停地爆炸,各种思潮、理念的交会、对冲、博弈……令人头晕目眩。同样一件事,由于立场、角度、思想方式、艺术见解、叙事形式等的不同,最后落实成文字,往往结果大相径庭!所以,现在阅读一些文学期刊上的作品,常常有困惑感。可能是自己年纪大了,思想观念落伍了。

前几年疫情期间,由于闲暇时间比较多,我开始每天写一首小诗,不知不觉积累了1200多首。去年将其中的800首出版了《枣树斋集》(河北花山文艺出版社)。其余时间,创作了近18万字的中短篇小说集《候鸟》。这本小说集,收录了本人近几年创作的七篇作品,其中含3篇中篇小说和4篇短篇小说,均取材于当下的社会生活,旨在通过生动的故事和鲜活的人物,反映当代人的精神困境、无奈感受、解脱方式,和对于所向往生活的多种选择。

先谈谈几篇中篇小说。

《脸面》讲述的是在东南亚某国电视台举办的选美大赛决赛前夕,一个有可能当选冠军的选手,却突然面瘫了。于是为了赢得冠军,一场近乎疯狂、惊心动魄的博弈和争夺开始了,真情和假爱的内卷也演绎得淋漓尽致。选手面瘫以后,经人介绍,找到了中国某市祖传的老中医,进行了针灸等治疗,过程中间发生了殊死拼搏的缠斗……整个故事具有较强的戏剧性。由于20年之前,我曾经执导过全国大型选秀类活动"加油!好男儿",所以,小说中对话较多,将来哪位电影或电视剧导演,如果对这部小说有兴趣,可以在我的授权之下,把它改成电影或者是电视剧,一定很吸睛。

《邂逅》也是如此,叙述在2008年北京奥运会之前,发生在欧洲某国深造的中国留学生身上的爱情故事。奥运圣火传递过程中,一些反华组织要阻挠、破坏,于是中国留学生与他们展开了激烈的争斗……在爱国主义的大旗下,本来还有些隔阂的海峡两岸学子,紧密地团结了起来,他们的爱情是否坚贞也经受了考验……

《手留余香》，讲的是一些大龄单身青年在婚姻和恋爱上的一些故事。遵循传统观念的父母往往催促自己的大龄子女快点成家立业，然而白领当中的一些精英男女，常常是高不攀、低不就，喜欢单身。最后，在父母和各方的助力下，终于走到了一起……

　　4篇短篇小说也顺便简单说一下。《永远长不大》讲的是在当今职场上一个比较有个性的文艺青年，在他身上，经常会发生的稀奇古怪的故事，可以视为对于奇葩青年的善意提醒。《拜师》揭露了社会上个别号称有气功的所谓大师，是怎么忽悠老百姓的，结果自己救不了自己的毛病，具有一定的警示作用。《修车匠老程》讲述的是一个个体户老程的人生经历。在他的"自我救赎"的身上，可能会看到许多个体从业者的影子。至于《候鸟》，讲的是现在往往有这样一个情况，大龄男女青年，有的不想结婚或者不想生儿育女，有的小夫妻都是以自我为主，不能够宽容对方，因而结局是悲惨的。这必然给他们的父母带来很大的心理挤压和伤害，父母只好买来房车，流浪远方，以逃避严酷的现实和内心的失落。

　　这些小说，都是取材于笔者的所见所闻，经过长久的思考和艺术构思，落笔成文。相信对于读者怎么走好精神和身体的健康之路，或许有些启迪。

　　苏轼说："不识庐山真面目，只缘身在此山中。"我深知自己的叙事方式和文学性仍有提升空间。是否符合现代读者的审美需求，我期待听到来自各方的宝贵意见，以便在未来的创作中不断改进和调整。

　　最后，我还要衷心感谢上海市作家协会的徐大隆老师，他于百忙当中，特地认真地为我的这部小说集作序，并给予真诚的指教。也要感谢文汇出版社对我作品的厚爱和专业斧正。我会永远铭记你们的辛勤付出！

张文龙于沪上枣树斋 2024.1.6